Lorraine Brown
Fünf Tage in Florenz

Weitere Titel der Autorin:
Und dann war es Liebe

LORRAINE BROWN

# FÜNF TAGE IN FLORENZ

ROMAN

Übersetzung aus dem Englischen
von Sonja Rebernik-Heidegger

Lübbe

Die Bastei Lübbe AG verfolgt eine nachhaltige Buchproduktion. Wir verwenden Papiere aus nachhaltiger Forstwirtschaft und verzichten darauf, Bücher einzeln in Folie zu verpacken. Wir stellen unsere Bücher in Deutschland und Europa (EU) her und arbeiten mit den Druckereien kontinuierlich an einer positiven Ökobilanz.

Titel der englischen Originalausgabe:
»Five Days in Florence«

Für die Originalausgabe:
Copyright © 2023 by Lorraine Brown

Für die deutschsprachige Ausgabe:
Copyright © 2024 by
Bastei Lübbe AG, Schanzenstraße 6–20, 51063 Köln

Vervielfältigungen dieses Werkes für das Text- und Data-Mining bleiben vorbehalten.

Textredaktion: Dr. Ulrike Brandt-Schwarze, Bonn
Umschlaggestaltung: Kristin Pang
Einband-/Umschlagmotiv: © shutterstock.com:
Chipmunk131 | Ellegant
Satz: Dörlemann Satz, Lemförde
Gesetzt aus der Stempel Garamond
Druck und Verarbeitung: GGP Media GmbH, Pößneck

Printed in Germany
ISBN 978-3-7577-0032-4

5 4 3 2 1

Sie finden uns im Internet unter luebbe.de
Bitte beachten Sie auch: lesejury.de

*Für meine wundervolle Mum*

# Prolog

Nick und ich standen auf der obersten Aussichtsplattform des Eiffelturms und sahen hinunter auf Paris, das sich in einer Mischung aus grünen Baumwipfeln, beeindruckenden Prachtstraßen und fernen, wie aus dem Nichts in den Himmel ragenden Wolkenkratzern vor uns ausbreitete.

»Angeblich hat man von dieser Seite den besten Ausblick«, sagte er. »Richtung Nordwesten. Sieh nur, der Schatten des Turmes spiegelt sich im Fluss.«

Ich lehnte mich an die Brüstung und fühlte mich dank des dicken Eisengitters über unseren Köpfen auch in einer Höhe von 276 Metern vollkommen sicher. Meine Augen brauchten ein, zwei Sekunden, um sich auf die Entfernung einzustellen, dann ließ ich den Blick schweifen und entdeckte schließlich, was er meinte: Der malerische Schatten des Eiffelturms überspannte das schimmernde, tiefblaue Wasser der Seine.

»Das ist überwältigend«, brachte ich staunend hervor.

»Und das da drüben sind die Jardins du Trocadéro und das Palais de Chaillot. Wenn wir das nächste Mal länger hier sind, gehe ich mit dir dorthin.«

Ich nickte und griff nach der Strickjacke, die ich mir um die Taille gebunden hatte, wobei sich das Hineinschlüpfen mit einer fußlosen Plastiksektflöte in der Hand etwas schwierig gestaltete. Hier oben war es deutlich kühler als unten auf der Straße – und außerdem sehr ruhig im Vergleich zum Rest von

Paris, wo ständig irgendjemand hupte und in einem fort der Verkehr dröhnte. Wobei man natürlich die restlichen Touristen außer Acht lassen musste, die sich mit uns auf der Plattform tummelten. Französisch, Italienisch, amerikanisches Englisch, Japanisch – ich hatte noch nie so viele verschiedene Sprachen auf derart engem Raum gehört.

»Warte, ich halte den Sekt für dich«, meinte Nick lachend, nahm mein »Glas« und gab es mir wieder, sobald ich fertig war.

Ich nippte daran und genoss den Augenblick. Es sah Nick ähnlich, mich einfach so für eine Nacht nach Paris zu entführen. Als wir uns am Vortag morgens am Bahnhof St Pancras getroffen hatten, dachte ich, er wolle mich zum Frühstück in den Coal Drops Yard einladen und konnte nicht fassen, als er plötzlich meinen Reisepass und eine Fahrkarte für den Eurostar aus der Tasche zog!

Ich schlang einen Arm um seine Hüften und schlüpfte unter seinen Arm, während er mich an sich zog und mir einen Kuss auf den Scheitel drückte.

»Danke, dass du mich hierhergebracht hast«, flüsterte ich ihm zu.

»Ehrlich gesagt hatte ich einen Hintergedanken.«

Ich runzelte die Stirn. »Und was für einen?«

Nick ließ die Hand von meiner Schulter gleiten und räusperte sich.

»Bilde ich mir das nur ein, oder ist es ziemlich heiß hier oben?«, fragte er, öffnete seine Manschetten und rollte die Hemdsärmel bis zu den Ellbogen hoch.

Ein besonders starker Windstoß beantwortete die Frage für mich.

»Nicht wirklich«, sagte ich dennoch, während Angst in mir hochstieg. Was war denn los mit ihm? »*Schwitzt* du etwa?«

»Ich fühle mich in großer Höhe einfach nicht wohl«, erwiderte er und versuchte sich an einem Lächeln, doch sein Mund tat nicht, was der Kopf von ihm verlangte.

»Ich dachte, das gilt nur fürs Fliegen?«

Nick warf mir einen seltsamen Blick zu, und ich hätte schwören können, dass seine Augen glänzten. Ich malte mir – wie immer – sofort das Allerschlimmste aus. Hatte er mich eigens auf die oberste Aussichtsplattform des Eiffelturms gebracht, um mir zu sagen, dass doch nichts aus uns werden würde? Dass wir einfach zu unterschiedlich wären (was tatsächlich zutraf, aber wen kümmerte das schon)? Dass ich zu jung für ihn war (zehn Jahre waren gar nichts)? Dass sich unsere Leben in verschiedene Richtungen entwickeln würden? Das waren berechtigte Einwände. Dinge, über die ich selbst immer mal wieder nachdachte, die aber im Prinzip keine Rolle spielten. Ich liebte ihn, und er liebte mich ebenfalls, und so etwas hatte ich noch nie zuvor erlebt. Obwohl es objektiv betrachtet zwischen uns nicht hätte funktionieren dürfen, tat es das sehr wohl.

»Ich wollte das eigentlich erst später machen. Irgendwo, wo wir ... ungestört sind«, sagte Nick. »Aber ich kann nicht länger warten, tut mir leid.«

»Was wolltest du erst später tun?«, fragte ich, und mein Herz klopfte immer schneller. »Worauf kannst du nicht warten?«

Ich schluckte und schwitzte nun ebenfalls. Es ergab keinen Sinn, dass er mich extra nach Paris brachte, um mit mir Schluss zu machen. Ich sah verwirrt zu, wie er in seiner Jackentasche herumkramte und schließlich ein mit rotem Samt überzogenes Schmuckkästchen herauszog, und auch, als er schließlich auf ein Knie sank und von unten zu mir hochsah, dämmerte mir langsam, was er vorhatte.

»Maddie«, begann er mit ernster Stimme. »In den zwei Jahren, die wir nun zusammen sind, habe ich mich jeden Tag ein bisschen mehr in dich verliebt.«

Ich sah mich nervös um. Mehrere Leute interessierten sich nicht mehr für den Ausblick, sondern beobachteten uns ungeniert und stießen sich mit voyeuristischem Wohlwollen in die Seiten. Ich wandte mich wieder an Nick, und im nächsten Moment sah ich nur noch ihn. Die blonden Haare mit den kaum erahnbaren Locken (und den mehr als erahnbaren grauen Strähnen, die mich absolut nicht störten), die gütigen Augen, das Bankerhemd und der Privatschulakzent, den ich anziehender fand, als ich es je für möglich gehalten hätte. Er war wundervoll, und er würde mir – wenn ich nicht vollkommen auf dem Holzweg war – vermutlich gleich sagen, dass er den Rest seines Lebens mit mir verbringen wolle.

Nick griff mit seiner schweißnassen Hand nach meiner und drückte sie. »Willst du mich heiraten, Maddie?«, fragte er und sah hoffnungsvoll zu mir hoch.

Ich lachte aus Verlegenheit und Schock und noch einer Million anderer Dinge. »Meinst … meinst du das ernst?«, stotterte ich.

Wenn das ein Scherz gewesen war, würde ich ihn umbringen.

»Ja«, erwiderte er sanft. »Würdest du mir bitte die Ehre erweisen, meine Frau zu werden?«

Ich biss mir auf die Lippe und zögerte. Ich wusste selbst nicht, warum. Es war wohl ziemlich überwältigend. Und ich hatte das Gefühl, dass sämtliche Anwesenden auf der Aussichtsplattform auf meine Antwort warteten.

»Ist das ein Ja?«, fragte er drängend, und erste Zweifel machten sich auf seinem Gesicht breit.

»Ja«, hörte ich mich schließlich sagen, da ich ihn nicht hängenlassen wollte. »Das ist ein Ja.«

Lauter Jubel brach aus, und einige Leute hoben ihre Plastiksektflöten, um uns zuzuprosten, während Nick aufstand, mir einen dicken Kuss auf die Lippen drückte und mir den größten Diamanten, den ich je gesehen hatte, an den Ringfinger steckte. Dann hob er mich hoch, drückte mich so fest an sich, dass ich kaum noch Luft bekam, und drehte mich im Kreis.

»Du hast mich gerade zum glücklichsten Mann der Welt gemacht!«, rief er.

Ich lachte und flehte ihn an, mich herunterzulassen. »Nick! Hör auf, bitte!«

Er stellte mich vorsichtig zurück auf den Boden, und ich legte eine Hand auf das Geländer, um nicht das Gleichgewicht zu verlieren. Er konnte offenbar nicht aufhören zu lächeln, und mir ging es genauso. Mein Gott. Ich würde bald einen Ehemann haben, was sich im Moment noch seltsam anhörte, obwohl ich mich vermutlich daran gewöhnen würde. Ich musste eine Hochzeit planen. Ein Kleid kaufen. Brautjungfern auswählen. Ein ganzes Leben mit jemandem verbringen.

»Heißt das, ich lerne endlich deine geheimnisvolle Familie kennen?«

Nick strich mir immer noch strahlend sanft mit dem Daumen über die Wange.

»Unbedingt. Was hältst du von fünf Tagen Florenz nächsten Monat?«

# Kapitel eins

*Vier Wochen später*

Florenz war sogar noch schöner, als ich es mir vorgestellt hatte, das wurde mir bereits im Taxi klar, das sich routiniert den Weg durch die schmalen Straßen bahnte, während die Reifen über die Pflastersteine holperten. Im Vergleich zu London wirkte alles perfekt gepflegt und blitzsauber, und die Leute hetzten nicht herum und rempelten nicht wie zu Hause jeden an, der es wagte, ihnen im Weg zu sein. Außerdem gab es hier keine Touristenmassen, die sich um den besten Ausblick auf eine der berühmten Sehenswürdigkeiten stritten, wie es in Rom der Fall war (ich war einmal dienstlich einen Tag in der Stadt gewesen und konnte nicht einmal einen Blick auf den Trevi-Brunnen erhaschen, weil sich davor etwa zwanzig Reihen an kameraschwenkenden Touristen aufgebaut hatten). Hier ging alles ein wenig langsamer vonstatten, und die Sonne schien, was im April ein zusätzlicher Bonus war. Ach ja, und dann war da noch die unbedeutende Tatsache, dass jedes einzelne Haus aussah, als wäre es in seinem früheren Leben ein Palast gewesen.

Der Taxifahrer bremste sanft und fuhr an den Randstein.

»Na gut«, meinte Nick. »Ich schätze, wir sind da.«

Ich ließ das Fenster noch weiter herunter und streckte den Kopf hinaus, um einen Blick auf das Palazzo Continentale zu werfen, bei dem es sich um das eleganteste Hotel handelte, das ich je gesehen hatte. Nun ja, *gesehen* stimmte nicht ganz. Ich meine, ich war schon Hunderte Male am Claridge Hotel vorbeigelaufen und hatte Tee im *Savoy* getrunken (einigermaßen widerwillig, weil wir da den zwanzigsten Hochzeitstag meines Vaters und meiner Stiefmutter gefeiert hatten – als wäre die Tatsache, dass mein Vater meine Mutter verlassen hatte, ein Grund zum Feiern gewesen), aber das Hotel Palazzo Continentale war definitiv und zweifellos der nobelste Ort, an dem ich jemals übernachtet hatte. Es gab sogar Fahnen über dem Eingang und so was! Einen Türsteher in einer schicken Livree mit glänzenden Goldknöpfen zum Beispiel, und eine Designerboutique im Erdgeschoss, falls man sich plötzlich dachte: *Oh Mann, ich brauche unbedingt noch ein Versace-Kleid für die Party heute Abend, ich geh mal schnell in den Hotelshop und schaue, was sie haben.*

Nick stieg aus und ging um das Taxi herum, um mir die Tür zu öffnen. Er benahm sich wie immer wieder wie ein Gentleman, was ich beeindruckend fand, denn vermutlich war er nach der langen Reise genauso erschöpft wie ich. Ich kämpfte verzweifelt gegen den Drang an, ihm ein *Ich hab's dir ja gleich gesagt* an den Kopf zu werfen. Niemand außer ihm kam auf die Idee, mit dem Zug von London nach Florenz zu fahren. Wir hatten ganze vierundzwanzig Stunden gebraucht, mit ein Mal Umsteigen in Paris und einer Übernachtung in Turin. Vierundzwanzig Stunden! An diesem Morgen waren wir schließlich um zehn Uhr von Turin nach Florenz aufgebrochen, und ich war erleichtert, dass ich endlich hier angekommen war. Wobei ich den Gedanken daran verdrängte, dass ich auf dem Heimweg dieselbe grauenhafte Reise noch einmal antreten müsste. Vielleicht könnte ich Nick überzeugen, dass ich unglaublich dringend in London erwartet würde und mir deshalb einen Flug buchen müsste.

Er schien ungewöhnlich abgelenkt und wischte über sein

Handy, während der arme Taxifahrer, der nicht gerade jung und rüstig aussah, sich damit abmühte, unser Gepäck aus dem Kofferraum zu hieven. Ich warf Nick einen auffordernden Blick zu, der allerdings nicht die gewünschte Wirkung zeigte, dann trat ich vor, um dem Mann selbst zur Hand zu gehen.

»Moment, lassen Sie mich das machen«, sagte ich, nahm ihm meinen Koffer ab und wuchtete ihn auf den Bürgersteig.

Was hoffentlich keine blöde Idee gewesen war, da ich ihn zum halben Preis beim Ausverkauf im Argos erstanden hatte und er eine solche Misshandlung vermutlich nicht aushielt. Außerdem wirkte er neben Nicks Koffer schrecklich klein, und mir kam der Verdacht, dass er mir gewisse Informationen vorenthalten hatte. Warum hatte er mir keinen Hinweis auf die Preisklasse des Hotels gegeben? Ich hatte definitiv die falschen Klamotten dabei.

»Warum hast du mich nicht vorgewarnt, dass wir in einem so schicken Hotel wohnen werden?«, beschwerte ich mich bei Nick, der noch immer wie verrückt über sein Handy wischte und nicht bemerkte, dass der Taxifahrer auf sein Geld wartete.

»Meine Mutter hat es reserviert«, erklärte er, ohne aufzusehen. »Und sie wird uns wohl kaum in einem *Premier Inn* einquartieren, nicht wahr?«

Ich holte ehrlich verwirrt meine Geldbörse aus der Tasche. »Was ist so falsch an einem *Premier Inn*?«

Nick antwortete nicht. Er war zu beschäftigt, eine Nachricht in sein Handy zu tippen.

»Ist alles in Ordnung?«, fragte ich.

Nick seufzte. »Es ist meine Mutter. Sie will wissen, wo wir stecken.«

»Ach so«, erwiderte ich.

Es sah ihm nicht ähnlich, derart aus der Fassung zu geraten, es sei denn vielleicht in geschäftlichen Dingen. Und wir würden seine Mutter ohnehin in weniger als einer halben Stunde sehen, sobald wir unser Gepäck aufs Zimmer gebracht und uns frisch gemacht hatten.

»Wie viel macht das, bitte?«, fragte ich den Fahrer.

»Zwanzig Euro.«

Zwanzig Euro für eine kaum zehnminütige Fahrt? Ich gab ihm das Geld und legte noch einmal fünf Euro Trinkgeld dazu. Die Wucherpreise waren vermutlich nicht seine Schuld. Man hatte mich bereits vorgewarnt, dass Florenz nicht gerade preisgünstig wäre.

»Also gut«, sagte ich an Nick gewandt. »Zur Rezeption geht's vermutlich hier lang.«

Er steckte umständlich sein Handy zurück in die Tasche, dann erwachte er aus seiner Trance und lotste mich zur Drehtür.

»Nach Ihnen, Mylady«, sagte er lächelnd.

Der Türsteher half uns durch die Tür, und ich bedankte mich bei ihm, bevor ich meinen Koffer so elegant wie möglich durch die Lobby manövrierte, wobei die angeschlagenen Rollen nicht annähernd so mühelos über den dicken Teppich glitten wie die an Nicks Luxusteil. Mein Mund klappte auf, als ich mich umsah. Es war unglaublich, dass ich die nächsten fünf Tage hier wohnen würde! Ich meine, ich liebte Hotels und war dank meiner Arbeit für einen TV-Reisesender schon in einigen gewesen, aber noch nie in einem dieser Kategorie. Ich konnte mir vorstellen, dass es im *Ritz* genauso aussah, nur dass es hier kleiner, gemütlicher und italienischer war (mit anderen Worten vollkommen anders als im *Ritz*).

Ich schloss den Mund und nahm mir vor, mich möglichst unbeeindruckt zu geben. Niemand sollte merken, wie weit außerhalb meiner Komfortzone ich mich hier bewegte, sodass es beinahe witzig gewesen wäre, wenn es mir nicht derartige

Angst eingejagt hätte. Was sagte dieses Hotel über Nicks Familie aus? Mir war natürlich klar, dass sie Geld hatten, aber die Exklusivität dieses Hauses war noch mal etwas ganz anderes.

Auf dem Weg zum Empfang fiel mein Blick auf einen Pianisten in der Ecke. Er trug einen Smoking, saß mit dem Rücken zu uns, hatte sich auf dramatische Weise über die Tasten gebeugt und spielte ein Stück von Vivaldi. Ich war zwar keine Klassikkennerin, weshalb das nur geraten war, aber Vivaldi war doch Italiener gewesen, oder? Es war also durchaus möglich.

Mein Blick wanderte weiter zur Decke und blieb an einem riesigen Kristallkronleuchter hängen, der in etwa so groß war wie die Einzimmerwohnung, in der ich gelebt hatte, bevor ich zu Nick gezogen war.

»Stell dir vor, der fällt dir auf den Kopf«, sagte ich und schüttelte mich bei dem Gedanken.

»Typisch, dass du sofort wieder das Schlimmste annimmst.« Nick lachte und führte mich weiter zum Empfang, wo zwei Frauen in schicken grünen Uniformen sehr überzeugend so taten, als würden sie sich ganz besonders freuen, uns zu sehen.

»Einen wunderschönen Nachmittag, Sir«, sagte eine der beiden mit starkem italienischen Akzent. »Und Ihnen auch, Madam! Ich hoffe, Sie hatten eine angenehme Anreise?«

Das *Nicht wirklich* lag mir bereits auf der Zunge.

Selbst aus der Nähe war das Make-up der beiden Frauen makellos (wie bei den Stewardessen im Flugzeug auch immer), und ich wünschte sofort, ich hätte mir am Bahnhof die Zeit genommen, meines aufzufrischen, bevor wir ins Taxi gestiegen waren. Andererseits spielte es keine Rolle, weil wir ohnehin bald unser Zimmer beziehen würden und ich mich für das erste Treffen mit Nicks Eltern einigermaßen repräsentabel zurechtmachen konnte. Immerhin waren sie meine zukünftigen

Schwiegereltern, und ich wollte, dass sie mich genauso liebten, wie ich sie hoffentlich eines Tages lieben würde. Ich freute mich darauf, Teil einer neuen Familie zu werden, die – vermutlich – um einiges gefestigter war als meine. Nicks Eltern waren mittlerweile seit fünfundvierzig Jahren verheiratet, und dieses Jubiläum war auch der Grund, warum wir alle hier waren.

Nick erledigte den Papierkram, und als die Empfangsdame die Rechnung über den Tresen schob, sah ich, dass unser Aufenthalt mehr als dreitausend Euro kosten würde, wobei sie erklärte, dass der Betrag nicht sofort zu zahlen wäre, dass sie allerdings aus Sicherheitsgründen die Kreditkartendetails notieren müsse.

Ich tippte Nick auf die Schulter und riss die Augen auf. »Ist das nicht ein bisschen viel?«

Er wirkte verwirrt. »Was meinst du?«

Ich schnappte nach Luft. »Das ist mehr oder weniger unser halbes Hochzeitsbudget!«

»Meine Eltern übernehmen die Rechnung«, sagte er und warf mir einen seltsamen Blick zu, als wäre das doch naheliegend.

Dabei hatte er mir ganz sicher nicht gesagt, dass seine Eltern unser Zimmer bezahlen würden.

»Was, die ganze Summe?«, fragte ich sicherheitshalber nach.

»Ja. Können wir bitte später darüber reden?«

Er wandte sich erneut an die Rezeptionistin und lächelte strahlend.

Ich fragte mich, was einen Preis von fast sechshundert Euro pro Nacht im Gegensatz zu einem wesentlich vernünftigeren von zweihundertfünfzig – allerhöchstens dreihundert für eine Innenstadtlage – rechtfertigte. Vielleicht würde es sich mir schon bald offenbaren. Jedenfalls war mir mittlerweile klar geworden, dass Nick aus einem noch viel privilegierteren Umfeld stammte, als ich angenommen hatte. Wobei das im Prinzip egal war. Wenn Nicks Familie nur annähernd so war wie er, würde ich sie lieben.

Die Rezeptionistin zeigte Nick den Weg zu den Aufzügen. Unser Zimmer befand sich im vierten Stock mit Blick auf die Dächer der Stadt und den Dom, wie sie uns freudig erklärte. Wie aufregend! Ich nahm mir sofort fest vor, dass ich nach dem Aufwachen die Fenster öffnen, die florentinische Luft einatmen und mich dabei wie Lucy Honeychurch in *Zimmer mit Aussicht* fühlen würde.

»Danke, aber wir gehen gleich ins Restaurant«, hörte ich Nick antworten. »Würden Sie bitte dafür sorgen, dass unser Gepäck aufs Zimmer gebracht wird?«

»Kein Problem, Sir«, zwitscherte die Empfangsdame und winkte mit einer schnellen Handbewegung einen Gepäckträger herbei, den sie in einem (meiner Meinung nach unnötig) aggressiven Italienisch Befehle erteilte.

»Ähm, was hast du denn jetzt vor?«, fragte ich Nick.

»Wir gehen direkt zu Mum und Dad. Sie erwarten uns bereits.«

Ich brauchte einen Moment, um meine Gedanken zu ordnen und meine Unzufriedenheit angesichts dieser Wendung in ruhigen, vernünftigen Worten darzulegen.

»Aber ich bin eine wandelnde Katastrophe!«, kreischte ich.

Aber echt! Ich sah auf meine ausgebleichte Jeans, das schwarze T-Shirt und die Stiefeletten aus Wildlederimitat hinunter, die schon an den Zehen abgewetzt waren, obwohl ich sie erst vor ein paar Wochen gekauft hatte (ich schaffte es einfach nicht, dass Schuhe länger gut aussahen, was vielleicht damit zusammenhing, dass ich nur zwei Paar besaß, die ich abwechselnd trug). Wie um alles in der Welt sollte ich so einen respektablen ersten Eindruck vermitteln?

»Du siehst wunderhübsch aus, Maddie. Wie immer«, sagte Nick und legt mir beruhigend die Hand auf die Schulter. »Komm, lass uns erst mal Hallo sagen.«

Er machte einige energische Schritte auf den Restauranteingang zu, und ich erwachte aus meiner Starre und griff nach seinem Arm.

»Nein, Nick, ehrlich! Ich kann deinen Eltern nicht in diesem Aufzug gegenübertreten. Lass mich wenigstens die Haare zurechtmachen und Lippenstift auftragen.«

Nick seufzte. »Das Problem ist, dass wir bereits das Mittagessen verpasst haben. Und meine Mutter hasst es, wenn sie warten muss. Ich kann aus ihrer Nachricht herauslesen, dass sie nicht gerade glücklich über uns ist.«

»Über uns? Es gibt dabei kein *uns*«, entgegnete ich. »Du weißt schon, dass wir bereits gestern Abend angekommen wären, wenn wir wie alle anderen auch nach Italien *geflogen* wären?«

Nick stöhnte. »Nicht das schon wieder, Mads.«

»Ich kapiere immer noch nicht, wie du es geschafft hast, beruflich nach Chicago zu fliegen, anstatt auf einem Segeltrip über den Atlantik zu beharren«, fuhr ich fort, und mir war durchaus klar, dass es eine grauenhafte Idee war, dieses Thema so kurz vor dem ersten Treffen mit seinen Eltern noch einmal aufzuwärmen. Aber es war ein großer Moment für mich, und ich fühlte mich übervorteilt, weil er mich einfach so hineinstoßen wollte.

Nick kniff sich in die Nasenwurzel. »Ich musste mir eine Xanax borgen, sonst hätte ich Panik bekommen, wie du sehr wohl weißt.«

»Okay. Ich verstehe ja, wie schwer es für dich ist. Aber hättest du nicht dieses Mal auch eine Xanax nehmen können?«

»Wo bleibt deine Abenteuerlust? Ich dachte, du wärst eine

erfahrene Reisende. Keine Ahnung, warum du dich wegen einer kurzen Zugfahrt derart aufregst.«

»Ich würde vierundzwanzig Stunden nicht als *kurze Zugfahrt* bezeichnen!«

Mein Blick huschte zu der Empfangsdame, die uns interessiert und auch ein wenig entrüstet beobachtete. Vielleicht war die ruhige Lobby des exklusivsten Hotels in Florenz nicht der beste Ort für einen Streit, aber in mir hatte sich nach Nicks Weigerung, in ein Flugzeug zu steigen, und aufgrund der Tatsache, dass wir seit unserem Kennenlernen kaum das Land verlassen hatten, einfach unglaublich viel Frust angestaut. Wir waren kreuz und quer durch das Vereinigte Königreich gereist, was anfangs ganz okay gewesen war, weil ich in den ersten Monaten jeden Ausflug und jede Reise mit ihm genossen hatte, aber nach einer Weile hatte ein zerklüfteter, kiesiger, regennasser Strand ausgesehen wie der nächste. Ich hatte wirklich versucht, verständnisvoll zu sein, aber ich war für mein Leben gerne unterwegs, und das bedeutete auch, dass ich es liebte zu fliegen, wozu ich mittlerweile kaum noch Gelegenheit hatte, es sei denn, aus beruflichen Gründen.

Trotzdem wurde mir langsam klar, dass ich hier auf verlorenem Posten kämpfte, und so fuhr ich mir eilig über die Haare, um sie wenigstens ein bisschen zu bändigen, und hoffte, dass sie sich nicht zu sehr kräuselten, was aber vermutlich der Fall war, weil sie das nun mal ständig taten. Was mein Outfit und das Make-up betraf, konnte ich sowieso nichts machen, weil mein Koffer bereits auf einem silbernen Gepäckwagen auf dem Weg zu unserem Zimmer war, gemeinsam mit mehreren anderen Gepäckstücken, die – wie mir auffiel – zum Großteil von Louis Vuitton waren. Ich musste da einfach durch und durfte mir nichts daraus machen. Vielleicht fiel Nicks Familie gar nicht auf, was ich anhatte. Wahrscheinlich waren sie unglaublich nett und entspannt und hielten sich, was Kleidung betraf, an das Motto *Erlaubt ist, was gefällt*, und ich machte mir umsonst Sorgen.

»Komm, gehen wir«, sagte Nick und streckte mir seine Hand entgegen. »Wir sagen Hallo, dann kannst du dich umziehen.«

»Danke für deine Erlaubnis«, erwiderte ich und verschränkte widerwillig die Finger mit seinen.

Wir betraten das Restaurant Seite an Seite. Übelkeit stieg in mir hoch, während ich den Blick durch den Raum schweifen ließ und mich fragte, an welchem Tisch die Leute saßen, zu deren Familie ich bald gehören würde. Vielleicht waren wir auf dem Weg zu dem goldigen älteren Ehepaar in der Ecke, das sich angeregt unterhielt und Espresso trank? Doch dann erklang auf der anderen Seite des Restaurants Jubel, und jemand rief: »Hierher, Darling!«

Ich drehte den Kopf. Mehrere abartig schicke Leute saßen an einem Tisch voller halb leerer Weingläser und Brotkörbe, in denen sich nur noch Krümel befanden, und blickten geschlossen in unsere Richtung.

»Ich liebe dich«, flüsterte Nick mir ins Ohr. »Und sie werden dich auch lieben.«

Ich warf ihm ein verkniffenes Lächeln zu und wäre gerne ebenso zuversichtlich gewesen wie er. Die Art, wie diese Leute den ganzen Raum für sich beanspruchten, verriet mir bereits, dass sie vollkommen anders tickten als meine Familie.

Nick drängte mich sanft in ihre Richtung, und ich konzentrierte mich darauf, so auszusehen, als würde ich mich freuen, sie kennenzulernen, ohne dass ich über meine eigenen Füße stolperte. Mein Selbstvertrauen drohte in tausend Scherben zu zerbersten, als ich sah, wie schick sie alle waren (dem Anschein nach in Designerlabels). Nur Nicks Tochter Daisy wirkte einigermaßen leger in der standardmäßigen Teenageruniform aus hochgeschnittenen Jeansshorts und einem weißen bauchfreien Top, das nur an pubertierenden Mädchen schmeichelhaft aussah.

»Mummy!«, rief Nick und stürzte sich in die Arme einer Frau Anfang siebzig mit von silbernen Strähnen durchzogenen walnussbraunen Haaren. Sie trug eine smaragdgrüne Bluse mit einer gigantischen Brosche, die vermutlich mit echten Saphiren und Diamanten besetzt war. Ich war zwar keine Expertin für Edelsteine, aber die Frau sah nicht so aus, als hätte sie etwas für Modeschmuck übrig.

Und außerdem: *Mummy?* Ernsthaft?

»Darling!«, säuselte Nicks Mum, während sie sich mindestens dreißig Sekunden zu lange umarmten und dabei vor und zurück schwankten.

Endlich drehte er strahlend den Kopf in meine Richtung. »Mummy, es ist mir eine Freude, dich mit meiner Verlobten Maddie bekanntzumachen. Maddie, darf ich vorstellen? Meine Mutter Rosamund.«

Ich trat steif und innerlich zum Zerreißen gespannt nach vorn, und es war, als hätte man mich gerade dem König vorgestellt. Wie sollte ich mich verhalten? Was sollte ich sagen? Sollte ich mich verbeugen (ich meine, natürlich nicht, obwohl es Rosamund vielleicht sogar gefallen hätte)?

Aus dem Augenwinkel sah ich, wie mich eine ausnehmend schick gekleidete Frau in einer braunen Hose und einem schwarzen Kaschmirpullover, der vermutlich mehr gekostet hatte, als ich in einer Woche verdiente, von oben bis unten mit einem kaum merklichen, aber ziemlich abfälligen Lächeln musterte. Ich fragte mich, wer sie war. Vielleicht Nicks Schwester, aber hatte die nicht im letzten Moment abgesagt?

»Schön, Sie kennenzulernen, Rosamund«, sagte ich und

entschied mich für einen höflichen Händedruck. Trotz der sonderbar innigen Umarmung mit Nick wirkte Rosamund nicht, als würde sie jeden sofort in die Arme schließen. Ich schüttelte ihre Hand energisch und hoffte, damit Gelassenheit und Selbstsicherheit zu vermitteln. Wenn ich es schon nicht spürte, musste ich auf jeden Fall so tun, als ob.

»Maddie. Wie reizend, Ihre Bekanntschaft zu machen. Wir haben schon so viel von Ihnen gehört, nicht wahr, Peter?«, sagte Rosamund zu dem Mann neben ihr, der sich nicht die Mühe gemacht hatte aufzustehen, und bei dem es sich vermutlich um Nicks Dad handelte. Er trug ein Tweedjackett, das noch älter aussah als er.

»In der Tat«, sagte Peter, der sich seine Serviette in den Hemdkragen gesteckt hatte und ein wenig verwirrt schien, was meine Rolle in diesem Stück betraf. »Auf jeden Fall.«

»Ich hoffe, wir haben Sie nicht beim Essen gestört?«, fragte ich und warf einen Blick auf die Überbleibsel des Gemetzels auf dem Tisch.

»Ich fürchte, dafür seid ihr um einiges zu spät dran«, erwiderte Rosamund und warf Nick einen scharfen Blick zu.

»Ach, sei doch nicht so hart zu ihnen, Ros«, sagte die Göttin in der braunen Hose, erhob sich, trat um den Tisch herum und schloss mich in eine unbehagliche, überaus distanzierte Umarmung. Es erinnerte mich an diese Wangenküsse, die man am Kopf vorbei in die Luft haucht. Eine Luftumarmung sozusagen, womit ich vermutlich ein neues Wort kreiert hatte.

»Ich bin Sophia«, verkündete sie überdeutlich und mit perfekter Intonation. »Nicks Ex-Frau.«

Ich schluckte und erlaubte mir einen Moment die Hoffnung, mich verhört zu haben. Denn warum um alles in der Welt sollte Nicks Ex-Frau auch hier sein? Und falls ich es mir nicht eingebildet hatte und dieses atemberaubende Wesen tatsächlich seine Ex war, warum hatte er mich dann nicht vorgewarnt?

Ich schenkte Sophia das authentischste Lächeln, das ich zuwege brachte, und warf Nick anschließend einen bitterbösen Blick zu, um ihm ohne viele Worte klarzumachen, dass das nicht okay war. Das war *absolut nicht* okay.

Nick merkte davon natürlich nichts und setzte seinen überenthusiastischen Begrüßungsreigen fort, indem er sich auf seine vierzehnjährige Tochter Daisy stürzte, die ich bereits kannte. Sie hatte in den letzten Sommerferien einige Wochen bei Nick verbracht, und er hatte es als tolle Gelegenheit gesehen, einander kennenzulernen. Am Ende hatten wir einen katastrophalen Ausflug ins Theater unternommen, bei dem Daisy kaum ein Wort mit mir geredet und die ganze Vorstellung über mürrisch nach vorne geblickt hatte (wobei es zugegebenermaßen eine sehr prätentiöse Inszenierung von *Hamlet* gewesen war), ehe sie sich auf der Heimfahrt rundheraus geweigert hatte, mir den Beifahrersitz zu überlassen.

»Schön, dich wiederzusehen, Daisy«, sagte ich.

Sie grummelte ein *Hallo* und winkte mit den Fingerspitzen in meine Richtung. Das war zumindest ein Anfang. Jetzt, wo Nick und ich verlobt waren, schien es noch wichtiger, dass wir miteinander klarkamen. Ich hatte mehrere Vorsätze für die nächsten Tage (Rosamund dazu zu bringen, mich zu mögen, erschien mir plötzlich sehr viel beängstigender, als ich es mir vorgestellt hatte), und einer davon war, einen besseren Start mit Daisy hinzulegen. Sie nahm es mir übel, dass ich ihren Dad heiraten würde, was ich durchaus verstehen konnte. Eine Scheidung war nie einfach für die Kinder, das wusste ich besser als jede andere. Aber ich musste sie dennoch von mir überzeugen, und dieser Urlaub war die perfekte Gelegenheit.

Als ich sah, wie Sophia Rosamund etwas aus dem Mundwinkel zuraunte, machten sich die vertrauten Selbstzweifel in mir breit. Fragten sie sich, was Nick sich dabei gedacht hatte, sich mit einer Frau zu verloben, die ganz offensichtlich *keine von ihnen* war? Gehörten sie zu den Leuten, die mich nicht als waschechte Engländerin akzeptierten, weil ich Vorfahren gemischter ethnischer Herkunft hatte und mein Dad aus St. Lucia in der Karibik stammte? Mir fielen Unmengen an Gründen ein, warum ich in ihren Augen nicht gut genug für Nick war, und mein Magen zog sich vor Angst zusammen.

Ich drehte meinen Verlobungsring am Finger und rief mir in Erinnerung, dass ich für Nick sehr wohl gut genug war, und das war immerhin alles, was zählte. Wobei er im Moment nicht gerade zu meinen Lieblingsmenschen gehörte. Er hätte mir die Zeit geben sollen, mich frisch zu machen, bevor er mich vor dieses familiäre Erschießungskommando geführt hatte. Alle starrten mich an, als käme ich von einem anderen Stern. Ganz zu schweigen davon, dass er mir die Anwesenheit seiner Ex verschwiegen hatte!

»Kann ich ein bisschen draußen rumlaufen?«, fragte Daisy ihre Mum in demselben weinerlichen Tonfall, den ich von unserem Ausflug ins Theater in Erinnerung hatte.

»Nein, kannst du nicht. Du kennst dich in Florenz nicht aus, und so, wie ich dich kenne, gehst du garantiert verloren«, zischte Sophia.

Daisy verdrehte die Augen. »Mum, ich wohne in London. Ich werde mich doch in einer Stadt zurechtfinden, die ungefähr zehn Mal kleiner ist.«

»Italienische Männer sind ziemlich schmierige Kerle, weißt du«, mischte Peter sich ein, und es schien ihn nicht zu kümmern, dass er lautstark unfaire kulturelle Verallgemeinerungen hinausposaunte, obwohl höchstwahrscheinlich einige italienische Männer in Hörweite waren. »Sie werden dir hinterherhecheln, sobald du das Hotel verlassen hast.«

»Animiere sie nicht auch noch, Peter. Das gefällt ihr vermutlich sogar«, wies Sophia ihn zurecht.

In diesem Moment tat Daisy mir sogar ein wenig leid. Kein Wunder, dass sie immer schlecht drauf war, wenn sie sich rund um die Uhr mit solchen passiv-aggressiven Kommentaren herumschlagen musste. Sophia hatte das Sorgerecht für Daisy, aber soweit ich wusste, gerieten sie ständig aneinander. Nick hatte mir kaum etwas über seine Ehe erzählt. Ich wusste nur, dass sie sieben Jahre gedauert hatte, dass er die meiste Zeit unglücklich gewesen war und dass es unschön geendet hatte. Ich hatte ihn damals nicht gedrängt, mir mehr zu erzählen, aber jetzt wünschte ich, ich hätte es getan. Ich fragte mich, was ihn zu mir geführt hatte, wo ich doch das genaue Gegenteil der eleganten, blonden, makellos gestylten Sophia war. Oder war es genau das? Hatte ihn das, was zwischen ihnen vorgefallen war, derart mitgenommen, dass er sich absichtlich auf die Suche nach einer Frau gemacht hatte, die ihr nicht im Geringsten ähnelte? Wobei die Tatsache, dass sie bei dieser Reise dabei war, darauf schließen ließ, dass sie sehr wohl noch ein Teil der Familie war, und zwar auf eine Art, wie ich es – wie ich langsam befürchtete – niemals sein würde.

»Sie waren doch auch noch nie in Florenz, oder Maddie?«, mischte Rosamund sich ein, als ich gerade einem Kellner winken und mir ein großes Glas Wein bestellen wollte, das ich jetzt unbedingt brauchte. »Wäre es vermessen, Sie zu bitten, Daisy auf ihrem kleinen Spaziergang zu begleiten? Es wäre eine tolle Möglichkeit, sich ein wenig zu orientieren.«

Nachdem ich gerade eine vierundzwanzigstündige Reise hinter mir hatte und noch nicht einmal auf meinem Zimmer gewesen war, stand ein Spaziergang nicht unbedingt ganz oben auf meiner Prioritätenliste.

»Das ist aber eine gute Idee«, meinte Nick, der Verräter. »Du kannst dich ein bisschen akklimatisieren, Mads. Sie war nämlich noch nie in Italien«, erklärte er den anderen am Tisch, die allesamt lachten. Und zwar laut. Als wäre allein die Vorstellung unheimlich amüsant.

»Das stimmt nicht ganz. Ich war bereits in Rom und in Neapel«, widersprach ich.

»Geschäftsreisen zählen nicht«, erwiderte Nick.

Der ganze Tisch kicherte zustimmend.

Ich hätte gerne angemerkt, dass ich den Sommer zwar noch nie in Italien verbracht hatte, wie sie es offenbar taten, dass ich stattdessen aber bereits in Vietnam und Costa Rica gewesen war, während sie von diesen Orten vermutlich nur in der Reisebeilage der *Sunday Times* gelesen hatten. Andererseits waren sie an Destinationen, wo es keinen privaten Strandclub und keinen Golfplatz gab, vermutlich nicht interessiert.

»Ich sollte zuerst lieber noch auspacken«, wandte ich ein und warf Nick einen vielsagenden Blick zu.

»Das kannst du doch immer noch, wenn ihr zurück seid, Darling«, erwiderte er, machte es sich neben Rosamund gemütlich und schenkte sich ein herrliches Glas Wein ein.

»Nun gut«, verkündete Rosamund und tätschelte Nicks Knie. »Dann bestellen wir jetzt erst mal Champagner, um eure Ankunft zu feiern.«

»Und euer Jubiläum«, säuselte Nick.

Ich musste Zeit gewinnen, weshalb ich die Chance ergriff, Rosamund in ein Gespräch zu verwickeln. Dann vergaß sie hoffentlich den gemeinsamen *Spaziergang* mit Daisy, und wenn nicht, hatte ich vielleicht wenigstens noch Gelegenheit auf ein schnelles Glas Wein, bevor es losging. »Wie ich hörte, sind Sie seit fünfundvierzig Jahren verheiratet«, sagte ich, und die unerwartet aufsteigende Eifersucht versetzte mir einen Stich.

Das passierte mir manchmal, auch wenn es völlig irrational war, denn vielleicht waren es fünfundvierzig äußerst unglückliche Jahre gewesen. Trotzdem tat es weh, dass meine Eltern es nur acht Jahre lang versucht hatten, ehe sie verbittert aufgegeben hatten. Ich fragte mich manchmal, was passiert wäre, wenn sie sich ein bisschen mehr Mühe gegeben hätten. Und ob sie sich, wenn auch nur einen Moment lang, überlegt hatten, meinetwegen zusammenzubleiben.

»Gratulation!«, fuhr ich fort und hoffte, dass Rosamund den Schatten nicht bemerkt hatte, der ein oder zwei Sekunden lang über mein Gesicht gehuscht war. »Was für eine Leistung!«

Rosamund nickte und verzog das alabasterweiße Gesicht zu einem sanften Lächeln. Aus irgendeinem Grund faszinierten mich ihre Haare, die sie so straff vom Haaransatz zurückgekämmt hatte, dass sie mich an ein Gemälde von Elisabeth I. erinnerten.

»Das ist sehr freundlich von Ihnen«, sagte sie.

»Ich hoffe, Daddy hat dir etwas Hübsches gekauft?«, fragte Nick und zwinkerte Peter zu.

Und jetzt auch noch *Daddy*?

»Das werden wir schon bald sehen, mein Junge«, erwiderte Peter und tippte sich ungelenk an die Nase. »Das werden wir schon bald sehen.«

»Bedienung!«, quäkte Rosamund in Richtung eines Kellners, der drei schwere Teller trug und ganz offensichtlich auf dem Weg zu einem anderen Tisch war. »Bringen Sie uns doch eine Flasche Ihres teuersten Champagners.«

Jetzt wollte ich noch weniger zu diesem Spaziergang aufbrechen. Ich hätte zu gerne von dieser *Flasche ihres teuersten*

*Champagners* probiert, die sich vermutlich auf tausend Euro belief, wenn ich mir das Hotel so ansah. Wie schmeckte ein solches Getränk überhaupt? Andererseits wollte ich nicht in Verlegenheit geraten, wenn es später darum ging, die Rechnung zu teilen.

»Unsere Koffer sind inzwischen bestimmt schon auf dem Zimmer, Süße«, sagte Nick beiläufig. »Du kannst schnell hochgehen und dich umziehen, wenn du möchtest. Daisy, warte doch bitte in der Lobby auf Maddie, ja?«

*Sag Nein*, ermahnte ich mich selbst. *Sag ihm, dass du im Moment keine Lust auf einen Spaziergang hast. Dass du lieber zuerst etwas trinken möchtest und es dir danach vielleicht überlegen wirst. Lass dich nicht von diesen Leuten herumkommandieren, als wärst du ihre Hausangestellte. Bleib standhaft, Maddie!*

»Ähm, sicher. Okay«, sagte ich, weil ich eben eine erbärmliche Jasagerin war.

# Kapitel zwei

Ich warf einen Blick auf den Stadtplan, den ich vom Hotel bekommen hatte, und fragte mich, vor welcher Sehenswürdigkeit sich die nur langsam vorrückende Schlange gebildet hatte. Daisy und ich überlegten, ob wir uns anstellen sollten oder nicht.

»Ich glaube, das ist die Galleria dell'Accademia«, sagte ich. Blinzelnd schaute ich an dem Gebäude vor uns hoch und sah dann wieder auf den Stadtplan. »Da drin ist der David von Michelangelo, deshalb die vielen Menschen.«

Daisy schob ihre Sonnenbrille in die Haare und blickte auch an den Mauern empor. »Was, *darauf* warten die alle hier? Um sich ein uraltes Stück Marmor anzusehen?«

Ich lachte leise. »Interessierst du dich nicht für Bildhauerei?«

Daisy zuckte mit den Schultern. »Nicht wirklich.«

Die Schlange bewegte sich vorwärts, und ich fragte mich, ob der Hype um den David gerechtfertigt war.

»Aber dein Dad hat mir erzählt, dass du für die Mittlere Reife Kunst ausgewählt hast.«

Nick hatte gesagt, Daisy sei sehr kunstbegeistert und »total kreativ«, und ich hatte gehofft, dass es eine Basis für uns sein könnte. Ich hatte den Kunstunterricht in der Schule geliebt, aber ich war nicht begabt genug, um etwas daraus zu machen. Realistisch gesehen waren meine Arbeiten nie so gut gewesen, wie sie mir in meinem Kopf vorkamen, was, wie ich festgestellt hatte, ganz allgemein auf mein Leben zutraf.

Daisy nickte. »Ja, hab ich. Aber Malerei liegt mir mehr.«

»Mir auch, glaube ich.« Ich sah hinauf in den strahlend blauen Himmel und schlüpfte aus meiner Strickjacke, um die letzten warmen Strahlen der Nachmittagssonne auf der Haut zu spüren. Irgendwo in der Nähe spielte ein Straßenmusiker ein stürmisches und gleichzeitig romantisches Lied auf der Geige, und die Luft roch nach warmem Zucker.

»Er ist enttäuscht, dass ich mich nicht für nützlichere Fächer interessiere«, bemerkte Daisy. »Mathe, Chemie oder so.«

»Das kann ich mir nicht vorstellen«, erwiderte ich.

Nick hatte nie den Eindruck erweckt, als spiele es eine Rolle, welche Richtung Daisy einschlug. Sophia war diejenige, die sich um die schulischen Dinge kümmerte. Daisy besuchte natürlich eine Privatschule im Norden Londons, und ich war mir ziemlich sicher, dass sie überall gut abschneiden würde, ganz egal, welche Fächer sie sich für die Prüfung aussuchte.

»Er hat uns sogar eine Führung durch die Uffizien organisiert. Er meint, das würde dir gefallen.«

»Muss das sein?«, jammerte Daisy. »Ich male lieber selbst, da muss ich nicht in ein muffiges altes Museum, um mir die Bilder anderer Leute anzuschauen.«

Ich seufzte innerlich. »Dann redest du am besten noch mal mit ihm.«

Ich verwarf den Plan, der Galleria dell'Accademia einen Besuch abzustatten, da ich keine Lust hatte, stundenlang für eine Statue Schlange zu stehen, die Daisy ohnehin nicht wirklich sehen wollte. Wir würden uns etwas anderes überlegen, und vielleicht würde ich an einem anderen Tag allein noch einmal zurückkommen.

»Hast du Lust auf ein *Gelato*?«, fragte ich, fest entschlossen, irgendeine Gemeinsamkeit zwischen uns zu finden. Ich musste meine Taktik ändern, und Essen schien mir ein guter Ausgangspunkt. Immerhin würde ich bald Daisys Stiefmutter sein (was ehrlich gesagt ein ziemlich furchteinflößender Gedanke war), und Eiscreme mochte doch jeder, oder nicht?

»Ich schätze schon«, entgegnete Daisy. »Wenn die Kalorien nicht wären ...«

Ich betrachtete Daisys lange, schlanke Arme und Beine und die schmale Taille und fand es traurig, dass sie offensichtlich nicht zufrieden mit ihrem Aussehen war. Sie erinnerte mich an meine Halbschwestern, die ebenfalls besessen waren von ihrem Gewicht. Nick meinte, Daisys ständige Sorge darüber, was und wie viel sie aß, wäre nur eine Phase und dass ihre Hormone »verrücktspielten«, wie er es ausdrückte. Allerdings konnte er nicht sonderlich gut mit emotionalen Ausbrüchen umgehen. Als ich einmal ausnahmsweise in seiner Gegenwart die Beherrschung verloren und einen Zusammenbruch erlitten hatte, hatte ich ihn dabei ertappt, wie er mich mit einer Mischung aus Geringschätzung und blinder Panik angesehen hatte.

»Du bist hier im Urlaub, Daisy. Gönn dir etwas. Außerdem siehst du toll aus. Du brauchst wirklich keine Angst zu haben, dass du zunimmst.«

Nachdem Daisy Ewigkeiten gebraucht hatte, um die Karte zu studieren, und ich praktisch sehen konnte, wie ihr Gehirn fieberhaft berechnete, welche Sorte die wenigsten Kalorien hatte, entschied sie sich für Kirsche, und ich nahm Pistazie. Eine Entscheidung, für die ich etwa fünf Sekunden gebraucht hatte.

Wir machten uns mit unserem Eis auf den Weg in die Richtung, in der ich den Dom vermutete. Ich hatte ihn noch nicht aus der Nähe gesehen, aber man erblickte ihn von überall in der Stadt, wie er über den Dächern emporragte. Ich atmete die warme und süße florentinische Luft ein, die sanft nach Blumen duftete. Ich wäre gern für immer hiergeblieben und wie eine moderne Lucy Honeychurch in *Zimmer mit Aussicht* durch die schmalen Gassen gewandert.

»Sollen wir einfach gemütlich zurück zum Hotel spazieren?«, schlug ich vor.

Daisy wirkte nicht gerade begeistert. »Wenn du willst.«

Ich nahm einen Mund voll *Gelato*, weil ich damit fertig sein wollte, bis wir zurück waren. Irgendwie hatte ich das Gefühl, dass Rosamund es nicht gerne sah, wenn jemand mitten am Tag auf der Straße tropfende Eiscreme aß.

»Oh mein Gott«, stöhnte ich. »Das ist mit Sicherheit das allerbeste Eis, das ich je probiert habe.«

Daisy gab ein missbilligendes Schnauben von sich. »Musst du das so rausposaunen?«, fragte sie und ging mit eiligen Schritten voran.

Ich hatte also schon wieder etwas Falsches gesagt. Oder ich war einfach uncool, was wenig überraschend war. Während ich Daisy betrachtete, die etwa zwei Meter vor mir her stapfte, rumorten Zweifel in mir, wie ich die nächsten fünf Tage überstehen sollte.

Auch wenn ich mittlerweile ein geblümtes Sommerkleid, flache Sandalen und meine Lieblingsstrickjacke in Übergröße trug, wollte ich so bald wie möglich zurück ins Hotel, um meine Sachen durchzugehen und mir zu überlegen, was um alles in der Welt ich zum Abendessen anziehen sollte. Es war meine Chance, einen besseren Eindruck zu machen als beim ersten Zusammentreffen. Ich musste Nicks Familie zeigen, dass ich nicht bloß irgendein schäbiges Mädchen war, das er in irgendeiner Bar aufgegabelt hatte, sondern eine berufstätige, selbstbewusste und einigermaßen erfolgreiche Frau.

Aber trotzdem: Wie sollte ich es mit jemandem wie Sophia aufnehmen, die sogar in einem Plastikmüllsack gut ausgesehen hätte? Wobei sie vermutlich nie im Leben etwas angezogen hätte, das nicht ein kleines Vermögen gekostet hatte. *Sie* hatte sicher keinen Kleiderschrank voller Ausverkaufsartikel von H&M und Teilen von Topshop, die – ungelogen – fünfzehn Jahre alt waren.

Ich folgte Daisy eine beinahe schmerzhaft schöne Straße entlang, die meines Erachtens in Richtung Hotel führte, und wenn ich nicht gezwungen gewesen wäre, mit ihr Schritt zu halten, hätte ich zwischendurch angehalten, um ein wenig durch die Marktstände zu unserer Linken zu streifen. Ein besonders verlockender Stand hatte gefälschte Designerhandtaschen im Angebot.

»Warte, Daisy!«, rief ich ihr hinterher. »Geh nicht so weit voraus!«

Sie warf mir über die Schulter hinweg einen bösen Blick zu und verlangsamte ihre Schritte kaum merklich. Ich wollte bereits loslaufen, um zu ihr aufzuschließen, als mein Handy klingelte. Ich ging dran, ohne nachzudenken, wer es war.

»Maddie! Gut, dass du drangehst. Ich dachte schon, ich müsste dir eine Mail schreiben.«

Verdammt. Hätte ich gewusst, dass es Tim war, hätte ich die Mobilbox rangehen lassen. Was wollte er?

»Wie ist es in Florenz?«, fragte er gespielt beiläufig.

»Ich bin gerade erst angekommen«, erwiderte ich und hätte ihn gerne daran erinnert, dass ich meinen Jahresurlaub hier verbrachte und die Tatsache, dass er mein Vorgesetzter war, ihn nicht dazu berechtigte, mich anzurufen, wann immer ihm der Sinn danach stand.

Bloß, weil ich fürs Fernsehen arbeitete und – laut Tim – *Tausende Leute* für meinen Job getötet hätten (was ich stark bezweifelte), hieß das nicht, dass ich rund um die Uhr erreichbar sein musste. Ja, ich arbeitete oft bis spätabends oder machte Überstunden, wenn ich zu Dreharbeiten unterwegs war, und das war auch in Ordnung. Aber wir arbeiteten für einen Low-Budget-Reisesender und drehten keine brandaktuellen Dokumentationen. Wenn ich mir ein paar Tage freinehmen wollte, sollte das eigentlich kein Problem sein.

»Ich wollte dich bitten, ein bisschen allgemeines Filmmaterial über Florenz zusammenzustellen«, fuhr Tim in einem fröhlichen Tonfall fort, den er immer dann hervorholte, wenn er mich etwas fragte, von dem er tief in seinem Inneren selbst wusste, dass es total unverschämt war. »Dann müssen wir nicht extra noch mal hin und könnten es als Teaser für unser Special über Städtereisen verwenden.«

Erwartete er ernsthaft, dass ich im Urlaub arbeitete? Ohne Bezahlung? Vielleicht sollte ich ihm drohen, die Personalabteilung einzuschalten (wobei wir beide wussten, dass ich das niemals tun würde).

»Ich weiß nicht, ob ich dafür Zeit haben werde«, erklärte ich ihm. »Nicks Familie hat einen ziemlich straffen Reiseplan zusammengestellt, und es ist – wie du ja weißt – mein Jahresurlaub …«

»Du findest bestimmt die eine oder andere Stunde, um etwas zu filmen, Maddie. Mehrarbeit unter besonderen Umständen ist leider Teil dieses Jobs. Ich hab auch seit Jahren keinen richtigen Urlaub mehr gemacht.«

Das war eine himmelschreiende Lüge.

»New York zählte also nicht?«

Normalerweise war ich zurückhaltender, weil ich … nun ja, weil ich diesen Job *brauchte*. Aber ernsthaft, er litt an selektivem Gedächtnisverlust?

»Das war … ein familiärer Notfall«, erwiderte Tim.

Das war es nicht. Ich hatte ein Foto von ihm gesehen, auf dem er mit massenhaft Zeit im Gepäck durch den Central Park ruderte.

Ich sah eilig nach, ob Daisy noch in der Nähe war, und erkannte erfreut, dass sie stehen geblieben war, um eine hübsche Kirche zu fotografieren. Das war vielversprechend. Vielleicht fand sie doch noch Interesse an der Stadt, und wir hätten etwas, worüber wir uns unterhalten konnten, da wir beide ja noch nie hier gewesen waren.

»Okay, ich schau mal, was sich machen lässt«, sagte ich, um Tim endlich loszuwerden.

»Mach das. Und halt mich auf dem Laufenden, ja?«

Ich legte auf und steckte mein Telefon so tief in meine Tasche, dass ich es nicht hören würde, falls er noch einmal anrief. Ich wollte nicht mehr an Tim denken, was ja prinzipiell der Sinn eines Urlaubs war. Wäre er netter gewesen und hätte ich das Gefühl gehabt, der Sender wüsste meine harte Arbeit zu schätzen, wäre ich vielleicht aufgeschlossener gegenüber seiner Bitte gewesen. Der Gedanke, ein oder zwei Stunden allein zu verbringen, um am Arno ein paar hübsche Bilder einzufangen, war ziemlich verlockend. Aber für den Holiday Shop war ich ersetzbar, das war mir klar. Ich steckte schon einige Zeit in derselben Position als Produktionsassistentin fest, und man hatte mich mehrmals bei Beförderungen übergangen. Vielleicht, weil ich mich nicht so sehr in den Vordergrund drängte wie andere in diesem Job, und weil ich mir nie laut Gehör verschafft hatte. Die Leute schienen die gute Arbeit, die ich ablieferte, gar nicht zu bemerken. Eine Zeit lang war es okay gewesen, sich sozusagen unter dem Radar zu bewegen, immerhin hatte ich mit dieser Strategie meine Jugend überstanden. Ich war hin- und hergerissen gewesen zwischen meiner Mum, die völlig von ihren kleinen Zwillingen in Beschlag genommen worden war (meine beiden Halbschwestern, die mittlerweile im Teenageralter waren), und meinem Dad, der derart unter dem Einfluss seiner neuen Frau/ehemaligen Geliebten Sharon stand, dass meine Besuche immer unangenehmer geworden waren. Doch tief im Inneren hegte ich den verzweifelten Wunsch, erfolgreich zu sein. *Bemerkt* zu werden. Auf einem Gebiet besonders gut zu sein und dafür Applaus zu bekommen. Ich wollte für meine Arbeit, meine Kreativität und meine Leidenschaft geschätzt werden und nicht für meine »unheimlich komischen« Scherze bei Besprechungen oder meine hervorragenden Fähigkeiten, wenn es darum ging, mich bei jemandem einzuschleimen.

»Okay«, sagte ich zu Daisy, die derart vorsichtig an ihrem Eis leckte, als könnte sie sich daran vergiften. Ehrlich, wie hatte sie es geschafft, so lange zu brauchen? Ich hatte meins nach zwei Minuten hinuntergeschlungen. »Das Hotel ist gleich da vorne links.«

Daisy grunzte zur Antwort und folgte mir die schmale, schattige und wunderschöne Via Porta Rossa entlang, in der es herrlich nach frischer Pizza duftete. Ab und an zwang uns ein Fahrzeug an den Rand, aber ansonsten schlenderten wir in der Mitte der Kopfsteinpflasterstraße entlang, und ich zeigte immer wieder auf besonders schöne Schaufenster, in denen Kleider, Parfums und teurer Schmuck ausgestellt waren, was Daisy zu gefallen schien, auch wenn es zu keinen weiteren Gesprächen zwischen uns führte.

»Wie kommt es eigentlich, dass deine Mum auch hier ist?«, fragte ich beiläufig, als wir gerade an einer hübschen Bäckerei mit verlockenden und exquisiten Cremetorten vorbeikamen.

Waren ein Eis *und* ein Stück Torte zu viel?

Daisy zuckte mit den Schultern. »Granny wollte, dass sie

kommt. Sie verbringen immer noch ab und zu Zeit miteinander.«

*Natürlich* verstanden sich die beiden prächtig. Ich wäre jede Wette eingegangen, dass Sophia genau der Typ Frau war, den sich Rosamund schon immer zur Schwiegertochter gewünscht hatte. Ich stellte mir vor, wie sie die Punkte abhakte. Privatschule? Check. Von Kopf bis Fuß nur Designer-Labels? Check. Rasiermesserscharfe Wangenknochen? Check.

Ein Teil von mir verstand es, aber der andere – der, den ich meistens versteckt hielt – war wütend. Immerhin hatten sie gewusst, dass ich kommen würde, und ihnen musste klar gewesen sein, dass es schwierig für mich sein würde. Jedenfalls stimmte mich die Tatsache, dass ihnen das egal gewesen war, nicht gerade zuversichtlich, dass ich irgendwann ein Teil dieser Familie werden konnte. Es schien, als hätten sie bereits beschlossen, dass Nicks zweite Frau eine zweitklassige Frau war, ohne mich kennengelernt zu haben. Vermutlich war es jetzt meine Mission, sie umzustimmen, obwohl ich keine Ahnung hatte, womit ich anfangen sollte. Vielleicht konnte ich sie mit meiner Arbeit beeindrucken? Eine Stelle beim Fernsehen klang doch recht gut, wenn ich nicht zu sehr ins Detail ging, was den Holiday Shop betraf, und sie nicht mitbekamen, dass es im Prinzip ein Kabelsender war, der verbilligte Ferien in Anlagen auf Teneriffa und an der Costa del Sol verkaufte (wobei Letzteres sicher ihr schlimmster Albtraum war). Oder ich fand ein gemeinsames Hobby – irgendetwas musste es doch geben. Bücher vielleicht. Ich las sehr viel und alle Genres, sodass ich sicher irgendetwas Intelligentes beitragen könnte, egal über welches Buch sie sprechen wollten. Oder Essen? Ich meine, ich aß sehr gerne, und das war doch schon mal ein Anfang.

Natürlich hätte ich mit Nick über diese Dinge sprechen sollen, aber Daisy war nun mal hier und war vermutlich weniger verschlossen als er, was die Chance erhöhte, die ungefilterte Wahrheit zu erfahren.

»Sie scheinen sich gut zu verstehen«, sagte ich beiläufig.

Daisy sah mich an und schwenkte mit funkelnden Augen ihr Eis vor meiner Nase hin und her. Ich spürte, dass ihr die Vorstellung von einer möglicher Spannung zwischen ihrer Mum und mir gefiel. Teenager liebten Dramen aller Art, nicht wahr?

»Stört es dich?«, fragte sie.

»Nicht wirklich«, erwiderte ich, denn was hätte ich denn sonst sagen sollen? »Ich war nur überrascht, sie hier zu sehen.«

»Das kann ich mir vorstellen«, sagte Daisy. »Dad hätte es dir erzählen sollen.«

»Vielleicht.« Ich war erstaunt und fühlte mich seltsam ermutigt, dass so etwas sogar einer Vierzehnjährigen auffiel. Dann spielte ich also nicht verrückt.

Wir bogen um die Ecke, und vor uns tauchte majestätisch das Palazzo Continentale an der vermutlich exklusivsten Einkaufsstraße der Stadt auf, der Via Tornabuoni. Das Gebäude selbst war sagenhaft schön, wie eine von den Villen, die ich in Filmen über die ländliche Toskana gesehen hatte – verschlossene Fensterläden, Balkone wie in *Romeo und Julia* und dazu diese wunderbare ockerfarbene Steinfassade, aber diesmal im Herzen von Florenz, umgeben von anderen ebenso schönen Häusern und ehemaligen Palazzi. Gleich daneben hatten sich Boutiquen von Yves Saint Laurent und Fendi niedergelassen, eine Gucci-Boutique befand sich direkt gegenüber. Vor dem Eingang standen zwei riesige Kübel mit Pflanzen, die so gepflegt aussahen, dass ich mich fragte, ob sie überhaupt echt waren.

»Wohnt ihr immer in solchen Hotels?«, fragte ich Daisy,

die endlich ihr Eis aufgegessen hatte und bei der Waffel angelangt war, an der sie zaghaft knabberte.

»Eigentlich schon«, erwiderte sie. »Du nicht?«

Ich warf ihr einen Blick zu. War sie tatsächlich derart realitätsfremd, dass sie dachte, jeder könnte sich einen Aufenthalt im Fünfsternehotel leisten? Wenn noble Schulen, riesige Häuser und private Tennisstunden zu einer solchen Auffassung führten, war ich froh, dass ich nicht so aufgewachsen war (ja, klar – wen veräppelte ich hier eigentlich?).

»Nein, Daisy«, sagte ich, und fügte, um ihren Horizont ein bisschen zu erweitern, hinzu: »Ich kann mir so was normalerweise nicht leisten.«

Sie sah mich stirnrunzelnd an. »Aber ich dachte, du wärst ganz groß im Fernsehgeschäft, genau wie Dad?«

Ich schüttelte den Kopf. »Dein Dad spielt in einer ganz anderen Liga. Er ist Marketingdirektor bei Sky, ich bin bloß Produktionsassistentin beim Holiday Shop. Das kann man nicht als *ganz groß* bezeichnen.«

»Aber du reist viel herum, hat Dad erzählt.«

Ich nickte. »Klar, und ich liebe diesen Teil meiner Arbeit. Aber wir steigen sicher nicht in solchen Hotels ab.«

Da kein Türsteher zu sehen war – was mich erleichterte, denn es war mir unangenehm, mir von jemandem die Tür öffnen zu lassen –, traten wir durch die Drehtür in das Hotel, in die *Lobby der Träume*, wie ich sie heimlich getauft hatte. Mittlerweile war es ruhiger geworden, und der Pianist hatte offenbar Pause. Vor der Rezeption hatte sich eine kleine Schlange gebildet – vielleicht war gerade ein Flieger (mit vernünftigen Menschen, die Flugzeuge liebten) gelandet, und alle waren gleichzeitig hier angekommen.

Ganz vorne lehnte sich ein Mann in einer schwarzen Jeans und einem dieser schwarzen Poloshirts, die seidig weich und teuer aussahen, an den Empfangstresen, und aus irgendeinem Grund fiel mein Blick auf ihn. Ich wollte meinen Kopf wegdrehen und mich auf den Rückweg ins Restaurant konzentrieren, wobei ich hoffte, dass Nick nicht mehr da war und ich direkt auf unser Zimmer gehen konnte, aber meine Augen fanden immer wieder zu dem Mann zurück. Seine gebräunten, muskulösen Arme wirkten seltsam vertraut. Als er sich bückte, um etwas aus seiner Tasche zu holen, zeichneten sich die Rückenmuskeln deutlich unter seinem Shirt ab. Ich fragte mich, ob er Italiener war. Er hatte einen herrlichen goldbraunen Teint, dunkle Haare und war mindestens einen Meter neunzig groß. Er drehte sich ein wenig zur Seite, um der Empfangsdame seinen Reisepass zu übergeben, und ich erhaschte einen Blick auf sein Profil.

Mein Gott, das durfte nicht wahr sein! Ich blieb wie angewurzelt stehen, mein Herz klopfte wie verrückt, und meine Kehle war wie zugeschnürt. Ich beobachtete den Mann weiter und hoffte, sein Gesicht noch einmal zu sehen, damit ich sicher sein konnte, dass ich mich getäuscht hatte. Denn es war unmöglich, dass er hier war. Nicht hier in Florenz. Nicht nach all den Jahren.

»Was ist los?«, fragte Daisy, die neben mich getreten war, und musterte mich argwöhnisch. »Du bist so rot im Gesicht.«

Warum sollte Aidan hier sein, in diesem luxuriösen, aber auch etwas spießigen Hotel in Florenz? Das passte gar nicht zu ihm. Er stand eher auf spleenige Boutique-Hotels mit Graffiti an den Wänden und geheimen Sake-Bars im Keller.

»Ähm, gar nichts«, erwiderte ich und zwang mich, mir nichts anmerken zu lassen. »Mir ist nach dem Spaziergang nur ein bisschen heiß, das ist alles. Nach dir«, sagte ich und schob Daisy in Richtung Restaurant.

Auf dem Weg wagte ich noch einen Blick über die Schulter.

Der Mann am Empfang hatte sich wieder aufgerichtet, und die Rezeptionistin reichte ihm seine Schlüsselkarte. Er sagte etwas, und ich lauschte angestrengt, ob ich vielleicht seine Stimme wiedererkannte, doch der Pianist hatte wieder zu spielen begonnen, und so hörte ich lediglich die ersten Takte von Beethovens *Mondscheinsonate*. Ausgerechnet! Ich hatte das Stück schon einmal live gehört, an einem Abend, den ich mit aller Kraft zu vergessen versuchte.

Nick und Sophia waren genau da, wo wir sie zurückgelassen hatten. Vielleicht etwas fröhlicher, etwas lauter. Der teuerste Champagner des Hauses hatte offenbar gemundet. Ich riss mich zusammen. Es gab keinen Grund, sich Sorgen zu machen. Die Haare des Mannes waren auf jeden Fall eine Spur heller gewesen als Aidans. Ich versuchte, die Erinnerungen aus den hintersten Winkeln meines Gedächtnisses hervorzuholen und sein Gesicht vor mir zu sehen – also das genaue Gegenteil von dem, was ich in den letzten zwei Jahren getan hatte. Es war einfacher gewesen, so zu tun, als wären wir uns nie begegnet. Als hätte ich keine Ahnung, wie gut er roch, wie es klang, wenn er lachte, oder was sein Lieblingsessen war (Pizza, eine schlichte, einfache Margherita). Der Mann am Empfang hatte in etwa seine Größe, war allerdings etwas schlanker. Und ich konnte mich nicht erinnern, dass Aidan ein Designeroberteil besessen hätte. Zumindest nicht, als ich ihn kannte. Nein, ich bildete mir das alles bloß ein, dabei musste ich mich darauf konzentrieren, Nicks Familie zu beeindrucken und sie besser kennenzulernen, und nicht darauf, alte Erinnerungen auszugraben.

Also verdrängte ich Aidans Doppelgänger aus meinen Gedanken und folgte Daisy ins Restaurant.

# Kapitel drei

Nach ein paar Minuten Small Talk im Restaurant konnte ich schließlich die Flucht ergreifen und hatte endlich die Gelegenheit, ein paar Stunden auf dem Zimmer zu verbringen. Es war wunderschön eingerichtet. Üppig und romantisch möbliert, das Bett unglaublich weich und einladend – also genau das, was man von einem Hotel erwartete, in dem die Nacht über SECHSHUNDERT EURO kostete. Der Himmel hatte in der Dämmerung eine dramatische blaue Färbung angenommen, das Kopfsteinpflaster auf dem Platz unter dem Fenster war in ein verlockendes, heimelig warmes Licht gehüllt, und über den Dächern ragte der zu jeder Zeit beeindruckende Dom empor.

Ich hatte ein schlechtes Gewissen, so etwas überhaupt zu denken, weil ich wusste, wie viel Nick seine Familie bedeutete, aber es wäre unendlich viel schöner gewesen, mit ihm allein zu Abend zu essen. Nur wir beide. Ich hätte Unmengen an Pasta und Rotwein genießen können, ohne mir darüber Gedanken zu machen, ob ich einen guten Eindruck machte oder das Richtige sagte. Ich klammerte mich immer noch an die Hoffnung, dass alles gut werden würde. Wenn wir uns erst ein wenig besser kannten, würde ich schließlich doch von der liebevollen, witzigen Zweitfamilie willkommen geheißen werden, von der ich auf der (langen) Zugfahrt hierher geträumt hatte. Vielleicht hatten wir einfach einen schlechten Start.

»Können wir in fünf Minuten runtergehen?«, fragte Nick und trat in einer Dampfwolke und mit einem blütenweißen Badetuch um die Hüften aus dem Badezimmer.

Er mochte zehn Jahre älter sein als ich, aber er war auch zehn Mal so fit, nicht zuletzt, weil er ein Vermögen für die Mitgliedschaft im Fitnessclub und das Personal-Training zweimal die Woche ausgab. Seine Haare waren länger, wenn sie nass waren, und fielen in goldenen Kringeln auf seine Schultern. Engelslöckchen, nannte ich sie manchmal in Gedanken, was ich natürlich niemals laut ausgesprochen hätte. Ich erinnerte mich an Aidans dunkle, kurz geschorene Haare, mit denen ich ihn immer aufgezogen hatte. Meine Freundin Lou hatte ihn *Army Boy* genannt, und als ich ihm davon erzählt hatte, hatte er es als Kompliment aufgenommen.

Ich verdrängte den Gedanken, lehnte mich näher an den Spiegel und griff nach der Mascara. Ich würde mich nicht von irgendeinem Mann in der Lobby aus der Ruhe bringen lassen, der Aidan aus der Nähe betrachtet vielleicht nicht einmal ähnlich sah. Meine Augen hatten mir einen Streich gespielt, mehr nicht. Vor dem heutigen Tag waren die Erinnerungen an ihn tief in mir verschlossen gewesen, und nur manchmal waren winzige Kleinigkeiten an die Oberfläche gelangt, vor allem, wenn ich es am wenigsten erwartet hatte. Erinnerungen an unsere erste Begegnung am Loch Lomond, als er schwankend versucht hatte, in seinen Taucheranzug zu schlüpfen. Oder – merkwürdigerweise – an unseren letzten gemeinsamen Morgen, als er mich mit der Laptoptasche über der Schulter zum Abschied geküsst hatte und mir der Duft seines Zitronenshampoos in die Nase gestiegen war. An den Moment, als mir klar geworden war, dass er fort war – wirklich und wahrhaftig fort. Dass er genauso plötzlich verschwunden war, wie er in mein Leben getreten war. Tief in meinem Inneren hasste ich ihn noch immer für die Art, wie alles geendet hatte, aber es war nicht gesund, an alten Enttäuschungen festzuhalten, und deshalb konnte ich es mir selbst gegenüber kaum zugeben. Und anderen gegenüber erst recht nicht.

»Also, schieß los. Was halten deine Eltern von mir?«, fragte ich Nick, während ich die Lippen in einem sanften Kirschrot nachzog und schließlich meinen Lieblingslippenstift in Erdbeerrot auftrug. Ich presste die Lippen aufeinander, um die Farbe zu fixieren. Na, wer sagt's denn? Ich konnte auch schick aussehen, wenn ich wollte. Mein trägerloses Kleid war vielleicht von Primark und nicht von Prada, und statt echter Edelsteine trug ich fuchsienfarbige Ohrringe, die aussahen wie Weihnachtskugeln (aber auf gute Art), trotzdem gefiel mir, was ich im Spiegel sah. Ich strich mein Kleid glatt, zog den Bauch ein und drehte mich von einer Seite zur andern. »Erzähl mir ganz genau, was deine Mum gesagt hat. Wort für Wort.« Ich versuchte, nicht zu bedürftig zu klingen, aber ich sehnte mich verzweifelt nach der Bestätigung, dass Nicks Familie mich nicht auf den ersten Blick abgelehnt hatte. Vielleicht *wirkten* sie bloß voreingenommen, und es lag an den negativen Erfahrungen in meiner Vergangenheit, die mir einen ziemlichen Minderwertigkeitskomplex eingebracht hatten. Vielleicht waren sie in Wirklichkeit total entspannt und richtig nett, und ich projizierte diese ganze Hochnäsigkeit nur auf sie, und sie waren völlig anders.

Nick trat hinter mich und schlang die Arme um meine Taille. »Mum liebt dich«, flüsterte er mir ins Ohr. »Das tun sie alle.«

Ich betrachtete sein Gesicht im Spiegel. Er konnte mir nicht in die Augen sehen.

»Du kannst mir ruhig die Wahrheit sagen, weißt du?« Ich streckte die Hand nach hinten und fuhr ihm durch die

Haare. »Ich bin ein großes Mädchen, ich komme schon klar.« Obwohl mein Herz schwer wurde, wenn ich es nur aussprach.

Er nahm die Hände von mir und begann, sich anzuziehen. Ich sah zu, wie er mit den Boxershorts kämpfte, die an seiner feuchten Haut immer wieder kleben blieben. Er hatte mir im Prinzip überhaupt nichts erzählt. Ich hatte gedacht, dass ich es ganz genau wissen wollte, aber allmählich befürchtete ich, dass es nicht das sein würde, was ich hören wollte.

»Sag es mir.«

»Ist schon gut, Mads. Sie mögen dich, okay?«, erwiderte er und nahm sein Hemd vom Kleiderbügel.

Ich biss mir auf die Unterlippe und griff nach dem Parfum. Ich glaubte ihm nicht. Es war irgendwie lieb von ihm, dass er mich beschützen wollte, aber andererseits sollten wir ehrlich zueinander sein, wenn wir den Rest unseres Lebens gemeinsam verbringen wollten. Ich musste wissen, womit ich es zu tun hatte. Er konnte nicht erwarten, dass ich mich wie ein Lamm zur Schlachtbank führen lassen würde, ohne zu wissen, was ich falsch gemacht hatte – *falls* ich überhaupt etwas falsch gemacht hatte. Das verstand er doch sicher?

Ich nahm meine Haarbürste und fuhr damit durch meine langen (ausnahmslos geglätteten) naturkrausen Locken, bürstete die Knoten aus und kämmte anschließend die Stirnfransen. Ich war mittlerweile froh, dass ich mir vor unserer Abreise in London eine teure Föhnfrisur geleistet hatte. Irgendwie hatte ich wohl geahnt, dass die Frauen in Nicks Familie voluminöse, teure Frisuren trugen.

»Ich hab das Gefühl, dass ich nicht das bin, was sie erwartet haben«, erklärte ich, um Nick zu einer Antwort zu zwingen.

Ich sah ihm an, dass ihm meine Fragen unangenehm waren, aber dann dachte ich: *Willkommen in meiner Welt.*

Nick hüstelte. »Na ja, ich habe ihnen viel von dir erzählt, es gab also keine … Überraschungen.«

»Okay.«

»Und, ähm … sie finden dich … hübsch«, fügte er hinzu.

Ich verdrehte innerlich die Augen. Ich glaubte zu wissen, was das bedeutete: Sie fanden mich hübsch, wenn man bedachte …

Ich holte tief Luft und versuchte, die negativen Gedanken zu verdrängen. Das war nicht einfach, denn es wurden immer mehr, aber da ich mich gleich mit diesen Leuten zu einem dreigängigen Menü an einen Tisch setzen musste, sollte ich mich besser zusammenreißen.

»Also, was mag deine Mum so? Wir müssen doch irgendetwas gemeinsam haben«, sagte ich hoffnungsvoll und stieg in das einzige Paar Stöckelschuhe, das ich besaß.

*Na bitte*, dachte ich und sah an mir hinunter. *Viel besser als vorhin.*

Heute Abend war die Gelegenheit für einen Neuanfang. Ich würde mit hoch erhobenem Kopf das Restaurant betreten und mich wohl in meiner Haut fühlen. Ich war bereit, der Leveson-Gower-Familie gegenüberzutreten. Ja genau, Leveson-Gower – das war Nicks Nachname, und bald würde es auch meiner sein. Mein Dad hatte sich kaputtgelacht, als ich es ihm gesagt hatte. Zumindest, nachdem er über die Tatsache hinweg war, dass Nick nicht bei ihm um meine Hand angehalten hatte. Er war sogar ziemlich verletzt gewesen. Als ich Nick davon erzählt hatte, war er am Boden zerstört gewesen. Er wusste von der schwierigen Beziehung zu meinem Vater und hatte gedacht, ich wollte nicht, dass er Dad um Erlaubnis fragte. Und tatsächlich war es schwer zu erklären. Obwohl wir ständig aneinandergerieten und einander nicht verstanden, liebte ich meinen Vater und war der Meinung, dass es richtig gewesen wäre, ihn zu fragen. Nick hatte versucht, es wiedergutzumachen, indem er uns alle (also Dads Seite der Familie) zum Abendessen eingeladen hatte, um die Verlobung zu feiern. Es war nett gewesen, aber der Schaden war angerichtet, was meinen Dad betraf.

»Sie spielt ziemlich oft Golf«, sagte Nick.

Ich lachte. Im Clubhaus konnte es bestimmt sehr lustig werden.

»Pferde?«

»Das sind echt schöne Tiere, aber ich bin noch nie auf einem geritten.«

»Das Kreuzworträtsel in der *Times*?«, fuhr er hoffnungsvoll fort.

Musste es unbedingt die *Times* sein?

»Ich lese eher Frauenmagazine. Außerdem glaube ich nicht, dass Kreuzworträtsel eine gute Gesprächsbasis sind.«

Nick griff nach seinem Schlüssel. »Hör mal, Schatz, sei einfach du selbst, ja? Sie werden lernen, dich zu lieben.«

»Aha!«, rief ich. »Ich wusste es. Du hast gesagt, dass sie *lernen werden*, mich zu mögen.«

Nick küsste mich, damit ich den Mund hielt, was er relativ häufig tat. Manchmal machte es mir nichts aus, aber heute Abend schon.

»Sei nicht so negativ, Maddie. Es ist alles gut. Du siehst wundervoll aus, und ich bin sehr stolz darauf, dass du meine Verlobte bist. Mehr musst du nicht wissen.«

Er drückte mir noch einen Kuss auf die Stirn, und ich fühlte mich ein klein wenig besser. Was machte es schon, dass seine Familie derart in ihrer Selbstgefälligkeit gefangen war? Das war zwar schlimm, aber wenn ich diese Reise überstanden hätte und wir uns dabei nicht so nahegekommen wären, wie ich gehofft hatte, würde ich sie in Zukunft nur noch sehr selten sehen. Sie wohnten Kilometer entfernt in Gloucestershire, weshalb ich sie bis jetzt auch noch nicht kennengelernt hatte. Erst nach unserer Verlobung hatten wir es beide für eine gute Idee gehalten. Wobei mir gerade einfiel, dass die Verlobung erst vier Wochen her war – diese Reise musste allerdings schon Monate im Vorhinein geplant gewesen sein. Ich fragte mich, ob Nick ursprünglich allein hatte kommen wollen und ob Sophia davon ausgegangen war, dass er ohne mich kam. Vielleicht fühlte sie sich sogar ausgeschlossen, weil ich plötzlich aufgetaucht war. Die Situation war für sie vermutlich genauso unangenehm wie für mich.

Ich griff nach meiner Clutch, folgte Nick aus dem Zimmer und hoffte inständig, dass sich meine Nervosität bald legen würde. Und dass die Haare, über die ich gerade strich, genauso glatt bleiben würden, wie sie beim letzten Blick in den Spiegel gewesen waren – obwohl ich wusste, dass diese Hoffnung vergebens war.

Sobald ich ein oder zwei Gläser Wein getrunken hätte, würde ich mich ein wenig entspannen. Immerhin waren wir hier, um etwas zu feiern. Wenn wir das Gespräch bei Oberflächlichkeiten beließen und uns auf Rosamund und Peter konzentrierten, würde alles gut werden. Ich machte mir viel zu viele Gedanken, das war mir klar.

Die Aufzugstüren öffneten sich mit einem *Pling.* Wir stiegen aus und machten uns auf den Weg durch die Lobby, wobei der Teppichboden und die Stöckelschuhe keine gute Kombination waren und ich einigermaßen schwankte. Ich hätte am liebsten die Schuhe ausgezogen und wäre barfuß weitergegangen, um zu spüren, wie meine Füße in dem Hochflorteppich versanken, aber das tat man wahrscheinlich nicht und hätte mir auch keine Pluspunkte bei der Familie eingebracht. Leise klassische

Musik drang aus strategisch platzierten Lautsprechern, und im Kamin neben der Bar brannte ein Feuer, auch wenn es vorhin noch recht warm im Freien gewesen war. Vielleicht wurde es abends deutlich kühler.

Vor dem Kamin saß ein Paar mit Weingläsern in den Händen und unterhielt sich leise. Seine Hand lag auf ihrem Knie, sie hatte den Knöchel um seinen geschlungen. Wenn Nick und ich allein unterwegs gewesen wären, hätten wir dasselbe tun können. Wobei wir seit dem Zusammenziehen vor achtzehn Monaten kaum noch auf einen Drink oder zum Abendessen ausgegangen waren, und seit wir aus Paris zurück waren, hatten wir auch nichts mehr unternommen, was einem Date nahegekommen wäre. Lou, die vor ein paar Jahren ihren Mann Will geheiratet hatte, hatte mich davor gewarnt. Sie meinte, es wäre wichtig, den Funken immer wieder anzufachen, aber immer, wenn ich etwas Romantisches organisieren wollte, lehnte Nick es neun von zehn Malen aus beruflichen Gründen ab. Vermutlich kam man nicht in die oberste Führungsetage eines Unternehmens wie *Sky*, wenn man lediglich acht Stunden am Tag arbeitete. Derartiger Einsatz zahlte sich eben aus und war auch der Grund, warum ich mittlerweile in seiner Wohnung mit den drei Schlafzimmern in St John's Wood wohnte und mich gegen ihn durchsetzen musste, um überhaupt Miete dafür bezahlen zu dürfen (weil ich es wollte und mich nicht wie ein Frauchen fühlen wollte – ich hatte ebenfalls einen Job und war immer selbst für meinen Unterhalt aufgekommen).

Wenn es nicht die Arbeit war, war es Daisy. Er telefonierte ständig mit Sophia, und ich hörte, wie er leise auf sie einredete und versuchte, sie zu beruhigen. Obwohl Nick mir nie etwas über diese Gespräche erzählte und ich mir nicht sicher war, ob ich ihn danach fragen sollte, sah es für mich so aus, als käme Sophia nur schwer mit einem Teenager in ihrer Wohnung klar und als wolle Nick nicht zu viel Staub aufwirbeln (und Sophia womöglich auf die Idee bringen, dass Daisy zu ihm ziehen sollte). Er hörte ihr lediglich mitfühlend zu und versicherte ihr, dass sie eine großartige Mutter wäre. Ich hingegen fühlte mit Daisy. Ich wusste, wie es war, wenn sich die Eltern trennten und man das Gefühl hatte, nirgendwo richtig dazuzugehören, weil keiner von ihnen einen wirklich bei sich haben wollte.

Wir bogen um die Ecke und betraten das Restaurant, das jetzt am Abend besonders schön aussah. Auf jeder verfügbaren Oberfläche flackerten Kerzen, und makellos gekleidete Kellner glitten mit exquisiten Speisen zwischen den Tischen hin und her. Ich hatte mir fest vorgenommen, heute mal etwas anderes auszuprobieren, ein wenig abenteuerlustig zu sein. Vielleicht würde ich ein Gericht von der Tageskarte nehmen, falls ich es schaffte, vorab herauszufinden, worum es sich handelte. Auf jeden Fall musste ich meine Komfortzone verlassen, denn mein Lieblingsgericht, mit dem man nichts falsch machen konnte – Spaghetti Carbonara –, würde wohl eher nicht auf der Karte stehen. Ich hatte vorhin einen Blick darauf erhascht, und es handelte sich definitiv um eine sehr feine Speisenauswahl.

Ich entdeckte Rosamund sofort. Sie saß an einem Tisch am Fenster und schien zu strahlen, was vermutlich mit den Diamantohrringen zu tun hatte, in denen sich das Licht brach. Sie war in aufsehenerregendes Rot gekleidet, und die Haare waren noch voluminöser als vorhin. Ich musste zugeben, dass sie großartig aussah.

Ich holte tief Luft. Ich würde das hinbekommen. Es war bloß Nicks Mum, es würde nichts Schlimmes passieren.

»Okay?«, fragte Nick und nahm meine Hand.

Er hatte meine Bedenken offenbar gespürt, und unser Gespräch vorhin hatte ein Übriges getan.

»Ich glaube schon«, erwiderte ich, dann verschränkte ich meine Finger mit seinen.

Es würde alles gut werden, solange ich ihn an meiner Seite hatte. In ein paar Stunden wäre alles vorbei und wir wären wieder auf unserem Zimmer, und morgen früh könnte ich endlich das *Zimmer-mit-Aussicht*-Ding an meinem Fenster durchziehen.

Wir schoben uns gerade hintereinander zwischen den anderen Tischen hindurch, als ich ihn sah. Und dieses Mal bestand kein Zweifel: Es war Aidan, der da allein an einem Tisch zu unserer Rechten saß und genauso schockiert aussah, wie ich mich fühlte.

Ich drückte Nicks Hand fester, als mir plötzlich schwindelig wurde und ich das Gefühl hatte, mein Körper würde nicht mehr von meinem Gehirn gesteuert. Er war es also tatsächlich gewesen. Ich verlor nicht langsam den Verstand. Und jetzt saß er hier mit seinem makellosen Gesicht direkt vor mir und starrte mich aus diesen großen Augen an. Wut brodelte in mir hoch, und mir wurde übel. Es war typisch für ihn, dass er nach zwei Jahren Funkstille ausgerechnet jetzt wieder auftauchte, wo ich endlich bereit war weiterzuziehen. In diesem Moment hasste ich ihn.

Ich wandte mich ruckartig ab und zwang mich, den Blick auf Rosamund und ihre Diamanten zu richten, zu lächeln und nicht zu vergessen, was wirklich wichtig war, nämlich Nick und seine Familie und das Leben, in das wir gemeinsam starten würden. Nicht Aidan und seine albernen Versprechen, die er gebrochen hatte.

# Kapitel vier

Wir mussten das ganze Theater aus Luftküssen und Umarmungen erneut über uns ergehen lassen – also, zumindest Nick. Ich nicht. Lediglich Sophia hauchte mir mit rubinroten Lippen halbherzig ein Küsschen auf die Wange. Rosamund beachtete mich nicht weiter, während sie sich auf Nick stürzte, ihm das Revers glattstrich und ein großes Aufhebens darum machte, dass er auf dem besten Platz gegenüber von ihr saß. Und neben Sophia. Ausgerechnet.

Ich konnte in der Zwischenzeit an nichts anderes denken als an Aidan. Es kostete mich all meine Kraft, mich nicht zu ihm umzudrehen. Ich hätte gern gewusst, ob er sich genauso schrecklich fühlte wie ich. Ich bezweifelte es. Hätte ich ihm auch nur das Geringste bedeutet, hätte er sich damals anders verhalten, und seitdem war eine lange Zeit vergangen. Abgesehen von einem kurzen Moment der Überraschung hatte unser Wiedersehen vermutlich keinerlei Auswirkungen auf ihn. Dafür hatten sich seine nervtötend perfekten Wangenknochen in meine Netzhaut gebrannt, wie wenn man versehentlich in die Sonne blickt und sie danach noch ewig vor sich sieht. Er hatte noch immer diese Ausstrahlung von hartem Kerl und Mathe-Nerd, und aus irgendeinem Grund war mein Blick auf die langen Finger um den Stiel seines Glases gefallen. Und auf die gerade sichtbaren Bartstoppeln, die ihn unglaublich sexy aussehen ließen.

»Setz dich, Darling«, forderte Nick mich auf und zog einen Stuhl heraus.

Ich schluckte. Nick nervte, was nicht fair war, aber ich fragte mich dennoch, warum er plötzlich so affektiert war und mich *Darling* nannte, obwohl er normalerweise *Süße* zu mir sagte (was zugegebenermaßen auch nicht so toll war, weil ich im Allgemeinen keine öffentlich zur Schau gestellten Zärtlichkeiten mochte). Und warum zog er den Stuhl für mich heraus, wie Aidan es immer getan hatte, obwohl Nick noch nie in seinem Leben auf diese Idee gekommen war?

Ich setzte mich verlegen und hatte Angst, den Stuhl nicht zu erwischen und stattdessen auf dem Boden zu landen. Das hätte Rosamund gefallen. Und meine Demütigung vor Aidan wäre vollkommen gewesen.

»Wie hat Ihnen der Spaziergang durch Florenz gefallen?«, fragte Rosamund mit einem schmallippigen Lächeln. »Wie ich hörte, hatten Sie ein *Gelato*. Wie nett.«

»Das war es«, stimmte ich ihr zu und wäre beinahe erblindet, so strahlend hell leuchteten ihre Ohrringe. »Daisys Kirscheis sah besonders köstlich aus.«

Ich fragte mich, was Aidan von den Leuten hielt, mit denen ich am Tisch saß. Von Nick, dessen Hand ich gehalten hatte. Es war unmöglich, dass er uns nicht bemerkte, immerhin lachte Sophia gerade viel zu laut über etwas, das Nick gesagt hatte, und Rosamund hatte mehr oder weniger Kronleuchter an den Ohren. Ich wiederholte in Gedanken immer wieder dasselbe Mantra: *Denk nicht an Aidan. Denk nicht an Aidan. Denk nicht an Aidan und daran, wie weh er dir getan hat. Zumindest nicht, solange du nicht auf dem Zimmer bist.* Wenn Nick erst schlief und ich wach im Mondlicht lag, würde ich mir erlauben, eine Stunde an ihn zu denken, aber nicht länger. Und danach würde ich ihn endlich vergessen.

Daisy lümmelte mir gegenüber auf ihrem Stuhl, saugte wie verrückt an ihrem Strohhalm und schien genauso begeistert, hier zu sein, wie ich.

Ich versuchte, an meine Entschlossenheit von vorhin anzuknüpfen, und erzählte weiter.

»Wir sind an der Galleria dell'Accademia vorbeigekommen, stimmt's, Daisy? Aber die Schlange war endlos. Wir wollten nicht warten.« Wenn ich einfach immer weiterredete, verschwand vielleicht das Verlangen, einen Blick über die Schulter zu werfen.

»Oh, ihr hättet unbedingt reingehen sollen!«, rief Rosamund viel zu laut. Sie klang aufgebracht. »Wenn man das erste Mal in Florenz ist, *muss* man den David einfach gesehen haben. Nicht wahr, Peter?«

Peter goss sich gerade ein Glas Wein ein. Allem Anschein nach war es nicht das erste. »Der Hype ist nicht gerechtfertigt, wenn du mich fragst.«

»Das dachte ich auch«, stimmte ich ihm zu und griff nach der Weinkarte.

Rosamund gab ein missbilligendes Schnauben von sich. »Du hast leicht reden, immerhin hast du ihn schon drei oder vier Mal gesehen. Die arme Maddie war noch nie in Italien.«

Die *arme* Maddie?

»Doch, das war sie«, mischte sich Daisy ein und machte ein schlürfendes Geräusch mit dem Strohhalm, während sie am Boden nach den letzten Resten des Glasinhaltes suchte. »Das hat sie ja vorhin erzählt.«

Ich warf ihr von der Seite einen Blick zu. Hatte sie gerade Partei für mich ergriffen?

»Wobei ich sonst tatsächlich eher in weiter entfernte Länder reise«, erklärte ich und fing den Blick des Kellners auf, der gerade den Brotkorb auf den Tisch stellte. »Könnte ich bitte ein Glas ... ähm ...«

Ich hätte mir die Weinkarte vorher genauer ansehen sollen. Was zum Teufel sollte ich bestellen, wenn ich keinen einzigen dieser protzigen Weinnamen aussprechen konnte? Mein Blick huschte die Seite hinauf und hinunter, die Worte verschwammen vor meinen Augen, und Panik stieg in mir hoch.

»Den da bitte«, sagte ich und deutete auf eine beliebige Stelle. »Ein großes Glas.«

»Für mich auch«, sagte Nick zum Kellner. »Ich vertraue deinem Urteil bedingungslos«, erklärte er und streichelte unter dem Tisch mein Knie.

»Welchen Wein haben Sie ausgewählt, Maddie?«, fragte Sophia zuckersüß und lehnte sich nach vorn, um mir in die Augen zu sehen.

Es war vielleicht paranoid, aber ich hatte das Gefühl, als würde sie mich absichtlich fragen, weil sie wusste, dass ich keine Ahnung von Wein hatte und sie mich dumm dastehen lassen wollte.

»Den ... ähm ...«, begann ich und suchte fieberhaft nach dem Namen eines italienischen Weines. *Irgendeines* italienischen Weines. »Montepulciano«, sagte ich schließlich voller Überzeugung, auch wenn es sehr gut möglich war, dass ich einen ganz anderen Wein bestellt hatte.

»Tatsächlich? Den habe ich gar nicht auf der Karte gesehen«, meinte Sophia und öffnete die Weinkarte erneut.

Glücklicherweise mischte sich in diesem Moment Rosamund ein und fragte Sophia, welche Spa-Behandlung sie am folgenden Nachmittag eingeplant hätte.

Ich hörte nur mit halbem Ohr zu und hielt eifrig Ausschau nach meinem Wein. Nach einiger Zeit begaben sich meine Gedanken erneut auf Wanderschaft. Konnte ich es riskieren, rasch über die Schulter zu schauen? Ich spürte beinahe Aidans Blick im Nacken. Er hatte mich immer auf so intensive Weise angesehen, als könnte er direkt in meinen Kopf hineinsehen. Wir hatten sofort eine Verbindung zueinander, wie ich sie seitdem nie wieder mit jemandem erlebt hatte. Ich hatte vom ersten Moment an das Gefühl, als könnte ich ihm alles erzählen. *Fast* alles. Ich hatte natürlich auch einiges zurückgehalten, und mittlerweile war ich froh darüber, dennoch hatte ich ihm in dem einen Monat, den wir gemeinsam verbracht hatten, mehr von mir gezeigt als Nick in zwei Jahren. Wenn ich mit Nick zusammen war, lieferte ich ihm manchmal nur eine überarbeitete Version meiner selbst, weil ich wusste, dass er die echte nicht verstehen würde und ich mir nicht die Mühe machen wollte, es ihm zu erklären. Aidan hatte immer alles verstanden.

»Also, Maddie«, meldete sich Sophia erneut zu Wort. »Erzählen Sie uns von sich. Was machen Sie beruflich?«

Ich räusperte mich und verdrängte sämtliche Gedanken an Aidan. Das war meine Chance, ihnen zu zeigen, dass ich ihrem geliebten Sohn/Vater/Ex ebenbürtig war. Jemand, der sich Respekt verdient hatte und kein erbärmliches junges Ding, als das sie mich im Moment vermutlich sahen.

»Ich arbeite fürs Fernsehen«, antwortete ich breit lächelnd. »Als Produktionsassistentin einer Reisesendung.«

Na, das hatte doch gar nicht so schlecht geklungen. Viele Leute wollten fürs Fernsehen arbeiten, oder? Zumindest sagte Tim das andauernd.

»Interessant«, meinte Peter, der bis jetzt kaum ein Wort mit mir gewechselt hatte und sich eher für den Inhalt seines Glases interessierte. Mir fiel auf, dass der Eiskühler mit der Weißweinflasche praktischerweise direkt hinter seiner linken Schulter platziert worden war. »Was macht man da? Drehbücher schreiben?«

Ich nickte. »Ja, das ist ein großer Teil der Arbeit. Außerdem recherchiere ich neue Reiseziele, überlege mir interessante neue Ansätze, um sie dem Publikum zu präsentieren, und achte auf die gesetzlichen Vorgaben. Und ich reise natürlich viel, was toll ist.«

»Ich wusste gar nicht, dass Sie einen so aufregenden Beruf haben«, sagte Rosamund. »Davon hat Nick nie etwas erzählt.«

Ja! Das war endlich ein Anfang. Sie schien tatsächlich beeindruckt.

»Doch, mehr als einmal, Mummy. Maddie arbeitet für *Holiday Shop*, weißt du nicht mehr?«

Ich trat ihm gegen das Bein. Ehrlich, warum musste er das jetzt erwähnen? Verstand er nicht, dass ich versuchte, meinen Job exquisiter und faszinierender zu präsentieren, als er tatsächlich war? Diese Leute hätten sich *Holiday Shop* nicht einmal angesehen, wenn es der letzte Fernsehsender der Welt gewesen wäre.

»Ah«, meinte Rosamund und verzog höhnisch lächelnd den Mund. »Jetzt weiß ich es wieder! Das ist dieser Pauschalreisesender, nicht wahr? Einer dieser absurden Kabelkanäle?«

In diesem Moment brachte der Kellner den Wein, und ich griff danach, sobald er ihn abgestellt hatte, und nahm drei große Schlucke. Montepulciano oder nicht, es war der beste Wein, den ich je getrunken hatte.

»Ja, genau«, sagte ich an Rosamund gewandt. »Er ist tatsächlich sehr beliebt. Wir haben exzellente Einschaltquoten, vor allem tagsüber.«

»Die ganzen Hausfrauen, die nichts Besseres zu tun haben, als vor dem Fernseher zu sitzen«, bemerkte Peter.

»Das stimmt, wir verkaufen sehr viele Familienreisen«, erwiderte ich, und mir war klar, dass das Gespräch abwärtsging wie ein Luftballon voller Blei.

»Das heißt, die Mütter sitzen mit ihren Kindern zu Hause vor dem Fernseher und sehen sich Ihre Sendungen an?«, fragte Sophia schnaubend.

»Du warst natürlich keine von *denen*, oder Mum?«, meldete sich Daisy zu Wort.

»Was meinst du, Darling?«, fragte Sophia in dem schnippischen Tonfall, auf den sie anscheinend immer zurückgriff, wenn sie mit ihrer Tochter sprach.

»Eine Mum, die bei ihren Kindern zu Hause bleibt«, erwiderte Daisy und stellte das leere Glas schwungvoll auf dem Tisch ab.

Ich warf ihr aus dem Augenwinkel einen Blick zu und fragte mich, ob Daisy und ich tatsächlich zu Verbündeten werden konnten. Sie schien ihre Familie genauso zu verachten, wie ich es langsam tat. Was vielleicht nicht ganz fair war, denn immerhin kannte ich sie erst seit heute Nachmittag. Andererseits war ich gut darin, *Schwingungen* wahrzunehmen. Lou zog mich immer auf, wenn ich das behauptete, und meinte, es wäre eher eine beginnende Paranoia, aber ich war anderer Meinung. Wenn mich jemand nicht mochte (was im Laufe der Jahre relativ häufig vorgekommen war, auch wenn ich die Gründe dafür nicht kannte), bemerkte ich das sofort, ganz egal, wie sehr derjenige versuchte, es zu verbergen. Und was die Leveson-Gowers anbelangte, hatte ich das untrügliche Gefühl, dass sie mich nicht gerade mit offenen Armen in ihrer Familie willkommen hießen.

Trotzdem würde ich Nick bald heiraten, was bedeutete, dass ich nicht an ihnen vorbeikommen würde. Und um es uns allen einfacher zu machen, musste ich mir eben mehr Mühe geben, bis wir eine Verbindung zueinander gefunden hatten. Vielleicht sollte ich es einfach wie einen Job betrachten – selbst wenn es Jahre dauerte, würde ich es immer weiter versuchen und mein Bestes geben. Doch dazu waren Konzentration und Hingabe nötig, und beides war durch Aidans Anwesenheit in Gefahr geraten, der ärgerlicherweise beinahe jeden Gedanken beherrscht hatte, seit ich das Restaurant betreten hatte. Ich sah ihn im Geiste nur wenige Meter entfernt an seinem Einzeltisch sitzen und konnte mir vorstellen, wie all die Dinge in seinem Kopf herumschwirrten, die er sagen wollte oder von denen er nicht wusste, *wie* er sie sagen sollte. Vielleicht wollte er mir erklären, warum er nicht einmal mehr angerufen hatte. Warum er mich aus heiterem Himmel verlassen hatte. Und dass das berauschende Gefühl, dass wir uns ineinander verliebt hatten – nicht nur ich mich in ihn, sondern auch er sich in mich –, nur Einbildung gewesen war.

»Einige von uns standen tatsächlich schon auf der Karriereleiter, Daisy«, erwiderte Sophia. »Es scheint normal zu sein, dass Frauen alles aufgeben, worauf sie hingearbeitet haben, sobald sie ein Baby bekommen. Als wäre es nicht möglich, beides zu haben.«

»Du hast ja so recht, Sophia«, bestätigte Rosamund. »Sag es ihnen ruhig.«

»Wen meinst du mit *ihnen*?«, fragte Peter. »Ich hoffe, du sprichst nicht von uns Männern im Allgemeinen. Ich bin unbedingt dafür, dass Frauen wieder ins Berufsleben einsteigen.«

*Klar bist du das*, dachte ich. Ich ging jede Wette ein, dass er es keinen Tag ohne seine Sekretärin aushielt.

»Und du bist eine wundervolle Mutter, Sophia. Nicht wahr, Nick?«, meinte Rosamund.

Was lief da bloß zwischen den beiden?

Mein Verlobter nickte folgsam. »Natürlich ist sie das.«

»Wollt ihr beiden denn auch Kinder?«, fragte Sophia und wandte sich dabei an mich und nicht an Nick. Ihr Blick war so durchdringend wie ein Laserstrahl.

Mein Herz zog sich zusammen. Was sollte ich darauf antworten? Ehrlich gesagt war ich mir immer noch nicht sicher, ob ich Kinder haben wollte. Ich hatte gedacht, es würde klick machen, wenn ich erst einmal dreißig war. Dass ich plötzlich den Wunsch nach einem Kind verspüren, mich mehr für die Kinder anderer Leute interessieren und ein Kind im Flugzeug süß und nicht bloß nervtötend finden würde. Aber mittlerweile war ich einunddreißig, und es hatte noch immer nicht klick gemacht. Was, wenn es das nie tat?

»Das werden wir schon sehen«, warf Nick zu meiner Rettung ein. »Wir haben noch mehr als genug Zeit.«

Ich musste die Entscheidung also nicht jetzt sofort treffen. Ich würde mich erst mit dem Gedanken anfreunden, bald zu heiraten (wobei ich jetzt schon Angst vor einem Aufeinandertreffen von Nicks Familie mit meiner Mum und meinem Dad hatte), und wenn ich das erfolgreich hinter mich gebracht hätte, würde ich mir ernsthafte Gedanken über Kinder machen.

»Hm«, machte Sophia. »Ich würde es nicht allzu lange aufschieben. Ich habe mehr als genug Freunde, die denselben Fehler gemacht haben und sich jetzt mit einer künstlichen Befruchtung nach der anderen herumschlagen.«

Sie war älter als ich – Anfang vierzig –, und womöglich ärgerte sie das.

Ich schaute unwillkürlich über die Schulter. Aidan saß immer noch allein am Tisch und starrte wehmütig in sein Glas, als lasteten sämtliche Probleme dieser Welt auf seinen Schultern. Er hatte immer diesen Ausdruck an sich, er war eines der Dinge, die mir als Erstes an ihm aufgefallen waren. Er erweckte den Eindruck, als wäre sein Kopf voller Gedanken, als überlegte er angestrengt, erstellte Pläne, löste Probleme. Ich fragte mich, woran er gerade dachte. Im nächsten

Moment sah er auf, unsere Blicke trafen sich, und ich wusste Bescheid.

Ich hielt wohl aus Überraschung eine Sekunde lang stand, ehe ich so abrupt den Kopf abwandte, dass mein Nacken schmerzerfüllt aufschrie. Ich massierte ihn mit der Handfläche und versuchte verzweifelt, wieder ins Gespräch zurückzufinden, das sich offenbar um die Vorspeise drehte. Jemand nahm den Tintenfisch, jemand anderes die Consommé.

Die Speisekarte! Ich würde mich auf die Speisekarte konzentrieren, das würde mir einen Moment geben, um mich zu sammeln. Meine Wangen glühten, mein Herz raste, und mein Kopf würde jeden Moment explodieren. Ich hoffte inständig, dass es niemandem auffiel, vor allem nicht Nick, denn wie hätte ich ihm meinen Zustand erklären sollen?

Also starrte ich auf die Wörter vor mir, die immer wieder verschwammen, weil ich ärgerlicherweise nur Aidans Gesicht vor meinem inneren Auge sah.

## Loch Lomond, Schottland

*Zwei Jahre früher*

Ich steckte das Klemmbrett mit dem Ablaufplan unter meinen Arm und hob mit der freien Hand den Mikroständer über Ruthies Kopf, während Lou die Einstellung durch die Kameralinse checkte.

»Geh mal bitte einen Schritt nach rechts, Ruthie«, rief Lou.

Ruthie, die dieselbe pampige und leicht überhebliche Art an den Tag legte wie jede Moderatorin, mit der ich bis dahin zusammengearbeitet hatte, verdrehte die Augen und folgte Lous Bitte widerwillig. Das Problem war, dass sie viel lieber im Frühstücksfernsehen, in einer Mode-und-Promi-Klatsch-Sendung oder in einer anderen bekannteren Show aufgetreten wäre, für die man im ganzen Land bekannt wurde, anstatt als (zugegebenermaßen führende) Moderatorin bei Holiday Shop zu arbeiten, einem Kabelsender mit beinahe nicht existentem Budget, aber seltsamerweise hohen Einschaltquoten.

»Gut, dann schwenken wir langsam über das Wasser und halten bei Ruthie an, damit sie ihren Text sprechen kann«, erklärte Tim, unser Produzent/Regisseur/Schwachkopf von Vorgesetztem.

»Es wäre toll, wenn wir den hübschen Pier dahinten im Bild hätten«, schlug ich vor. »Wenn du mit einem weiteren Winkel anfängst, Lou, kriegen wir ihn vielleicht noch drauf.«

Tim sah mich an. »Wir bleiben bei meinen ursprünglichen

Anweisungen, danke, Maddie«, erwiderte er und tat meinen Vorschlag wie immer ab. »Und ... *Action!*«

Mein Arm schmerzte, während ich mich bemühte, den Mikrofonständer so ruhig wie möglich über Ruthies Kopf zu halten, und gleichzeitig den Monitor im Auge behielt, um sicherzustellen, dass er nicht ins Bild geriet. Das war streng genommen zwar nicht meine Aufgabe, aber da der Sender zu wenig Geld hatte, um einen Tontechniker mit auf Reisen zu schicken, musste die Produktionsassistentin – also ich – einspringen und bereit sein, wann immer sie gebraucht wurde. Bis jetzt hatte ich das Drehbuch geschrieben, Kaffee und Mittagessen geholt (obwohl ich gedacht hatte, ich hätte diese Dinge hinter mir gelassen, nachdem ich vom Laufburschen zur Assistentin befördert worden war) und Ruthies Make-up aufgefrischt (wobei sie mir nonstop Befehle entgegengebrüllt hatte: *Nein, doch nicht so! Hier auf den Wangen! Weißt du denn nicht, wie man Rouge aufträgt, oder was?*). Aber das war mir egal. Ich kam mal fort von meinem Schreibtisch und aus dem Studio, und es war atemberaubend schön hier am Loch Lomond. Wirklich einzigartig.

Die Vormittagssonne, die größer und näher wirkte als in London, stieg hinter den Bergen in den Himmel und hüllte uns in ein dunstiges, mystisches Licht. Ich hätte gern jeden Tag hier gearbeitet, wo die Wellen melodisch an den kiesigen Strand schwappten, die Möwen über unsere Köpfe flogen und das gedämpfte Geplauder der Touristen, die ihre Schuhe und Strümpfe ausgezogen hatten und vorsichtig ins eiskalte Wasser tappten, an meine Ohren drang.

»Maddie! Ich hab dich gerade gefragt, ob du bitte Ruthies Kleid am Rücken zusammenstecken könntest! Es bauscht sich zu stark im Wind«, rief Tim.

»Oh, klar. Entschuldigung.« Ich legte den Mikrofonständer

ab und holte das Kästchen mit den Garderobenutensilien aus meiner Tasche – ein weiterer Job, der dieses Mal offenbar mir zugefallen war. Glücklicherweise hatte ich den Garderobieren oft genug zugesehen, um in etwa zu wissen, was gebraucht wurde.

Ich griff nach einer Krokodilklemme und ging möglichst selbstbewusst auf Ruthie zu, als wüsste ich genau, was ich tat.

»Was für ein schönes Kleid.« Ich griff mit Daumen und Zeigefinger nach dem zarten Stoff und fixierte ihn probeweise zwischen Ruthies Schulterblättern, dann ging ich nach vorn, um nachzusehen, ob ich den gewünschten Effekt erzielt hatte und Ruthies Brüste nicht irgendwo hervorblitzten, was sie mir niemals verziehen hätte. Den Gerüchten zufolge hatte sie sich vor ein paar Jahren einer Brustvergrößerung unterzogen, aber das war nur eine Vermutung (na gut, es war ziemlich offensichtlich, aber jeder wie er mochte und so …).

»Es ist aus Seide, also pass gefälligst auf«, zischte sie mir zu.

Mal ehrlich, es hätte ihr nicht geschadet, ab und an mal nett zu sein. War ihr überhaupt klar, dass niemand vom Sender sie leiden konnte? Ich persönlich hätte nicht mit dem Wissen umgehen können, dass andere ständig hinter meinem Rücken über mich herzogen – wobei sie das, wenn man es so betrachtete, wahrscheinlich auch bei mir taten. Lou sagte immer, dass nicht jeder, dem man im Leben begegnete, einen mögen konnte, aber warum eigentlich nicht? Wenn ich mich bemühte, immer zu allen nett zu sein, und mein Bestes gab, um ihnen das Leben leichter zu machen, warum sollte mich dann irgendjemand nicht mögen? Das Problem war nur, dass es ziemlich anstrengend war und ich manchmal etwas falsch verstand und der Zielperson mit meinen Bemühungen keinen Gefallen tat, sondern ihr massiv auf die Nerven ging. Und manchmal (aber nur sehr selten) war ich versucht, nur das zu tun, was *ich* wollte, und mir keinerlei Gedanken über die Konsequenzen zu machen.

»Können wir noch mal loslegen?«, brüllte Tim und tat, als müsste er einige wichtige Änderungen am Drehbuch vornehmen, das ich gezwungenermaßen auf der Zugfahrt hierher verfasst hatte, obwohl es seine Aufgabe gewesen wäre.

»Es ist eine sehr gute Übung«, hatte er gemeint.

»Wofür?«, hatte ich genervt gefragt, weil ich viel lieber gelesen oder aus dem Fenster geblickt hätte, wie alle anderen auch.

»Für deine Tätigkeit als Produzentin«, hatte er geantwortet, weil er ganz genau wusste, dass ich dagegen nichts einwenden konnte.

Es war kein Geheimnis, dass ich gerne zur Produzentin aufsteigen würde – und zwar hoffentlich innerhalb der nächsten zwölf Monate.

»Jaaa, wo wir gerade darüber reden …«, hatte ich nachgehakt, weil es eine gute Gelegenheit gewesen war, eine mögliche Beförderung anzusprechen. Immerhin würden wir die nächsten vier Stunden in diesem Zug festsitzen, und er hatte keine Möglichkeit, mir zu entkommen.

»Mach einfach so weiter wie bisher«, hatte er erwidert und mir selbstgefällig zugezwinkert. »Es wird passieren, wenn die Zeit reif ist.«

Es gab Gerüchte, dass eine unserer Produzentinnen zum marktführenden Homeshopping-Sender QVC wechseln würde, was bedeutete, dass ich die Chance hätte, den nächsten Schritt in meiner Fernsehkarriere zu tun. Ich war gut genug, das wusste ich, denn obwohl ich erst ein Jahr Erfahrung als Produktionsassistentin hatte, kannte ich den Job in- und auswendig. Allerdings wusste ich genauso gut, dass es manchmal nicht darum ging, was man konnte, sondern darum, wem man Honig um den Bart schmierte. Der Großteil der Senderbelegschaft hatte am East Sussex College Medien studiert, und es gab ein cliquenhaftes Absolventennetzwerk. Eine Gruppe von Leuten, die sich von den Strandpartys in Brighton kannten, wo sie sich regelmäßig zugedröhnt hatten, und die bei jeder Gelegenheit befördert wurden.

»Okay, Ruthie, probieren wir es noch mal, bitte. So sieht das Kleid viel besser aus. Und ... *Action*!«, brüllte Tim.

Ich streckte den Arm aus, hielt das Mikro über Ruthies Kopf und erledigte meinen Job, während mein Blick zu einer kleinen Gruppe wanderte, die sich etwas weiter entfernt am Strand zusammengefunden hatte und zum Tauchen bereit machte. Ein Kerl hatte Schwierigkeiten mit seinem Taucheranzug und balancierte wackelig auf einem Bein, während er versuchte, das hautenge Neopren über das zweite Bein zu ziehen. Plötzlich kippte er zur Seite und schaffte es gerade noch, nicht umzufallen, indem er wie wild hin und her hüpfte und versuchte, das Gleichgewicht wiederzufinden. Es war ziemlich beeindruckend. Als er endlich wieder mit beiden Beinen am Boden stand, zog er mit wackelnden Hüften den Anzug bis zur Mitte hoch und blickte anschließend in meine Richtung. Unsere Blicke trafen sich, und ich grinste, was vermutlich ziemlich kindisch war, andererseits war es nun mal ein überaus komischer Anblick gewesen. Glücklicherweise sah er das genauso und lächelte ebenfalls, bevor er mit den Schultern zuckte und ergeben die Hände hob. Seine Augen funkelten, das sah ich sogar aus der Entfernung, und mit dem Dreitagebart und den kurzen dunklen Haaren sah er aus wie ein Soldat in einer Fernsehserie. Vielleicht war er tatsächlich beim Militär, er wirkte ziemlich fit und stand offensichtlich auf Extremsportarten. Wobei Tauchen in einem schottischen See vielleicht nicht zwangsläufig darunterfällt, aber für mich tat es das sehr wohl, ich ging höchstens einmal im Monat zum Zumba.

»*Cut!*«, schrie Tim und holte mich damit brutal zurück in die Realität.

Ich schaute mich verstohlen um. Hoffentlich hatte niemand bemerkt, dass ich eine Sekunde lang nicht bei der Sache gewesen war. Das sah mir absolut nicht ähnlich, denn normalerweise gab ich bei der Arbeit immer mein Bestes und war so sehr darauf konzertriert, alle zu beeindrucken, dass die Welt um mich herum zurücktrat. Aber irgendetwas ließ meinen Blick immer wieder zu dem jungen Mann im Taucheranzug zurückwandern. Er war mittlerweile mit beiden Armen hineingeschlüpft, und als er sich umdrehte, um mit dem Tauchführer zu sprechen, konnte ich die glatte, leicht gebräunte Haut auf seinem Rücken erkennen – vermutlich verbrachte er viel Zeit im Freien. Ich stellte mir vor, zu ihm zu gehen, meine Hand auf seinen unteren Rücken zu legen und den Reißverschluss des Anzuges für ihn zu schließen.

Ich riss mich selbst aus meinem Tagtraum. Mein Gott, was war bloß los mit mir? Ich war zum Arbeiten hier und nicht, um heißen Typen hinterherzuschauen, über die ich absolut nichts wusste und die einfach am Strand ihren eigenen Angelegenheiten nachgingen.

»Du siehst fantastisch aus!«, schrie Tim.

Mehrere japanische Touristen, die leise und gelassen Fotos vom Loch Lomond schossen, wandten sich erschrocken zu ihm um, als sie seine donnernde Stimme hörten. Warum musste er immer so laut sein? Wir erregten auch so schon genug Aufmerksamkeit mit unserer Kamera und Ruthie, die mit Make-up zugekleistert und in ihrem Diane-von-Fürstenberg-Wickelkleid mehr als overdressed war. Sie hatte eine große Auswahl davon, alles unterschiedliche Modelle, aber jedes mit einem farbenfrohen Muster. Sie sahen toll an ihr aus, weil sie groß und schlank war, fünfmal die Woche zum

Spinning ging und Salatblätter auf ihrem Teller hin und her schob, während sie an mir grauenhaft ausgesehen hätten. Ich trug am liebsten Skinny Jeans und einen Pullover, und wenn meine Halbschwestern wieder einmal meinten, ich wäre von übergroßen Strickpullovern und Jacken besessen, hob ich ergeben die Hände, weil es nun mal stimmte.

»Maddie, kannst du mein Make-up nachbessern?«, quengelte Ruthie.

»Ich komme schon«, erwiderte ich und suchte in meiner Tasche nach dem Schminkköfferchen.

Es gab einiges, was ich an meinem Job beim Fernsehen liebte, aber die Arbeit von sechs Leuten zu erledigen gehörte nicht dazu.

Ich puderte Ruthies ohnehin vollkommen mattes Gesicht – für eine Frau in den Vierzigern hatte sie eine wunderbare Haut, vermutlich dank des »Vampirliftings«, von dem sie ständig redete und für das zweihundertfünfzig Euro pro Anwendung fällig wurden. Dabei schwärmte sie ständig davon, wie perfekt meine Haut wäre, auch wenn sie immer etwas genervt klang. *Ich werde nächstes Jahr dreißig, dann geht es auch mit mir bergab*, erwiderte ich jedes Mal, damit sie sich besser fühlte, obwohl ich insgeheim hoffte, dass es nicht so sein würde. Mein Dad sah wesentlich jünger aus als zweiundfünfzig, und seine beiden Schwestern, die immer noch auf St. Lucia lebten, hatten eine unglaublich samtige, strahlend braune Haut mit kaum erwähnenswerten Falten. Tropische Früchte rund um die Uhr, viel frische Luft und das ganze Jahr über gutes Wetter zeigten eben Wirkung, und die Luftverschmutzung in London trug sicher nicht zu einem langsameren Alterungsprozess bei.

»Brauchst du Hilfe?«, fragte ich Lou, die sich das Material ansah, das sie gerade gedreht hatte.

»Klar. Was hältst du davon?«, fragte sie und trat zur Seite, damit ich den Monitor sehen konnte.

Lou war eine brillante Kamerafrau und hatte alles wunderbar eingefangen. Der Loch Lomond war verführerisch und atemberaubend schön und der Himmel darüber zart und mystisch. Es sah beinahe aus wie in Vietnam und nicht wie in Schottland.

»Sehr schön«, sagte ich. »Man sieht sogar das Wasser funkeln.«

»Wirklich?«, fragte sie. »Lass mal sehen.«

»Was ist denn hier los, Ladys?«, wollte Tim wissen, der hinter mich getreten war. »Ich denke, *ich* sollte hier die ersten Aufnahmen begutachten, nicht wahr?«

»Aber klar.« Ich trat verkniffen lächelnd beiseite.

Während Tim anderweitig beschäftigt war, wagte ich einen weiteren Blick auf die Tauchergruppe. Sie trugen inzwischen alle ihre Ausrüstung, und der Tauchlehrer verteilte die Sauerstoffflaschen. Der Kerl in dem Neoprenanzug hatte mir den Rücken zugewandt, trotzdem entdeckte ich ihn sofort, denn er war mehrere Zentimeter größer als die anderen. Er hatte die Hände in die Hüften gestemmt und lauschte konzentriert den Anweisungen.

»Nein, das packt mich nicht«, erklärte Tim, verschränkte die Arme und zog eine Schnute wie ein trotziger Teenager. »Die Gegend hier ist todlangweilig, und das sieht man auch. Ich meine, hier gibt es absolut nichts. Keine Atmosphäre, keine Sonne. Wieso fahren immer alle auf die Kanaren, nur ich hänge an solchen Orten fest? Wie zum Teufel soll ich diese trostlose, jämmerliche Landschaft auch nur annähernd interessant hinbekommen?«

»Es ist nicht trostlos und jämmerlich«, protestierte ich.

»Doch, das ist es«, jammerte Ruthie.

»Aber auch sehr friedlich«, meinte Lou. »Und riecht doch mal: keine Abgase, bloß Sauerstoff mit einem Hauch Heidekraut. Unsere Zuschauer würden es hier lieben.«

»Aber man kann nichts unternehmen!«, beschwerte sich Tim. »Wir müssen zeigen, dass an Schottland mehr dran ist als Spaziergänge am See und Whisky.«

»Was ist an diesen Dingen so verkehrt?«, wollte ich wissen.

Tim warf mir einen bösen Blick zu.

»Außerdem kann man sehr wohl eine Menge unternehmen«, fuhr ich fort, fest entschlossen, meinen Standpunkt zu untermauern. »Glasgow ist nur eine halbe Stunde entfernt – wir könnten hinfahren und da ein wenig Filmmaterial sammeln. Vielleicht am letzten Tag. Oder wie wäre es mit …« Ich suchte verzweifelt nach etwas, das den Loch Lomond in Tims Augen besser dastehen ließ. »Wassersport!«, platzte ich schließlich heraus, und in diesem Moment sah der Typ in dem Taucheranzug noch einmal in meine Richtung.

Er blickte mit amüsiertem Gesichtsausdruck über die Schulter und fragte sich vermutlich, warum hier so viele laute Leute mit englischem Akzent herumstanden und einen Aufstand am Strand veranstalteten. Ich ging davon aus, dass er Schotte war – er hatte die hochgewachsene, robuste Statur, die mich an die Männer in *Braveheart* erinnerte. Ich stand eigentlich nicht so auf Kilts, aber er hätte wahrscheinlich sogar darin gut ausgesehen.

Aber jetzt musste ich aufhören, mir den Typen im Taucheranzug im Kilt vorzustellen, und mich wieder auf das Wesentliche konzentrieren.

»Schau mal!«, forderte ich Tim auf und hoffte, ihn mit meiner Begeisterung anzustecken. »Die Leute da drüben gehen gerade tauchen. Und ich habe vorhin ein Plakat für Kajak-Touren gesehen. Im Hotel liegen außerdem Broschüren für

Stand-up-Paddling. Wir könnten es den Leuten zu Hause so richtig zeigen und Ruthie zum Wasserskifahren auf den See schicken oder so.«

»Wie bitte?«, fragte Ruthie entsetzt.

Jetzt, wo ich so darüber nachdachte, konnte ich mir ehrlich gesagt auch nicht vorstellen, dass Ruthie irgendetwas tun würde, bei dem auch nur ein Tropfen Wasser an ihre voluminösen blondierten Haare kommen konnte, die sich scheinbar nie bewegten, ganz egal bei welchem Wetter.

»Das könnte funktionieren ...«, meinte Tim, der verzweifelt versuchte, nicht beeindruckt auszusehen.

Es schmerzte ihn sehr, wenn er mir ausnahmsweise einen Erfolg zugestehen musste.

Er ließ die Finger knacken, damit auch alle in seine Richtung blickten. »Leute, ich habe eine super Idee für heute Nachmittag. Statt langweiliger Strandaufnahmen werden wir aufs Wasser rausfahren und ... irgendetwas unternehmen.«

*Er* hatte diese super Idee?

Lou sah mich mit hochgezogenen Augenbrauen an.

»Auf keinen Fall«, widersprach Ruthie. »Das mache ich nicht. Wassersport steht nicht in meinem Vertrag.«

»Ach, komm schon, Ruthie«, flötete Tim und gab sich größte Mühe, als netter Mensch rüberzukommen. »Sei doch nicht so. Wir kriegen das hin. Zusammen. Als Team. Wir sind immer bei dir, unterstützen dich und sorgen dafür, dass du so gut aussiehst und dich so gut anhörst wie immer.«

Ruthie sah ihn zweifelnd an. »Mit Taucherbrille und Flossen sieht niemand gut aus.«

»Ich glaube, so weit müssen wir gar nicht gehen«, erklärte Tim nicht sehr überzeugend.

Ich dachte nach – wir brauchten Ruthie an Bord, sonst hatte es keinen Sinn. Sie machte auch so schon die meiste Zeit ein mürrisches Gesicht, und wir wollten unseren Zuschauern immerhin zeigen, wie sie sich amüsierte, und ihnen nicht das Gefühl geben, man hätte sie gerade zu lebenslanger Haft verurteilt.

»Sieh's doch mal so, Ruthie: Es macht sich sicher gut in deinen Referenzen«, sagte ich und versuchte, ihre Vorteile hervorzuheben. »Stell dir vor: ein witziges, energiegeladenes Video, das den Bossen von ITV zeigt, dass du nicht nur eine statische Moderatorin bist, die rumsteht und dabei wunderschön aussiehst, sondern eine echte, draufgängerische, risikofreudige Reporterin, die alles – wirklich alles – für die beste Einstellung tut.«

Lou musterte mich beeindruckt.

»Hm«, machte Ruthie und sah durchaus interessiert aus. »Da ist tatsächlich was dran. Meine Referenzen sind tatsächlich ein bisschen eintönig.«

»Da hast du's!«, sagte ich. »Wie wäre es mit Kajakfahren? Da bleibst du trocken, und wir müssen auch nicht weit vom Ufer weg. Nur ein Stück, damit es aussieht, als wärest du in der Mitte des Sees. Würde das gehen, Lou?«

»Auf jeden Fall«, erwiderte sie und fiel in die Motivationsrede mit ein. »Vermutlich musst du nicht viel weiter als ans Ende des Steges.«

Ruthie seufzte und griff mit ihren zarten manikürten Fingern nach ihren Haaren. »Wenn du meinst, dass du ein paar schöne Bilder einfangen kannst, warum nicht? Aber ich will nicht zu lange auf dem Wasser bleiben. Es heißt doch, dass es hier ein Ungeheuer geben soll, oder?«

Ich schenkte ihr ein warmes Lächeln. »Das ist Loch Ness, Ruthie. Wir sind hier am Loch Lomond.«

»Gut, dann wäre das also geklärt«, meinte Tim. »Maddie, geh doch mal rüber zu dem Mann dort und sag ihm, dass wir später ein paar Kajaks brauchen. Überrede ihn, dass er sie uns gratis zur Verfügung stellt, immerhin bekommt er Publicity von uns.«

Diesen Teil des Jobs hasste ich. Das Bitten um einen Gefallen, der im Prinzip einer Abzocke gleichkam. Ich wusste, dass die Leute absolut *nichts* für ihr Entgegenkommen bekamen. Ich verstand nicht, warum Tim von ihnen verlangte, einen ganzen Tag lang alles stehen und liegen zu lassen, ohne auch nur einen Penny für ihre Mühe zu erhalten, sie alle mussten schließlich von ihren Geschäften leben. Und sie machten es sicher nicht für die Ehre, einige Minuten auf dem beliebtesten Reisesender Großbritanniens zu sehen zu sein.

»Ähm, und welche Publicity soll das sein?«, fragte ich.

»Nun, seine Kajaks werden im Fernsehen zu bewundern sein, oder nicht?«

Ich biss mir auf die Lippe. »Schon, aber solange wir nicht den Namen der Kajakschule einblenden, ist es keine wirkliche Werbung, oder?«

»Na gut!«, schnaubte Tim. »Wir filmen seine alberne heruntergekommene Baracke mit den Booten und versuchen, den Namen über der Tür draufzubekommen. Aber versprechen darfst du es ihm nicht.«

Ich sah zu dem Tauchlehrer, der vermutlich auch der Besitzer der Kajakschule war. »Ich glaube, er hat gerade zu tun«, erwiderte ich. »Ich geh später rüber.«

»Du wirst ihn unterbrechen müssen«, sagte Tim. »Wir brauchen einen Ablaufplan für den Nachmittag, und wir dürfen keine Zeit verlieren. Komm, Ruthie, wir gehen an die Bar, da kannst du dich aufwärmen.«

Lou schnaubte missbilligend, als sich die zwei den Weg über den Strand bahnten, als wären sie allergisch gegen Sand und Steine. »Mit den beiden zu arbeiten ist echt verdammt hart.«

Ich schüttelte den Kopf. »Sag lieber, macht total gereizt.«

Lou begann, ihre Kamera einzupacken, und warf mir dabei einen Blick zu. »Ich habe noch ein Hühnchen mit dir zu rupfen.«

»Schon wieder?«

Sie grinste. »So eine Nervensäge bin ich auch wieder nicht, oder?«

»Kein Kommentar«, erwiderte ich.

Lou meinte es nur gut, und ich brauchte zugegebenermaßen ab und zu einen Schubs in die richtige Richtung, aber manchmal übertrieb sie es. Es konnte nicht jeder so entschieden sein wie sie, und ab und zu hätte es ihr gutgetan, sich gewisse Dinge bloß zu denken und nicht damit herauszuplatzen, ehe sie es sich noch einmal überlegt hatte. Ihre Ausdrucksweise im Straßenverkehr war zum Beispiel mehr als grenzwertig.

»Ich wollte ja nur sagen …«, begann sie.

»Und schon geht es los …«, murmelte ich und suchte an ihrem Stativ Halt.

»Dass du nicht zulassen solltest, dass Tim deine Ideen stiehlt und sie als seine eigenen verkauft. Nur so hat er es zum Produzenten geschafft. Er schmückt sich mit fremden Federn und legt dabei ein derartiges Selbstvertrauen an den Tag, dass niemand auf die Idee kommt, es infrage zu stellen. Ich wäre nicht mal überrascht, wenn er mittlerweile selbst davon überzeugt wäre, dass es seine Idee war.«

Ich stöhnte und schämte mich, dass es ihr aufgefallen war, auch wenn sie meine Freundin war und damit bedingungslos hinter mir stand. »Ich weiß. Es ist nur so, dass angeblich jemand befördert werden soll, und ich …«

»Glaubst du wirklich, dass Tim ein gutes Wort für dich einlegen wird? Dass er so selbstlos ist und tatsächlich einmal etwas Nettes über andere Leute sagt? Keine Chance«, höhnte Lou.

Das befürchtete ich auch, aber ich musste darauf vertrauen, dass Tim das Richtige tat, wenn es darauf ankam. Er war immerhin mein Boss, mit dem ich tagein, tagaus zusammenarbeitete. Wenn mir jemand gute Referenzen ausstellen konnte, dann er.

»Ich brauche ihn auf meiner Seite«, sagte ich. »Bloß für den Fall.«

Lou schloss die Kameratasche, hob sie hoch und schwang sie über die Schulter.

»Du verkaufst dich unter deinem Wert, Maddie, mehr will ich damit gar nicht sagen. Du wirst nie irgendwohin kommen, wenn du ständig versuchst, andere Leute zufriedenzustellen und dabei nicht auf deine eigenen Wünsche Rücksicht nimmst.«

Ich sah ihr nach, wie sie zum Hotel zurückstapfte. Sie hatte gerade einen Nerv getroffen. Ich hatte in letzter Zeit oft über diese Dinge nachgedacht. Darüber, dass meine Hauptmotivation hinter fast allem der Wunsch war, andere Leute – Tim, meine Eltern, meine Stiefeltern, meine Freunde – glücklich zu machen. Und selbst das gelang mir nicht, denn auch wenn ich mich noch so sehr bemühte, waren sie oft sauer auf mich.

Ich massierte einige Sekunden lang meine Schläfen, setzte ein zuversichtliches Lächeln auf und schaltete in den Arbeitsmodus, um auf andere Gedanken zu kommen. Dann machte ich mich auf den Weg zu dem Tauchlehrer, der gerade weitere Ausrüstung an seine verschreckt wirkenden Kunden verteilte. Selbst der Typ im Taucheranzug sah aus, als hätte er erste Zweifel.

»Ähm, hallo? Hi?«, sagte ich und winkte ihm vom Rand

aus zu wie eine Fußballmutter, die wissen wollte, warum ihr Kleiner nicht ins Team gewählt worden war.

Nach einiger Zeit bemerkte mich der Lehrer und kam mit einem entspannten Ausdruck auf dem wettergegerbten Gesicht auf mich zu. Offenbar war das Leben im Wassersportgeschäft ziemlich stressfrei, und die Vorstellung, für mich selbst zu arbeiten, anstatt einer Firmenhierarchie mit Kerlen wie Tim und dem Management über ihm unterworfen zu sein, schien mir plötzlich in vielerlei Hinsicht sehr verlockend.

»Kann ich dir helfen?«, fragte er brummelnd mit starkem schottischen Akzent.

Er dachte wohl, dass ich mitmachen wollte. Das konnte er vergessen.

»Ich hoffe es«, sagte ich, streckte ihm die Hand entgegen und stellte mich vor. »Ich bin Maddie Campbell, Produktionsassistentin beim Holiday Shop, das ist ein Kabelsender für Discount-Reisen. Keine Ahnung, ob du den kennst, aber …«

Der Mann schüttelte den Kopf. »Ich bin Finlay. Was kann ich für dich tun? Ich bin da nämlich gerade mit einer Sache beschäftigt.«

Dieser verdammte Tim. Ich hatte ihm doch gesagt, dass es nicht der richtige Zeitpunkt war.

»Ja, schon klar. Entschuldige bitte.«

Der Typ in dem Taucheranzug betrachtete mich interessiert. Aus der Nähe sah er wirklich gut aus. Er hatte eines dieser hübschen, verträumten Jungengesichter, auf die ich jedes Mal reinfiel und mich danach fragte, warum alles so verdammt schiefgelaufen war. Eigentlich sollte man irgendwann aus Fehlern lernen. Andererseits war bei diesem Mann etwas anders. Da war mehr als das starke Kinn und das süße Lächeln. Er wirkte ernst, als ginge einiges in seinem Kopf vor. Als liebe er Bücher. Oder Mathematik. Ein hübscher, nerdiger Junge mit einem Dreitagebart. Auf jeden Fall war er sehr attraktiv, was mich leider von meinem Anliegen ablenkte. Ich versuchte, mich wieder auf Finlay zu konzentrieren.

»Also, wir – mein Produzent und ich – haben uns gefragt, ob wir am Nachmittag ein wenig hier filmen dürften? Wir dachten da an die Kajaks. Dass unsere Moderatorin damit herumpaddelt und dabei kurz etwas erzählt. Und dann vielleicht noch ein paar Aufnahmen von der Tauchgruppe im Wasser?«

Ich überkreuzte in Gedanken die Finger. Tim würde außer sich sein, wenn der Kerl jetzt Nein sagte, und ich musste wahrscheinlich das ganze Seeufer abklappern und nach einer anderen Schule suchen, weil ich zu große Angst hatte, mit einer schlechten Nachricht ins Hotel zurückzukehren.

Finlay lachte. »Ich fühle mich heute wie ein verdammter Rockstar! Zuerst geb ich einer Londoner Zeitung ein Interview, und jetzt soll ich auch noch im landesweiten Fernsehen auftreten?«

»Na ja, ich würde es nicht unbedingt als *landesweites Fernsehen* bezeichnen«, wandte ich ein, weil ich nicht wollte, dass es aufregender klang, als es tatsächlich war. Ich fragte mich, um welche Zeitung es sich bei dem Interview wohl gehandelt hatte, aber ich kam nicht weit mit diesem Gedanken, denn ... oh Gott, der junge Mann im Taucheranzug kam nicht wirklich auf mich zu, oder?

»Hallo«, sagte er lächelnd, was sein ganzes Gesicht zum Strahlen brachte. Und meines vermutlich auch. »Ich bin Aidan, Reisereporter beim *Hampstead and Highgate Express*. Und du bist ...?«

Ich räusperte mich, schüttelte seine Hand und fragte mich, warum es plötzlich so heiß war. Vermutlich lag es an dem dicken Rollkragenpullover, den ich heute Morgen noch für eine tolle Idee gehalten hatte, obwohl mir meistens zu warm war, wenn ich beim Filmen umherhuschen musste. Und wenn ich durchtrainierten Männern so nahe kam, dass ich das Grübchen auf ihrer linken Wange sehen konnte, wenn sie lächelten, und erkannte, dass eine Augenbraue etwas höher war als die andere.

»Maddie, Produktionsassistentin bei *Holiday Shop*«, stellte ich mich vor, und meine Stimme klang seltsam, als würde ich mich selbst auf einem Tonband hören. »Schön, dich kennenzulernen.«

Ich wandte mich an Finlay, um wieder in die Realität zurückzufinden. Ich war hier, um eine Drehgenehmigung einzuholen und nicht, um mich seltsam zu fühlen, während ich mich mit süßen Männern in Taucheranzügen unterhielt.

»Warum kommst du nicht mit deiner Crew am Nachmittag mit auf den See? Aidan hier hat dasselbe vor«, fragte Finlay.

»Genau so.« Aidan hielt seinen Notizblock in die Höhe. »Ich schreibe einen Artikel über Sporturlaube in Großbritannien«, erklärte er.

Dem Akzent nach war er kein Schotte, er kam wohl eher aus der Gegend um London.

»Das ist ja toll!«, sagte ich, was ich normalerweise niemals sagte. »Wo warst du sonst noch?«

Er dachte einen Augenblick lang nach. »Mal überlegen, was habe ich bis jetzt ... Ich war zum Radfahren in den Pennines und zum Bergwandern in Wales. Wenn ich hier fertig bin, geht's zum Surfen nach Cornwall.«

»Von einem Ende des Landes zum anderen.«

Er lachte. »Magst du Sport?«

»Ähm, zählt Pilates auch?«, fragte ich grinsend.

»Okay«, mischte Finlay sich ein. »Kann ich jetzt zurück zu meiner Gruppe, und wir sehen uns später? Um 14 Uhr? Dann könnt ihr mir genau sagen, was ihr braucht.«

Ich nickte dankbar. »Das klingt perfekt, danke, Finlay. Wir sind zu viert: ich, unsere Kamerafrau Lou, die Moderatorin Ruthie und unser Produzent Tim. Ruthie ist manchmal ein bisschen …«

»Schwierig?«, schlug Aidan vor.

Ich nickte und hielt Daumen und Zeigefinger ein Stück weit auseinander, um ihm zu zeigen, dass er recht hatte. »Ein bisschen.«

»Die bringen wir schon raus aufs Wasser«, meinte Finlay, der nervöse Kunden offenbar gewöhnt war. »Und sag ihr, dass sie auf ihren schicken Fummel verzichten muss«, fügte er mit einem Augenzwinkern hinzu, bevor er sich auf den Weg zu seiner Tauchergruppe machte.

Ich blickte auf den See hinaus und versuchte, so entspannt zu wirken, als würde ich gar nicht bemerken, dass Aidan mich immer noch anschaute.

»Dann sehen wir uns heute Nachmittag«, sagte er schließlich.

»Klar«, erwiderte ich betont locker.

Nach einigen Augenblicken wurde mir klar, dass ich diejenige war, die gehen musste, und so zwang ich mich, einen Fuß vor den anderen zu setzen. Es fühlte sich nicht natürlich an. Ganz und gar nicht.

»Viel Spaß beim Tauchen«, rief ich ihm noch über die Schulter hinweg zu.

Er verzog nervös das Gesicht, dann gesellte er sich zu Finlay und den anderen, während ich zum Hotel zurückging und dabei mindestens fünfundzwanzigmal zu ihm zurückblickte, obwohl ich wusste, dass ich schrecklich uncool und einigermaßen verzweifelt aussehen würde, wenn er mich dabei ertappte.

# Kapitel fünf

Ich lag im Bett neben Nick, der leise schnarchte. Zu Hause schnarchte er nie, denn sonst hätte ich mir wohl zweimal überlegt, mit ihm zusammenzuziehen, so ehrlich musste ich sein. Ich schlief auch so schon schlecht genug, aber mich von einer Seite auf die andere zu wälzen, während mir jemand ins Ohr schnarchte und schnaufte, war reinste Folter. Ich befand mich mittlerweile in der schrecklichen Phase, in der ich zu erschöpft war, um aufzustehen, aber nicht müde genug, um tatsächlich einzuschlafen. Ich ging davon aus, dass es bereits früher Morgen war, obwohl die Vorhänge so dick waren, dass kein Licht von außen ins Zimmer drang.

Ich tastete nach meinem Handy (wobei allein das einen extremen Kraftaufwand bedeutete) und sah nach. Zwölf Minuten nach sieben. Erleichterung machte sich in mir breit. Ich konnte offiziell aufstehen, anstatt hier herumzuliegen und darüber nachzudenken, wie schräg der letzte Abend gewesen war. Das Gespräch bei Tisch hatte von edlen Weinen (ein Thema, bei dem ich mich nach dem Montepulciano-Desaster bewusst zurückgehalten hatte), Sehenswürdigkeiten, die man sich in Florenz nicht entgehen lassen durfte (ich hatte mich sehr bemüht, etwas dazu beizutragen, und konnte eine interessante Information über den Giardino di Boboli anbringen, die tatsächlich allen neu war und die ich auf der Zugfahrt in meinem Reiseführer gelesen hatte), über den Klimawandel bis hin zu – am allerschlimmsten – Meghan und Harry gereicht. Natürlich fand Rosamund Meghan »einfach nicht vertrauenswürdig«, wobei nicht wirklich klar war, worauf diese Einschätzung beruhte (obwohl ich einen dringenden Verdacht hatte). Und am Ende hatte Peter natürlich noch angemerkt, dass Meghan und ich einander »vom Aussehen her nicht unähnlich waren«, was vermutlich als Kompliment gedacht gewesen war, sich aber nicht so angefühlt hatte.

Nick rührte sich neben mir.

»Wie spät ist es?«, murmelte er.

Es war das erste Mal, dass er aufwachte, seit sein Kopf kurz nach Mitternacht auf das Kissen gesunken war. Ich beneidete ihn um die Fähigkeit, immer und überall zu schlafen. Er hatte auch den Großteil der Zugfahrt von Paris nach Turin geschlafen, was mich unendlich wütend gemacht hatte. Klar war es für ihn okay gewesen, denn er war aufgewacht, und wir waren am Ziel gewesen! Ich hingegen hatte stundenlang herumgezappelt, vergeblich versucht, mich in ein neues Buch einzulesen, und endlose, sinnlose Ausflüge zum »Speisewagen« unternommen, bei dem es sich im Prinzip um einen Automaten mit miesen Sandwiches und italienischen Keksen gehandelt hatte. Ich hatte mindestens fünf Becher geschmacklosen Schwarztee getrunken, bloß um etwas zu tun zu haben.

»Viertel nach sieben«, flüsterte ich. »Schlaf weiter.«

Nick schlief nicht nur die ganze Nacht wie ein Baby, er genoss auch den Luxus, morgens lange im Bett zu bleiben, wann immer er die Gelegenheit dazu hatte. Ich mochte es auch, aber nicht, wenn etwas in meinen Gedanken herumschwirrte. Wie Aidan zum Beispiel, der mich seit Stunden nicht mehr losließ. Wäre ich allein hier gewesen, hätte ich das Hotel sofort verlassen, damit ich ihn nicht noch einmal sehen musste.

Ich hatte viel Energie investiert, um ihn zu vergessen. Zuerst war das Gefühl des Verlustes überwältigend gewesen, obwohl wir nur etwas mehr als einen Monat zusammen gewesen waren. Abgesehen von Lou hatte ich nie jemandem erzählt, wie beschissen ich mich gefühlt hatte, nachdem er fort war, weil es albern klang – wie konnte mich das Ende einer vierwöchigen »Beziehung« derart aus der Bahn werfen? Aber ich hatte keine Kontrolle darüber gehabt. Ich hatte mir so sehr gewünscht, es einfach als Erfahrung verbuchen zu können. Ich wollte mir einreden, dass er eben nicht der Mensch war, für den ich ihn gehalten hatte, und dass ich eigentlich Glück gehabt hatte, ihm zu entkommen. Aber nichts hatte funktioniert. Monatelang. Die Tatsache, dass ich Nick begegnet war, hatte geholfen, wenn auch nur bedingt. Und jetzt war Aidan plötzlich wieder da und schleuderte Sand ins Getriebe.

Ich war ehrlich gesagt unglaublich wütend. Dieser verdammte Aidan mit seinem verdammten Charme und dem lächerlich attraktiven Gesicht! Vielleicht hatte ich Glück, und er war über Nacht abgereist, weil er zu große Angst hatte, mir gegenüberzutreten. Und der Wahrheit darüber, was zwischen uns passiert war und warum er sich über Nacht in einen anderen Menschen verwandelt hatte.

Nick zog mich in seine Arme. Ich versuchte, mich zu entspannen. *Du hast jetzt Nick*, sagte ich mir. *Du bist bei ihm in Sicherheit, er liebt dich, und ihr werdet bald heiraten.*

»Wie fandest du es gestern Abend?«, fragte er leise, während seine Finger mein Bein auf und ab glitten.

»Okay«, antwortete ich.

Das war meine Chance. Wenn – oder besser falls – ich Aidan Nick gegenüber erwähnen wollte, war das hier die perfekte Gelegenheit. In etwa so: *Der Abend war super, aber ich habe mich erschrocken, als ich meinen Ex-Freund an dem Tisch hinter uns sitzen sah.*

»Du warst ziemlich ruhig«, sagte Nick.

»Finde ich nicht.« Was war denn falsch daran, ruhig zu sein? Ich hasste es, wenn die Leute die Bezeichnung als versteckte Beleidigung verwendeten. Nicht jeder war ein Großmaul mit wieherndem Gelächter wie Sophia.

»Du hast dich doch nicht von meiner Mutter einschüchtern lassen, oder? Sie hat einen ziemlich … starken Charakter.«

So konnte man es auch nennen. Und was meinte er eigentlich damit? Meiner Meinung nach war es durchaus möglich, eine starke Frau zu sein, ohne ruppig und unhöflich aufzutreten. Eine starke Frau ging nicht immer davon aus, dass ihre Meinung die einzig richtige war. Es war eine lahme Ausrede dafür, dass es einem egal war, ob man andere Leute aus der Fassung brachte.

»Nein, sie hat mich nicht eingeschüchtert«, antwortete ich wahrheitsgemäß.

Ich war einfach der Meinung, dass sie kein sehr netter Mensch war, aber das konnte ich Nick kaum sagen, oder? Ich spürte mal wieder überdeutlich sämtliche Schwingungen, und da gab es SEHR VIEL Negatives.

Ich räusperte mich unauffällig. »Redet Sophia eigentlich immer so mit Daisy?«

»Was meinst du?«

»Na ja, sie klingt irgendwie barsch. Als könnte Daisy in ihren Augen nichts richtig machen.«

Ich musste vorsichtig sein, aber es war echt unangenehm gewesen, den beiden zuzuhören. Klar war Daisy manchmal auch nicht einfach, aber so waren Teenager nun mal. Ich sah auf jeden Fall, dass sie Probleme hatte, eine gemeinsame Grundlage mit Sophia zu finden – wie konnte es da sein, dass Nick nichts bemerkte?

»Es ist nicht einfach als alleinerziehende Mum«, sagte er.

»Ich habe Daisy nur jedes zweite Wochenende, das meiste geht also auf Sophias Kappe. Außerdem ist sie nicht gerade der geduldigste Mensch auf Erden.«

Nicks Hand war weitergewandert, und seine Finger befanden sich mittlerweile auf der Innenseite meines Oberschenkels.

»Wusstest du, dass sie kommt?«, fragte ich und drückte mein Gesicht an seine weiche Schulter.

Er schwieg ein paar Augenblicke zu lange. Er hatte es gewusst.

»Ich war mir nicht sicher. Aber sie hat manchmal beruflich in Florenz zu tun, also war es logisch, beides zu kombinieren.«

»Okay.«

»Macht es dir etwas aus?«

Mein erster Instinkt war, ihn zu beruhigen und ihm zu sagen, dass es anfangs zwar ein wenig seltsam gewesen war, es Sophia aber wohl ähnlich ergangen war, und dass es im Grunde keine Rolle spielte. Aber dann dachte ich daran, dass Lou immer zu mir sagte, ich müsse für mich selbst einstehen, und so beschloss ich, ihm ausnahmsweise die Wahrheit darüber zu sagen, wie ich mich fühlte. Ich würde es einfach versuchen. Mal sehen, wie es lief.

»Ja, schon. Es macht mir etwas aus.«

Schweigen.

Und genau das war der Grund, warum ich Konflikten um jeden Preis aus dem Weg ging.

»Dass sie hier ist oder dass ich es dir nicht gesagt habe?«, fragte Nick.

Er hatte die Hand von meinem Oberschenkel genommen, sich auf den Rücken gerollt und die Hände unter dem Kopf verschränkt. Ich hatte ihn offenbar wirklich wütend gemacht. Aber daran ließ sich jetzt nichts mehr ändern.

»Beides«, antwortete ich.

Nick seufzte, und ich machte mich auf eine Standpauke gefasst.

»Du hast recht, es tut mir leid. Ich hätte dich vorwarnen sollen.«

*Oh.*

»Ehrlich gesagt hat Mum darauf bestanden, dass sie kommt. Sie war am Boden zerstört, als wir uns getrennt haben. Sophia war wie eine zweite Tochter für sie, sie sind einander schrecklich ähnlich. Meine Schwester Tabitha lebt seit jeher in ihrer eigenen kleinen Welt und hat sich nie gut mit Mum verstanden, aber Mum und Sophia ... sie sind aus einem Holz geschnitzt und mögen dieselben Dinge.«

»Was zum Beispiel?«

»Ich weiß auch nicht. Mode. Einkaufen. Inneneinrichtung. Sie besuchen jedes Jahr gemeinsam Wimbledon.«

»Sag jetzt nicht Center Court, erste Reihe?«, witzelte ich.

»Normalerweise ja«, erwiderte er todernst.

Derartige Top-Karten gehörten für Nicks Familie offenbar zum Alltag.

»Aber natürlich hätte ich dir das alles vorher sagen sollen. Kannst du mir verzeihen?«

Die Wut war zwar noch immer da, aber sie war es nicht wert, den ganzen Tag zu ruinieren.

»Hab ich doch schon«, erwiderte ich, drückte ihm einen flüchtigen Kuss auf den Mund, rollte mich zur Seite und stand auf. »Ich glaube, ich mache einen kleinen Morgenspaziergang.«

Als ich jünger war, hatte ich viel Zeit allein verbracht, und unter Leuten zu sein fand ich manchmal erdrückend. Für meine Freunde und die Familie war es ein Running Gag, dass ich immer mal wieder verschwand, um Abstand zu gewinnen und meine Batterien wieder aufzuladen. Vielleicht würde ich irgendwo eine Tasse Kaffee trinken – ich glaubte gelesen zu haben, dass es im Hotel eine Dachterrasse gäbe. Wobei es natürlich ein gewisses Risiko war, denn was, wenn ich ausgerechnet dort auf Aidan traf, der gerade der allerletzte Mensch auf der Welt war, den ich sehen wollte? Natürlich war es möglich, dass er sich verändert hatte, aber früher konnte er ebenfalls nicht gut schlafen. Er war immer vor mir aufgestanden und hatte es geliebt, vor allen anderen draußen an der frischen Luft zu sein.

Ich warf einen Blick auf die Videokamera, die ich auf dem Tisch abgelegt hatte. Vielleicht sollte ich sie mitnehmen. Ich hatte zwar absolut keine Lust, um sieben Uhr morgens unbezahlte Überstunden zu machen, aber falls ich etwas besonders Beeindruckendes zu sehen bekäme, wäre es eine Schande gewesen, es nicht mit der Kamera einzufangen.

»Bitte geh nicht«, flehte Nick gespielt theatralisch.

Er packte meine Hand und tat, als wolle er sie nicht loslassen. Ich lachte schwach und entzog sie ihm sanft.

»Ich kann nicht mehr schlafen«, erklärte ich ihm. »Ich bin schon seit Stunden wach.«

»Bist du sicher, dass die Sophia-Sache nicht mehr zwischen uns steht?«, fragte er, drehte sich zur Seite und rollte sich zusammen.

Er würde gleich wieder einschlafen.

»Ja«, erwiderte ich.

Ich hörte zu, wie sein Atem langsamer und tiefer wurde, und betrachtete die sich hebende und senkende Brust unter der Decke, dann ging ich zum Fenster und spähte durch den Spalt zwischen den Vorhängen, um nach dem Wetter zu sehen. Ich ging davon aus, dass es im April in Italien in etwa so warm war wie im Juni in Großbritannien, vor allem, wenn man den gestrigen Tag zum Vergleich nahm, aber so richtig sicher konnte ich mir nicht sein. Allerdings war der Himmel blau, und die wenigen Leute, die bereits auf der Straße unterwegs waren, trugen langärmelige Oberteile, aber keine Mäntel. Ein Kleid und etwas zum Drüberziehen sollte genügen. Ich holte ein weiteres Primark-Kleid hervor. Ein marineblaues, knielanges A-Linien-Kleid mit weißen Tupfen, bei dem es sich außerdem um mein Lieblingskleid handelte. Dann suchte ich in meinem (albernen und viel zu kleinen) Koffer nach meinen Sandalen und einer Strickjacke, falls es doch kälter war, als es aussah. Ich verließ das Zimmer, schloss leise die Tür und erkannte im nächsten Moment, dass ich die Schlüsselkarte vergessen hatte. Verdammt. Jetzt musste ich Nick wecken, wenn ich zurückkam, und je nachdem, wie lange es dauerte, konnte es durchaus sein, dass er immer noch tief und fest schlief. Er schlief, als wäre er bewusstlos, ich hatte noch nie erlebt, dass er sich im Bett hin und her gewälzt hätte, um um zwei Uhr morgens ein berufliches Problem zu lösen, oder dass er um drei Uhr am Handy gewesen wäre, weil seine Gedanken keine Ruhe fanden und er nicht schlafen konnte. In Anbetracht seines verantwortungsvollen Jobs faszinierte mich das immer wieder. Er meinte, er würde seine gedanklichen Kapazitäten strikt trennen. Bei mir hingegen ging eines in das andere über – Arbeit, Familie, Liebe, Freunde. Wenn ich auf einer Ebene Probleme hatte, waren auch die anderen betroffen.

Ich tappte den Teppichboden im Flur entlang und fragte mich, was sich hinter den geschlossenen Türen sonst so abspielte. Sophia und Daisy wohnten im selben Stockwerk, Rosamund und Peter hatten die Suite ganz oben. Klar, sie feierten ihren Hochzeitstag, aber trotzdem: eine Suite! Ich wäre zu gerne mit einer Ausrede zu ihnen ins Zimmer gegangen, um mich umzusehen, aber andererseits fand ich die Vorstellung, mit Rosamund allein zu sein, furchteinflößend. Ich stellte mir vor, wie sie mich in die Ecke trieb, mich über meine Absichten mit ihrem Sohn verhörte, mir vorwarf, nur hinter seinem Geld her zu sein. Sie hatte zwar keine Ahnung, wie viel Geld ich verdiente oder auf dem Konto hatte, aber es war offensichtlich, dass es nur sehr wenig war. Wenn Nicks Familie durch das Hotel stolzierte, konnte hingegen jeder sehen, dass sie sich wohlfühlten, und ihre Kleider und ihr Schmuck waren ein deutliches Zeichen für ihren Wohlstand. Bei mir war sofort klar, dass ich das nicht von mir behaupten konnte.

Ich hatte Angst vor dem Moment, wenn sie mich fragten, was meine Eltern beruflich machten. Normalerweise war das kein Problem. Ich sagte einfach, dass Dad Hausmeister in einer Schule und meine Mutter Schönheitstherapeutin war, und die Leute nahmen es zur Kenntnis, ohne mit der Wimper zu zucken. Aber für Rosamund war die Herkunft wie eine Visitenkarte. Nick hatte zum Beispiel in Oxford studiert, während ich an der Universität von Hertfordshire gewesen war, von der Rosamund wahrscheinlich noch nie etwas gehört hatte. Er hatte eine noble Privatschule besucht, ich die Gesamtschule in meinem Viertel.

Ich drückte den Aufzugknopf, und Wut auf mich selbst stieg in mir hoch. Warum ließ ich zu, dass ich mich wegen dieser Leute schlecht für etwas fühlte, wofür ich hart gearbeitet hatte? Und meine Eltern ebenfalls. Es war, als hätten sie ihre antiquierten Vorstellungen auf mich projiziert, und ich saugte sie wie üblich in mich auf wie ein Schwamm. *Du bist nicht gut genug. Und schon gar nicht für einen Mann wie Nick.*

Ich verdrängte den Gedanken, doch im nächsten Moment nahm ein anderer seinen Platz ein. *Genauso wenig, wie du gut genug für Aidan warst.*

## Kapitel sechs

Die Dachterrasse des Hotels Palazzo Continentale war eine Oase der Ruhe, umgeben von Büschen mit hübschen kleinen Blüten in Weiß, Gelb und Rosarot und mit einem herrlichen Ausblick auf die terrakottafarbenen Dächer, die in Florenz allgegenwärtig waren. Von der ganz rechten Ecke aus sah man gerade noch die Sonne über dem Arno aufgehen, der viel ruhiger war, als ich es mir vorgestellt hatte, und nicht vergleichbar mit der hektisch wogenden Themse. Ich stellte meine Videokamera auf dem Geländer ab, setzte mich auf einen der Barhocker mit Blick auf den Fluss und griff nach der Speisekarte. So viele verschiedene Brot- und Gebäcksorten – ich war im Frühstückshimmel! Leider musste ich mit Nick und den anderen frühstücken, auch wenn ich schon jetzt kurz vor dem Verhungern war.

Ich lauschte Florenz, das gerade erwachte. Dem fröhlichen Glockenspiel einer nahe gelegenen Kirche, dem Geklapper der Teller im Hotelrestaurant, dem Beschleunigen eines Mopeds unten auf dem Platz – vielleicht ein Bote, der eines der Restaurants mit frischen Lebensmitteln belieferte. Meine Gedanken wanderten sofort zu allen möglichen Pasta-Gerichten, meinem absoluten Lieblingsessen, dem in der protzigen Speisekarte des Hotelrestaurants seltsamerweise keinerlei Beachtung geschenkt wurde. Manchmal brauchte ich einfach nur eine große Schüssel Spaghetti mit Butter und einer Tonne Käse, um mich besser zu fühlen, und ich sah absolut nichts Verwerfliches daran, auch wenn Rosamund und Sophia vermutlich anderer Ansicht waren. Ich war fest entschlossen, mich irgendwann im Laufe der nächsten Tage davonzustehlen und meiner Pasta-Leidenschaft zu frönen, ohne dass jemand die Augenbrauen hochzog. Ich würde einfach mein Kunstinteresse vorschieben, da keiner der anderen in dieser Hinsicht motiviert war. Angeblich hatten sie jedes Kunstwerk in Florenz schon »hundert Mal« gesehen. Ich selbst konnte mir nicht vorstellen, jemals genug davon zu bekommen, egal ob ich das erste oder das zwanzigste Mal hier war.

Für Nicks Familie war das Highlight des Aufenthalts der Ausflug in das Chianti-Gebiet, wo mehrere Weingüter besucht werden sollten. Man hatte uns alle für den kommenden Tag angemeldet, ob wir wollten oder nicht. Ich zog mein Handy heraus und googelte *italienische Weine*. Nach dem kolossalen Reinfall gestern Abend sollte ich mir vielleicht ein paar wichtige Informationen heraussuchen, falls mir jemand eine Frage stellte.

Ich fragte mich gerade, wie man *Franciacorta* – einen Schaumwein aus der Lombardei – aussprach, als die Tür vom Restaurant auf die Terrasse geöffnet wurde. Ich hob gedankenverloren den Kopf und drehte mich um, was ziemlich dämlich war, weil ich hätte wissen müssen, dass es bei meinem Glück nur Aidan sein konnte.

Er blieb wie angewurzelt stehen, als er mich sah, und wir waren beide so schockiert, dass wir kein Wort herausbrachten. Mein Herz klopfte so schnell, dass ich Angst hatte, mich gleich übergeben zu müssen. Ich konzentrierte mich auf meine Atmung. Ein und aus. Aber die Erinnerungen stürzten auf mich ein. Wie er mir gesagt hatte, dass ich wunderschön und witzig wäre. Wie wir oft stundenlang eng aneinandergekuschelt im

Bett gelegen und geredet hatten. Mit ihm hatte ich mich im Bett nie allein gefühlt, denn immer wenn ich wach gewesen war, war er es auch. Er hatte gesagt, dass er noch nie eine derart unmittelbare Verbindung zu jemandem gespürt hätte. Dass er von der ersten Sekunde an gewusst hätte, dass ich etwas Besonderes wäre. Damals, am Ufer des Loch Lomond, in meinem seltsamen, altbackenen Anorak, mit den vom Wind zerzausten Haaren und Tim hinter mir, der mir Befehle zubrüllte, die der ganze Strand hören konnte.

»Mach dir bloß nicht die Mühe, mit mir zu reden«, sagte ich und hasste mich dafür, dass meine Stimme beinahe brach.

»Keine Sorge, das hatte ich nicht vor«, erwiderte er in eiskaltem Ton, ganz anders, als ich es in Erinnerung hatte.

Er wandte sich ab, riss die Tür auf und ging zurück ins Hotel.

Ich sah ihm mit offenem Mund hinterher. *Er* war doch derjenige, der mir das Herz gebrochen hatte, und jetzt tat er so, als hätte ich ihn verletzt? Es gab keine Entschuldigung für das, was er getan hatte – zumindest fiel mir keine ein. Und vielleicht hatte alles seinen Grund gehabt, denn wenn Aidan sich anders verhalten hätte, wäre ich nie zu einem Date mit Nick gegangen. Am Ende hat sich alles zum Guten gewendet, versicherte ich mir selbst. Außer, dass die Wörter auf der Frühstückskarte vor meinen Augen herumwirbelten, als ich darauf schaute, und mein Herz noch immer raste. Ich wollte nicht, dass er diese Macht über mich hatte. Ich würde es nicht zulassen.

Ich trat auf die Straße und schlang die Strickjacke enger um meinen Körper. Der Himmel war strahlend blau, und es würde sicher bald wärmer werden, aber im Moment war es kühler, als es den Anschein hatte, als ich aus dem Fenster des Hotelzimmers blickte. Ein Zimmer, in dem ich hätte bleiben sollen.

Was hatte ich mir nur dabei gedacht, allein auf die Terrasse zu gehen? Wenn ich einfach bei Nick im Bett geblieben wäre, hätte ich Aidan nicht begegnen müssen, und alles hätte sich viel weniger verstörend angefühlt als jetzt.

Vor einem Café mit dunkelgrünen Sonnenschirmen wurden gerade die Tische am Bürgersteig gedeckt. Es war offenbar nicht nur ein Café, sondern auch ein Feinkostgeschäft, denn in den altertümlichen Erkerfenstern befand sich eine verführerische Auswahl an Trüffelöl, Trüffelschokolade, Trüffelcreme und anderen Trüffelprodukten. Ich hätte nie gedacht, dass man so viele Dinge mit Trüffeln verfeinern konnte!

»Wollen Sie sich setzen?«, fragte ein Kellner, der gerade an dem Tisch neben mir einem Paar ihre Espressi serviert hatte.

»Natürlich. Ja, bitte«, erwiderte ich.

Er stellte die beiden Tassen ab, dann brachte er mich zu einem Tisch, von dem ich die Straße, den Arno und das runde, burgähnliche Gebäude am Ende der Straße im Blick hatte. Ich bestellte einen Cappuccino. Nach dem Zusammentreffen mit Aidan war mir der Appetit vergangen, und ich hatte keine Ahnung, wie ich das Frühstück mit Nicks Familie überstehen sollte. Ich lehnte mich in meinem Stuhl zurück, genoss die frische, saubere Luft, die ganz anders war als in London, und warf einen Blick auf mein Handy. Überraschenderweise hatte ich eine Nachricht von Lou. Sie wollte heute nach Palma aufbrechen, um dort für unser Mallorca-Special zu drehen, und hatte offenbar einen frühen Flug bekommen.

Wie läuft es mit den zukünftigen Schwiegereltern?

Ich wollte zurückschreiben, beschloss dann aber, sie anzurufen. Ich wollte eine freundliche Stimme hören. Lou beschönigte nie etwas, und ich *musste* jemandem von Aidan erzählen.

Lou hob nach dem zweiten Klingeln ab. »Oh Mann, du bist schon wach!«, rief sie. »Ich dachte, du würdest dich mit Nick im Bett wälzen, Brot und Mozzarella essen und alles vollkrümeln.«

»Ha! Hier ist es viel zu schön, um auf dem Hotelzimmer zu bleiben«, erwiderte ich.

»Wie ist Nicks Familie denn so? Erzähl mir alles. Sind sie genauso nett wie er? Lieben sie dich bereits abgöttisch?«

Mein Magen zog sich zusammen.

»Sie sind ... nicht ganz so, wie ich es erwartet habe«, antwortete ich und suchte nach den richtigen Worten. »Sie sind echt reich, was natürlich in Ordnung ist.«

»Aber ...?«

»Nick nennt seine Mum *Mummy*.«

»Nicht im Ernst!«

»Und seine Ex-Frau ist hier. Daisys Mum.«

Lou stieß ein Kreischen aus. »Was zum Teufel soll denn das?«

»Rosamund – Nicks Mum – und Sophia stehen sich offenbar noch immer sehr nahe.«

»Aber es sollte doch darum gehen, dass *du* eine Verbindung zu ihnen aufbaust. Wie soll das funktionieren, wenn sie ständig dabei ist? Das ist doch mehr als unangenehm.«

Der Kellner brachte meinen Kaffee, der himmlisch duftete. Ich hob die Tasse, blies sanft über die Oberfläche und nippte daran.

»Außerdem findet sein Dad, dass ich wie Meghan Markle aussehe«, fuhr ich fort.

»Um Himmels willen!«

»Du kannst dir also vorstellen, wie die Stimmung ist?«

»Durchaus.«

Ich sah vor mir, wie sie die Augen verdrehte.

»Und das ist noch nicht mal das Schlimmste.«

»Nicht?«

Ich zögerte. Lou hatte mich zwar immer unterstützt, aber mir war klar, dass ihr die Sache zwischen Aidan und mir etwas übertrieben vorgekommen war. Sie war von Natur aus vorsichtig und hatte nicht verstanden, wie man jemandem so schnell so nahe sein konnte und warum mich das Ende derart mitgenommen hatte. Wenn wir in dieser Zeit miteinander unterwegs gewesen waren, hatte ich gespürt, wie sehr sie meine Trübseligkeit nervte, und irgendwann hatte sie mir – mit sanften Worten – zu verstehen gegeben, dass ich mich zusammenreißen und mich »wieder ins Spiel bringen« müsse. Am Ende hatte sie mich dazu überredet, mich bei Tinder anzumelden und Nicks Einladung zu einem Date anzunehmen, auch wenn ich noch nicht bereit dafür gewesen war und insgeheim immer noch gehofft hatte, dass Aidan jeden Moment zurückkommen und mir sagen würde, dass er ohne mich nicht leben könne. Was ich allerdings nie jemandem erzählt hatte.

»Komm schon, was ist denn noch passiert?«, fragte Lou. »Bei mir passiert nichts Interessantes mehr, also muss ich mein Leben stellvertretend durch dich leben.«

»Ein ruhiges Dasein klingt im Moment sehr verlockend«, erwiderte ich.

»Wieso?«

»Aidan ist hier. Er wohnt im selben Hotel.«

Schweigen. Langes Schweigen.

»Lou? Bist du noch da?« Vielleicht wurde die Verbindung unterbrochen?

»Entschuldige. Ja. Ich war einen Augenblick lang sprachlos. Das darf doch nicht wahr sein!«

»Ich habe ihn gestern Abend im Restaurant gesehen und noch mal heute Morgen auf der Dachterrasse. Aber nur kurz, denn er hat nur einen schnellen Blick auf mich geworfen und ist davongestürzt.«

»Oh mein Gott. Wie war es, ihn wiederzusehen? Was hast du empfunden?«

»Wut?«

»Sieht er noch so aus wie früher?«

Ich konnte Lou nicht belügen. »Er sieht immer noch gut aus, ja.«

Lou seufzte. »Aber er hat es vermasselt, nicht wahr? Und es spielt keine Rolle, ob er seine Gründe hatte, denn abgesehen von seinem plötzlichen Tod – der ihn ganz offensichtlich nicht ereilt hat – gibt es keine Entschuldigung für das, was er abgezogen hat.«

»Ich weiß. Das weiß ich natürlich.«

Trotzdem wollte ein Teil von mir seine Erklärung hören.

»Hör mal, mein Taxi kommt gleich«, sagte Lou. »Ich packe lieber noch den Rest fertig. Wann kommst du zurück?

»Am Samstag. Aber ich fahre dann direkt weiter nach Leicester zu meinem Dad. Er hat Geburtstag, also dachte ich, ich besuche ihn mal.«

»Hoffentlich hat er dieses Mal nicht auch schon was anderes vor«, meinte Lou, die genau wusste, wie unzuverlässig mein Dad manchmal war. »Oh, und Maddie? Lass dich von Nicks Familie nicht unterkriegen. Sie sollten doch auch versuchen, dich für sich zu gewinnen, nicht nur andersrum.«

»Ich glaube, das sehen sie nicht so«, erwiderte ich und stieß ein leises Lachen aus.

Ich hatte nun mal sehr feine Antennen dafür, was Leute über mich dachten und wie ihr erster Eindruck von mir war. Ob sie über mich urteilten und Mutmaßungen über meinen Hintergrund, meine Ausbildung oder meine Familie anstellten. Es war reiner Selbstschutz, und ich zog mich normalerweise sofort zurück, wenn sich etwas nicht richtig anfühlte, aber natürlich wurde ich Nicks Familie nicht so schnell los – und umgekehrt sie mich auch nicht.

»Du bist gut genug für sie, Maddie. Mehr als das. Sie sind sicher insgeheim eingeschüchtert, weil du eine kluge, selbstbewusste, schöne Frau bist«, sagte Lou.

Ich hätte ihr gerne geglaubt, wirklich, aber wenn ich Rosamunds Gesicht vor meinem inneren Auge sah, konnte ich mir absolut nicht vorstellen, dass ihr *irgendetwas* Angst machte.

## Kapitel sieben

Der Gucci Garden war ein Museum, eine Kunstinstallation und eine Boutique in einem und befand sich an der äußersten Ecke der Piazza della Signoria, einem der beeindruckendsten Plätze, die ich je gesehen hatte. Die riesige gepflasterte Fläche wurde von einer Mischung aus Restaurants mit dazugehörigen Außenterrassen, Palazzi, Gewölben und Statuen flankiert, und ich wäre gern stehen geblieben – langsam gewöhnte ich mich an das Gehen auf dem Kopfsteinpflaster – und hätte Fotos gemacht und im Stadtplan nachgesehen, worum es sich bei den einzelnen Gebäuden und Denkmälern handelte und welche Bedeutung sie für die Geschichte der Stadt hatten. Aber Rosamund und Sophia – die sich untergehakt hatten wie zwei Teenager auf Klassenfahrt – drängten uns weiter.

»Daisy, beeile dich, Darling!«, rief Sophia und warf einen Blick über die Schulter auf ihre Tochter, die hinter mir herschlurfte.

Nick und Peter gingen in der Mitte und beeilten sich gehorsam. Ich war versucht, mich zu Daisy umzudrehen, um zu sehen, ob sie das Gleiche wollte wie ich (sollte heißen: Ich hätte lieber ein paar Stunden für mich gehabt, um in einem Café am Straßenrand ein Buch zu lesen und an einem Cappuccino zu nippen), aber ihre Launen waren unberechenbar, und ich wollte nichts riskieren. Manchmal hatte ich das Gefühl, als wäre sie auf meiner Seite, doch im nächsten Augenblick warf sie mir bitterböse Blicke zu, als wäre ich ihr größter Feind.

»Seht euch nur dieses herrliche Pink an!«, rief Rosamund und blickte hinauf zu dem Gucci-Garden-Logo auf einem bonbonrosa Banner, das seitlich am Gebäude befestigt war.

Rosamund und Sophia stolzierten durch die Eingangstür, als gehöre ihnen der Laden, während der Rest in unterschiedlichem Tempo folgte. Ich fühlte mich natürlich vollkommen underdressed in meinem Sommerkleid und den flachen Sandalen. Ich meine, ich hätte es mir natürlich denken können, dass sich die Leute herausputzen, um ins Gucci-Museum zu gehen, und dass Menschen, die Gucci mochten, generell modebewusster waren als ich (ganz zu schweigen davon, dass sie über ein wesentlich höheres Budget verfügten).

Rosamund hatte ihr geliebtes Twinset und den dazugehörigen Schmuck gegen etwas Ausgefalleneres getauscht – soweit man bei reichen alten Frauen von *ausgefallen* sprechen konnte – und trug geradegeschnittene, unglaublich indigoblaue Jeans, ein einfaches weißes T-Shirt, eine riesige Jackie-O-Sonnenbrille und einen klassischen marineblauen Blazer, der aussah wie von Chanel, wobei das nur geraten war. Ich hatte noch nie jemanden gesehen, der so unaufgeregt Chanel trug, aber ihre Jacke war definitiv nichts, das man sich in einer gewöhnlichen Einkaufsstraße kaufte. Sie sah toll aus, das musste ich zugeben.

Sophia hatte sich besonders ins Zeug gelegt und trug zerrissene Designerjeans, eine auffallende Bomberjacke mit Pailletten und Flicken und Stiefel mit schwindelerregend hohen Absätzen. Nick ließ den inneren Italiener heraushängen und trug wie immer ein Hemd, einen Pullover über den Schultern, bis zu den Knöcheln hochgekrempelte Jeans und hellbraune Wildlederschuhe, die ich noch nie gesehen hatte. Und Peter …

nun, der hatte sich für seine übliche (Tweed-)Uniform entschieden.

Rosamund hatte für alle Tickets reserviert, also durchquerten wir das Foyer und stiegen durch ein in Weiß gehaltenes Treppenhaus nach oben, das mit den schicksten Graffiti der Welt besprüht war. Worte wie *Liberté*, *Égalité* und *Sexualité* sprangen uns entgegen (ich hatte keine Ahnung, warum sie auf Französisch waren, wir waren ja in Italien, und Gucci war, soweit ich wusste, eine italienische Marke). Rosamund und Sophia schwärmten in höchsten Tönen, dabei war ich sicher, dass sie die Nase gerümpft hätten, wenn sie dieselben Graffiti auf irgendeiner beliebigen Wand in London entdeckt hätten. Sophia war sehr bemüht, Daisy für die Ausstellungsstücke zu begeistern, und rief sie immer wieder zu sich, damit sie sich etwas ansah.

»Diesen Namen hier musst du dir merken, Darling. Alessandro Michele! Er ist der Kreativdirektor von Gucci und ein absolutes Genie.«

Daisy hatte zwar die Arme trotzig verschränkt, aber ich merkte, dass sie dennoch vages Interesse an ihrer Umgebung zeigte. Und mir ging es ehrlich gesagt genauso, weshalb ich mich zurückfallen ließ, um die Ausstellung auf eigene Faust zu erkunden, ohne dabei ständig Rosamunds Kommentare zu hören. Ich schaffte es schließlich, die anderen in einem Raum voller Spiegel ein paar Minuten aus den Augen zu verlieren. Dort hatte man das Gefühl, in einem psychedelischen Spiegelkabinett gefangen zu sein, in dessen Mitte eine der Cruise Collections des Modelabels präsentiert wurde. Ich wusste zwar nicht, was genau eine Cruise Collection war, aber die Kleider waren wunderschön, und einen Moment lang wünschte ich mir, genug Geld zu haben, um mir eine smaragdgrüne, paillettenbesetzte Hose kaufen zu können (die ich ganz sicher niemals angezogen hätte und die vermutlich über zehntausend Euro kostete).

Ich schloss im Gucci-Collectors-Room, dessen Sinn ich erst verstand, nachdem ich die Informationstafel gelesen hatte, zu den anderen auf, und am Ende kam ich zu dem Schluss, dass es eine echt coole Idee war. Der Raum war von der Herbst/Winter-Kollektion 2018 inspiriert, die wiederum von Sammlern seltsamer und besonderer Dinge beeinflusst worden war.

Rosamund stand neben mir, während ich eine Sammlung aus 182 Kuckucksuhren bestaunte und beobachtete, wie immer irgendwo ein Kuckuck aus dem Haus sprang. Ich erinnerte mich, dass die Eltern einer Schulfreundin eine dieser Uhren in ihrem Flur gehabt hatten und sie mich damals schon fasziniert hatte.

»Wie gefällt Ihnen Florenz?«, fragte Rosamund und neigte den Kopf, um die Uhren ebenfalls zu betrachten.

»Sehr gut«, antwortete ich. »Danke vielmals, dass Sie mich eingeladen haben.«

»Nun, es wurde langsam Zeit, Sie kennenzulernen. Wir hatten bereits vermutet, dass Nick Ihnen einen Antrag machen wird.«

Ich ließ mir meine Überraschung nicht anmerken. »Wirklich?«

Rosamund lachte leise. »Mein Sohn ist ein Romantiker, wie Sie mittlerweile sicher bemerkt haben. Keine Ahnung, von wem er das hat.«

»Also, ich würde sagen, fünfundvierzig Jahre mit demselben Mann verheiratet zu sein ist ziemlich romantisch.«

Rosamund schüttelte den Kopf. »Bei Nick ist das etwas anderes. Er stürzt sich bedingungslos in die Liebe, manchmal auch zu seinem Nachteil. Seit Sie sich kennengelernt haben, spricht er in einem fort von Ihnen. Ich weiß schon lange, dass er bis über beide Ohren verliebt ist.«

»Das war ja nett. Rosamund gab sich Mühe, und das war vielversprechend. Außerdem schien sie Nick zu lieben, es gab also keinen Grund, warum sie nicht auch lernen konnte, mich zu lieben. Allerdings fragte ich mich, warum Nick so lange damit gewartet hatte, mich seiner Familie vorzustellen, wenn sie von Anfang an über mich Bescheid gewusst hatten.

Ich folgte Rosamund zum nächsten Ausstellungsstück, das aus Hunderten Turnschuhen bestand, die fein säuberlich in einen Schrank gestapelt waren. Es gab einen Spiegel auf dem Boden und an der Decke, und wenn man nach unten blickte, sah man sich selbst, wie man immer kleiner und kleiner wurde. Etwas beunruhigend war bloß, dass ich auch Rosamunds Spiegelbild in hundertfacher Ausführung sah, und zwar egal, in welche Richtung ich blickte.

»Wie wäre es mit einem Hochzeitskleid von Gucci?«, schlug sie vor.

»Ähm, ich fürchte, das kann ich mir nicht leisten«, erwiderte ich und machte ein Foto von einem besonders glitzernden Paar Turnschuhe.

»Aber Sie würden sicher auch in Prada hübsch aussehen.«

»Vielleicht.«

»Ich nehme an, Sie haben Ihre eigenen Vorstellungen. Natürlich haben Sie die …«, fuhr Rosamund fort. »Sie können mir ruhig sagen, dass ich mich um meine Angelegenheiten kümmern soll. Ich liebe Hochzeiten und neige dazu, mich zu sehr einzubringen.«

Ich schenkte ihr ein Lächeln. »Ich bin dankbar für jede Hilfe, die Sie mir anbieten«, versicherte ich ihr.

»Gut«, meinte Rosamund zufrieden. »Es ist zwar nicht die

erste Hochzeit meines Sohnes, aber es ist vermutlich Ihr erstes Mal. Sie haben einen großen Rummel um Ihre Person verdient.«

Ich sah Rosamund nach, die in den nächsten Raum weiterging, und fragte mich, wie pompös Nicks und Sophias Hochzeit gewesen war. Hatte Sophia ein Kleid von Prada getragen?

»Was hältst du davon?«, flüsterte mir Nick ins Ohr und schlang einen Arm um meine Taille.

»Wovon?«

»Von dem Museum.«

»Es ist tatsächlich unglaublich«, sagte ich ebenfalls flüsternd. »Verrückt, wenn man bedenkt, was Modedesigner inspiriert. Ich meine, eine Perückensammlung? Uhren?«

Nick lachte.

Ich stellte sicher, dass Rosamund außer Hörweite war. »Ich glaube, deine Mum und ich haben endlich einen Draht zueinandergefunden.«

Nick sah mich verwundert an. »Wieso, was hat sie gesagt?«

»Ach, nichts Besonderes. Wir haben uns bloß über Hochzeiten und so unterhalten. Aber es ist ein Anfang.«

Nick drückte mir einen Kuss auf den Scheitel. »Das ist toll, Mads. Siehst du? Sie ist nicht so furchteinflößend, wie sie sich gerne gibt.«

»Deine Mum meinte, ich sollte bei der Hochzeit Prada tragen.«

Er verdrehte die Augen. »Achte nicht weiter darauf. So, wie Sophia und sie sich gerade geben, möchte man meinen, dass sie rund um die Uhr nur Designerstücke tragen. Dabei stammen neunzig Prozent ihres Kleiderschrankes von der britischen Marke Boden!«

Andere Besucher betraten den Raum, der richtige Moment, um ins nächste Stockwerk weiterzuwandern. Ich folgte Rosamund nach oben und wurde von Sophia begrüßt, die vor einem riesigen Gucci-Plakat stand. Sie hatte dieselbe Pose eingenommen wie die drei Models hinter ihr und genoss die Aufmerksamkeit über die Maßen, als wir einen Halbkreis um sie bildeten.

»Ach, Schätzchen, du siehst atemberaubend aus«, erklärte Rosamund. »Komm, ich mache ein Foto für Instagram.«

Ich versuchte, mir meine Überraschung nicht anmerken zu lassen, und flüsterte Nick zu, der vor mir stand: »Deine Mum ist auf Instagram?«

»Sie versteht es nicht wirklich, aber sie liegt gerne im Trend«, antwortete er leise.

»Los, Maddie, jetzt sind Sie an der Reihe!«, zwitscherte Sophia und winkte mich zu sich.

»Nein, schon gut«, erwiderte ich kopfschüttelnd. Das würde ich auf keinen Fall tun. Nicht vor diesen Leuten.

»Aber ja doch, Darling«, drängte Nick. »Ich möchte ein Foto schießen.«

Ich seufzte. Vermutlich würden sie weitermachen, bis ich schließlich doch nachgab, also stellte ich mich verlegen und mit nach unten baumelnden Armen vor das Plakat.

»Hände in die Hüften, Maddie«, befahl Rosamund. »So!«

Sie zeigte es mir und streckte dabei die Hüfte so weit heraus, dass ich Angst hatte, sie könnte sich verletzen. Alle außer Daisy und Peter knipsten ein Foto nach dem anderen, wobei Peter so aussah, als wüsste er nicht, wie man ein Handy verwendet, ganz zu schweigen davon, ein Foto zu machen. Es war unglaublich demütigend.

»Und jetzt du, Daisy«, meinte Nick und drängte seine Tochter nach vorne.

»Auf keinen verdammten Fall«, erwiderte Daisy und ging davon.

»Daisy! Deine Ausdrucksweise!«, rief Nick ihr sinnloserweise hinterher.

Sie hatte es gesagt, und ich konnte mir nicht vorstellen, dass eine halbherzige Ermahnung ihres Dads sie dazu bringen würde, es beim nächsten Mal nicht wieder zu sagen.

Nachdem wir im Museum fertig waren, schlenderte ich durch die Gucci-Boutique und bewunderte die exklusiven Haarklammern, die mit glitzernden Steinen bedeckten Taschen und die Umkleiden, die mich durch die mit Rüschen besetzten Vorhänge und die luxuriösen Sitzmöbel an die Netflix-Serie *Bridgerton* erinnerten. Nick tanzte aufgeregt um Daisy herum, die einen mürrischen Schmollmund zog, bis er der Verkäuferin schließlich eine wunderschöne Lederhandtasche zeigte und sie beide der Frau zur Kasse folgten, wo Daisy wenig überraschend plötzlich um einiges fröhlicher wirkte, als Nick seine Kreditkarte zückte.

Ich hatte entdeckt, dass es eine Ecke mit vernünftigeren Preisen gab, und machte mich auf den Weg dorthin, um mir vielleicht ein kleines Andenken zu kaufen. Ich griff nach einem hübschen sechseckigen Kistchen mit dem Bild einer winzigen Katze in einer Ecke, das sich sehr gut auf meinem Schreibtisch zu Hause machen würde. Ich drehte es um, und mein Blick fiel auf den Preis. Einhundertvierzig Euro. Einhundertvierzig Euro für eine Packung Post-its? Ich legte das Kistchen eilig zurück und sah mich einigermaßen schockiert weiter um. Wenn die Post-its bereits so viel kosteten, wie viel musste man dann für einen Block in A4 hinlegen?

Nick trat neben mich. »Können wir gehen?«, fragte er.

Die anderen warteten draußen. Peter, der aussah, als würde er sich zu Tode langweilen. Daisy, die bereits ihre neue Tasche über der Schulter trug. Und Sophia und Rosamund, die beide eine hübsche olivgrüne Gucci-Einkaufstüte in den Händen hielten (wenn man dazu noch Einkaufstüte sagen konnte).

»Was haben Sie denn gekauft?«, fragte ich.

»Einen Geldbeutel«, erwiderte Sophia selbstgefällig. »Ich habe ihn bereits in Schwarz, aber sie hatten noch ein Exemplar in einem herrlichen Violett.«

»Und ich habe einen Sonnenhut gekauft«, sagte Rosamund und öffnete die Tüte, damit ich einen Blick darauf werfen konnte.

»Hübsch«, erklärte ich, obwohl er in Wahrheit wie eine etwas robustere Version eines normalen Sonnenhuts aussah, den man überall zu kaufen bekam.

»Perfekt für unseren Sommertrip nach Saint Tropez«, fügte sie hinzu.

Ich verstand nicht, warum sie immer so prahlen musste, und war froh, dass Nick diese Eigenschaft nicht geerbt hatte. Er zeigte nicht, wie reich er war, wobei er mich – wenn ich so darüber nachdachte – sehr wohl an einen anderen Lebensstil herangeführt hatte. Wir aßen in Restaurants mit hochpreisigen Weinkarten, denen ich früher nur einen kurzen Blick gewidmet und gelacht hatte. Und er kaufte mir regelmäßig einen großen Blumenstrauß bei Jane Packer, einer Floristin, die ich in der Vergangenheit nur aus Hochglanzmagazinen gekannt hatte. Aber es war dezent, und Nicks Auftreten störte mich nicht annähernd so sehr wie das von Rosamund und Sophia. Mir missfiel, dass sie vollkommen den Bezug zur Realität verloren hatten. Sie hatten offenbar keine Ahnung, dass die meisten Leute Schwierigkeiten hatten, ihre Rechnungen zu bezahlen, Jobs machten, die sie verachteten, nur um genug Geld für die Miete zu haben, und bei Aldi einkauften, anstatt im Delikatessenladen. Ich hätte mein Leben darauf verwettet, dass Rosamund noch nie einen Fuß in einen Aldi gesetzt hatte. Ich dachte einen Augenblick lang an Aidan. Ich hatte seine Eltern nie kennengelernt, dazu war keine Zeit gewesen, aber ich wusste einfach, dass ich mich in ihrer Gegenwart nicht so gefühlt hätte.

»Du wolltest doch nicht auch etwas, oder Darling?«, fragte Nick.

Ich schüttelte den Kopf. »Nicht zu diesen Preisen.«

»Qualität kostet eben, Maddie«, erklärte Sophia und musterte mich von oben bis unten.

Ich fragte mich langsam ehrlich, ob ich jemals in diese Familie passen würde – und ob ich es überhaupt wollte.

# Kapitel acht

Die Aufzugstür öffnete sich, und Nick und ich traten in den luxuriösen, mit dickem Teppichboden ausgelegten Hotelflur, in dem Totenstille herrschte. Ich gähnte.

»Ich würde mich jetzt am liebsten in ein abgedunkeltes Zimmer legen und schlafen«, gestand ich.

Die lange Reise und die Anstrengung, ständig positiv, interessant und nicht beleidigt zu sein, wenn ich mit Nicks Familie zusammen war, machten sich bemerkbar.

»Wird es dir langsam zu viel?«, fragte Nick verlegen. »Ich weiß, meine Familie kann manchmal ziemlich schwierig sein, aber sie meinen es nur gut.«

Ich folgte ihm den Flur entlang und überlegte, was ich darauf antworten sollte. Familienangelegenheiten waren ziemlich verzwickt, nicht wahr? Ich meine, ich kam nicht einmal mit meiner eigenen gut klar, ganz zu schweigen von einer fremden.

»Ich brauche einfach ein Nickerchen«, sagte ich, als wir vor unsere Tür traten.

»Das ist aber schade«, erwiderte Nick, legte die Hände auf meine Hüften und drehte mich, sodass sich mein Rücken gegen die Zimmertür drückte. »Ich hatte eine aufregendere Art im Sinn, wie wir die nächste Stunde verbringen könnten …«

Er küsste mich leidenschaftlich und ließ seine Hand über meinen Oberschenkel und unter mein Kleid gleiten.

»Nick«, sagte ich leise lachend. »Doch nicht hier.«

Ich war nicht in der Stimmung, doch dann hörte ich Lous warnende Stimme. *Macht es euch nicht zu gemütlich. Und habt regelmäßig Sex!*

Nick fummelte blind mit der Schlüsselkarte an der Tür herum. Es wäre wesentlich einfacher gewesen, mich loszulassen und konzentriert die Tür zu öffnen, anstatt zwei Dinge gleichzeitig zu tun.

»Du siehst heute bezaubernd aus«, sagte er mit rauer Stimme und küsste meinen Hals, während er immer noch versuchte, die Tür zu öffnen.

»Auch wenn ich im Einkaufszentrum shoppe und nicht in Boutiquen?«, fragte ich und zog es ins Alberne.

»Wieso funktioniert diese verdammte Karte nicht?«, stöhnte Nick frustriert.

Ich schob ihn sanft von mir. Nicht dass uns noch jemand hier auf dem Flur sah. »Lass mich mal«, sagte ich und nahm ihm die Karte ab.

Ich hielt sie an das Schloss, und die Tür öffnete sich.

Im Zimmer war Nicks Lust nicht mehr zu bremsen, und ich versuchte, nicht zu viel nachzudenken, im Moment zu leben und das Zusammensein mit ihm zu genießen. Sex musste nicht immer überwältigend sein – zumindest nicht zwischen uns. Wir hatten andere Dinge, die uns ausmachten. Sehr viele andere Dinge.

Anstatt danach in einen herrlich entspannten Schlummer zu sinken, rasten meine Gedanken. Hätte ich es mehr genießen sollen? Warum musste es immer die Missionarsstellung sein? Sollte ich Nick sagen, dass ich auch mal etwas anderes wollte, oder würde ich damit seine Gefühle verletzen? Als ich es irgendwann nicht mehr aushielt, stand ich auf und erklärte Nick, dass ich mich frisch machen wolle.

Ich stand unter der Regendusche, ließ das Wasser auf meine Schultern und das Gesicht prasseln (wobei ich natürlich versuchte, dass meine Haare so trocken wie möglich blieben) und beschloss, mir etwas Zeit für mich zu nehmen, um einen klaren Kopf zu bekommen. Ein schöner Nachmittagsspaziergang durch Florenz – allein – vor dem Abendessen sollte mir guttun.

Nick sah zu, wie ich mich anzog. Er wirkte zufrieden mit sich selbst und entspannt – all das hätte ich gern ebenfalls empfunden. Ich hatte mich so sehr auf diese Reise gefreut. Es hätte etwas Besonderes werden sollen. Der nächste Schritt in unser gemeinsames Leben. Natürlich war ich nervös gewesen – das war jeder, der die Familie seines Verlobten kennenlernte –, aber ich war auch voller Hoffnung gewesen. Das war ich sogar immer noch, denn auch wenn es nicht gerade gut begonnen hatte, standen wir doch schließlich erst am Anfang unserer gemeinsamen Zeit. Ich musste mich darauf besinnen, was für ein wunderbares Paar Nick und ich waren, und daran glauben, dass seine Eltern das früher oder später ebenfalls erkennen würden.

»Mum setzt mich mit dem Datum für die Hochzeit unter Druck. Bleiben wir beim kommenden Frühling?«, fragte Nick gähnend und streckte sich.

Ich schlüpfte in meine Jeans. Ich wollte leger unterwegs sein, und die Sonne ging bereits unter, deshalb würde es sicher bald kühler werden.

»Ich glaube schon«, antwortete ich. Es fühlte sich zu früh an. Aber andererseits: Warum warten?

»Mum meinte, wir sollten es vorverlegen. Sie hat bereits eine Location im Hinterkopf – irgendwo in Oxfordshire. Sie meinte, die Farben im Herbst wären wunderschön, und überall wären Bäume. Auf den Fotos sieht es offenbar herrlich aus.«

»Ich war noch nie in Oxfordshire.«

Eigentlich wollte ich ihn bitten, seiner Mutter zu sagen, dass sie sich raushalten solle. Ich war mir nicht sicher, was schlimmer war: Rosamund, die sich unbedingt einbringen wollte, oder meine Mum, die so von dem Schulabschluss meiner Halbschwestern vereinnahmt wurde, dass sie mich kaum nach der Hochzeit gefragt hatte. Sie liebte Nick – oder besser gesagt: Sie war beeindruckt, dass ich einen Mann mit genügend Geld heiratete, wie es ihr beim zweiten Mal ebenfalls gelungen war (ihre Worte, nicht meine), aber sie schien sich nicht für die Details zu interessieren.

»Sie will nur helfen, schätze ich«, meinte Nick.

Ich seufzte. »Ich weiß. Aber wir haben doch beschlossen, dass wir keine große Hochzeit wollen, weißt du noch? Klein und privat haben wir gesagt, oder nicht? Ich hasse es, im Zentrum der Aufmerksamkeit zu stehen, und es wäre die Hölle, wenn Hunderte Menschen, die ich noch nie gesehen habe, mich anstarren, während ich den Mittelgang entlangschreite.«

Nick wand sich verlegen und zog die Luft durch die Zähne. »Unsere Familie ist nun mal ziemlich groß. Mum liebt Hochzeiten, und sie ist ganz vernarrt in dich. Sie will dich allen zeigen.«

»Aber warum diese Eile?«, fragte ich. »Wenn wir wie geplant im nächsten Jahr heiraten, haben wir länger Zeit, um alles zu organisieren und uns nach einem Kleid umzusehen. Das muss deiner Mum doch auch gefallen?«

Nick richtete sich auf und stützte sich auf den flauschigsten Kissen ab, in denen ich je geschlafen hatte.

»Wenn Mum sich etwas in den Kopf gesetzt hat, kann man es ihr schwer wieder ausreden.«

»Aber es ist *unser* Tag, Nick. Das sollten wir selbst entscheiden.«

»Ich weiß«, sagte er und änderte die Taktik. »Am besten, wir machen uns erst mal keine Gedanken darüber. Was hast du vor?«

Mein Telefon piepte, und ich griff danach. Hoffentlich war es Lou, die ein paar aufmunternde Worte oder einen ihrer weisen Sprüche für mich parat hatte. Es war nicht Lou, sondern der verdammte Tim.

*HAST DU ETWAS FÜR MICH? ICH WILL BALD MIT DEM STÄDTETRIP-TEASER ANFANGEN.*

Na toll.

»Ich gehe ein Stück spazieren und filme ein bisschen«, verkündete ich. »Tim nervt.«

Nick schnaubte missbilligend. »Sag ihm, dass du Urlaub machst.«

»Das hab ich bereits versucht.«

»Okay, dann komme ich mit.«

Er schlug die Decke zurück und stand auf. Ich hatte mich darauf gefreut, allein loszuziehen, und war ziemlich verärgert, dass er seine Mutter mitbestimmen ließ, was das Datum unserer Hochzeit betraf. Mir war jetzt schon klar, dass sie alles an sich reißen würde, angefangen bei den Einladungen bis hin zur Hochzeitsreise. Vermutlich hatte sie schon die Kleider der Brautjungfern bestellt – zweifellos von Versace oder so.

»Ich glaube, ich komme allein besser klar«, sagte ich taktvoll. »Du würdest dich bloß langweilen.«

Doch Nick schlüpfte gerade in seine (nur bis zu den Knöcheln reichende) Hose und mir blieb keine andere Wahl, als ihn mitzunehmen. Vielleicht war er seiner Mum ähnlicher, als ich gedacht hatte. Es war mir bis jetzt nicht aufgefallen, aber wenn ich so darüber nachdachte, akzeptierte er ebenfalls kein Nein als Antwort.

Ich griff nach der Kamera und meiner Tasche. »Dann

komm«, sagte ich. »Du kannst mein Assistent sein. Aber keine Beschwerden, ja?«

Nick grinste. »Ich werde dir aufs Wort gehorchen. Ohne Jammern.«

Ich warf ihm einen zweifelnden Blick zu. »Ich dachte, du hasst es, wenn dir irgendjemand sagt, was zu tun ist?«

Er öffnete die Tür und winkte mich durch. »Aber du bist nicht *irgendjemand*.«

# Kapitel neun

Am Ende fanden wir uns erneut auf der Piazza della Signoria wieder. Ich fragte mich, wieso anscheinend alle Straßen hierherführten, so, als wäre der Platz früher das Zentrum der Stadt gewesen. Fremdenführer hielten bunte Fähnchen in die Höhe, damit ihre Gruppen sie nicht verloren, Pferdekutschen klapperten über die Piazza, und die untergehende Sonne warf ihre goldenen Strahlen auf die Dächer.

»Darf ich mich dieses Mal in aller Ruhe umsehen?«, bat ich Nick und ging auf einen Brunnen mit der spektakulären Statue eines kraftvoll wirkenden Mannes zu, der von ein paar Frauen und Kindern und mehreren Pferden umringt wurde, aus deren Mäulern Wasser schoss.

Ich betrachtete ihn. Er fühlte sich *wichtig* an. Wobei alles in Florenz aussah, als handele es sich möglicherweise um ein Meisterstück. Viele Künstler hatten irgendwann in ihrem Leben einmal in der Stadt gelebt. Botticelli, Leonardo da Vinci, Michelangelo. Es war beeindruckend, wie viel Kreativität damals hier versammelt war, und auch keine große Überraschung, dass Florenz als die Wiege der Renaissance bezeichnet wurde.

»Was ist die Geschichte hinter dieser Statue?«, fragte ich Nick, der neben mich getreten war. »Weißt du das?«

Nachdem er schon »unzählige Male« in Florenz gewesen war, musste er doch einiges über die Stadt wissen. Zumindest mehr, als man in den Reiseführern zu lesen bekam. Es fiel mir schwer, mich zwischen all den Namen und Jahreszahlen zurechtzufinden.

»Das ist der Neptunbrunnen«, antwortete Nick. »Cosimo der Erste aus der Familie Medici ließ den Palazzo Vecchio für seine Frau erbauen.« Er deutete auf ein großes Gebäude neben uns. »Aber sie stammte von der Küste und hatte nichts für Terracotta und Stein übrig. Also ließ er den Springbrunnen errichten, damit sie aus dem Fenster sehen und sich vorstellen konnte, sie wäre am Meer.«

Ich sah ihn erstaunt von der Seite an. Ob diese Geschichte stimmte? Schön war sie jedenfalls.

»Das ist ja romantisch.« Ich holte die Kamera heraus und filmte einmal den ganzen Platz mit Neptun als Schlussszene. »Der David!«, rief ich, als ich fertig war und mein Blick auf die große Statue eines nackten Mannes auf der anderen Seite des Palazzos fiel. »Das ist er doch, oder? Aber sollte der nicht in dieser Galleria stehen?«

Nick folgte mir lachend.

»Warum lachst du?«, fragte ich nichtsahnend.

»Weil der hier eine Kopie ist.«

»Was? Eine *Kopie*?«

Nick machte ein Foto von mir, wie ich verwirrt zu der Statue emporblickte. »Seltsam, nicht wahr? Die echte Statue stand ursprünglich hier auf der Piazza, wurde aber irgendwann achtzehnhundert oder so in die Galleria dell'Accademia umgesiedelt und durch diese hier ersetzt. Der echte David ist noch viel beeindruckender.«

»Können wir ihn uns ansehen?«, fragte ich.

Nick warf einen Blick auf die Uhr. Wir waren erst eine halbe Stunde unterwegs, aber er wartete bereits ungeduldig darauf, dass wir wieder ins Hotel zurückkehrten.

»Komm schon«, drängte ich. »Sogar deine Mum meinte, dass man nicht wirklich in Florenz war, wenn man den David nicht gesehen hat.«

Nick seufzte. »Die Schlangen vor dem Eingang sind irre.«

»Wenn du willst, kannst du gerne zurück ins Hotel gehen, und ich sehe ihn mir allein an«, schlug ich vor und hoffte, dass er darauf einstieg. Dann könnte ich mir alles in meinem eigenen Tempo ansehen und würde vielleicht so spät ins Hotel kommen, dass mir zumindest die geplanten Drinks vor dem Abendessen erspart blieben.

»Nein, nein. Ich habe dir versprochen, einen Stadtbummel mit dir zu machen, und dabei bleibt es auch. Komm, wir müssen hier lang.«

Ich trennte mich nur schwer von der Piazza und schwor, so bald wie möglich wiederzukommen, um alles allein auf mich wirken zu lassen. Ich wollte über die Pflastersteine schlendern, in den Himmel hochsehen und mir vorstellen, wie es als Mitglied der Medici gewesen war. Vielleicht würde ich mir auch eine *Cioccolata* in einem der hübschen Cafés am Rand der Piazza gönnen. Ich war daran gewöhnt, ohne Begleitung zu reisen, was mir in den meisten Fällen auch besser gefiel.

Nick trabte in seinem üblichen Tempo los. Er konnte nicht gemütlich dahinschlendern, und wenn ich ehrlich war, schenkte er der Umgebung kaum Beachtung. Er hetzte durch Florenz, wie er durchs Leben hetzte (und jetzt, wo ich so darüber nachdachte, auch durch unsere Beziehung). Er konnte die Gegenwart nicht wertschätzen, weil er immer schon an den nächsten Schritt dachte, während ich das genaue Gegenteil war. Ich genoss am liebsten den Moment. Das Gefühl wirken zu lassen, an einem bestimmten Ort zu sein, war wichtiger für mich als die Fotos und Videos, die ich machte. Es war eigentlich seltsam, dass ich für einen Reisesender arbeitete und

Orte oft nur als Locations betrachtete, anstatt die Atmosphäre aufzusaugen, wie ich es in einem privaten Urlaub getan hätte.

Ich rief mir in Erinnerung, dass ich tatsächlich Urlaub in Florenz machte und nicht dazu verpflichtet war, Tim einen Gefallen zu tun. Allerdings hatte ich da schon seit Längerem eine Idee im Hinterkopf, über die ich in letzter Zeit immer öfter nachdachte. Ein Projekt, das es mir vielleicht ermöglichte, vom Holiday Shop Abschied zu nehmen. Ein paar Filmaufnahmen von Florenz, um ein wenig damit zu experimentieren, konnten also nicht schaden.

Ich machte längere Schritte, um zu Nick aufzuschließen, und sprang zur Seite, um einer Pferdekutsche mit mehreren Touristen auszuweichen, die den Wucherpreis von fünfundzwanzig Euro für eine kurze Strecke bezahlt hatten, die sie problemlos auch zu Fuß geschafft hätten.

Aus irgendeinem Grund, den auch Nick nicht verstand, gab es dieses Mal keine Schlange vor dem Eingang zur Galleria dell'Accademia. Wir wurden sofort zur Sicherheitsschleuse durchgewunken, wo meine Tasche durchsucht wurde (und ich mich für die Unmengen an unnützen Dingen entschuldigte, die sich darin angesammelt hatten und die der arme Wachmann nun durchforsten musste). Dann betraten wir den Hauptteil der Galerie, der – wie Nick mir erklärte – eigens für den David erbaut worden war. Es war seltsam, von der Statue zu reden, als wäre sie ein echter Mensch, aber genau so fühlte es sich an, als wir den langen Korridor entlanggingen, an dessen Ende der David stand.

Die Atmosphäre erinnere mich an eine Kirche, und ich hatte das seltsame Gefühl, als würde der David am Altar auf mich warten. Es war magisch: gedämpfte Stimmen, gewölbte Decken, das perfekte Maß an Licht, das den Marmorkörper auf einzigartige Weise umschmeichelte. Nick marschierte voran, doch ich ließ mir Zeit. Zu beiden Seiten des Korridors standen auch weitere Statuen, denen ich allerdings nur einen kurzen Blick zuwarf, so fasziniert war ich von der Hauptattraktion.

Ich holte meine Kamera heraus. Es schien ein seltener Zufall, dass keine Menschenmassen den Blick verstellten, und ich beschloss, diesen Umstand zu nutzen. Ich begann ein Stück über dem Kopf und schwenkte dann langsam nach unten, über die gelockten Haare, die Steinschleuder und die beeindruckenden Bauchmuskeln. Der David hielt etwas in der rechten Hand, das ich durch die Kamera allerdings nicht erkennen konnte. Im nächsten Moment erweckte etwas *hinter* der Statue meine Aufmerksamkeit. Ein Mann sah direkt in meine Kamera, und seine leuchtenden Augen machten selbst dem konzentrierten Blick der Statue Konkurrenz. Aidan.

Ich ließ die Kamera sinken. Nick legte den Arm um meine Taille und flüsterte mir ins Ohr.

»Na, was sagst du?«, fragte er. »Ist der Hype gerechtfertigt?«

Plötzlich konnte ich mich nicht mehr auf den David konzentrieren. Ich wollte es, aber es war zu schwer, weil Aidan ständig irgendwo im Hintergrund auftauchte. Er trug Kopfhörer – vermutlich mit einem Audio-Kommentar – und verbrachte übermäßig viel Zeit damit, die rechte Hand der Skulptur zu inspizieren.

»Auf jeden Fall«, antwortete ich und klang ein wenig atemlos.

»Oooh, du wirst doch nicht emotional werden?«, neckte mich Nick und ließ den Daumen über meine Wange gleiten, als wolle er Tränen fortwischen. »Na, na …«

»Hör auf, Nick«, zischte ich und schob ihn von mir.

»Manche Leute brechen tatsächlich in Tränen aus, wenn

sie ihn sehen, weißt du?«, sagte er, stemmte die Hände in die Hüften und betrachtete das Gesicht des David

Trotz den Dutzenden hochgeistigen Besuchen in Florenz sah Nick mit seinen Chinos, den Segelschuhen und der in die Haare geschobenen Sonnenbrille aus wie ein gewöhnlicher britischer Tourist. Ich warf unwillkürlich einen Blick auf Aidan, ehe mir klar wurde, was ich gerade tat, und konzentrierte mich stattdessen auf die Oberschenkel der Skulptur. Aidan sah aus wie immer. Er zeigte genau das richtige Maß an Ecken und Kanten, wirkte cool, ohne bemüht auszusehen. Die Haare waren an den Seiten kurz und oben etwas länger und erinnerten mich an Tom Cruise in *Top Gun*.

Nick las inzwischen die Informationstafel, und ich trat zu ihm.

»Wusstest du, dass Michelangelo den David aus einem alten Stück Marmor gefertigt hat, das sonst keiner wollte? Es war zu groß und nicht glatt genug. Andere Künstler wussten nichts damit anzufangen«, fasste Nick für mich zusammen.

»Wann war denn das?«, fragte ich, denn ich war schon immer grauenhaft in Geschichte gewesen und wusste leider sehr wenig über Kunst.

»Im sechzehnten Jahrhundert, glaube ich. Warte, ich lese mal nach, dann kann ich es dir genau sagen«, antwortete Nick und ließ den Blick weiterwandern. »Ja! Ich hatte recht. Er entstand zwischen 1501 und 1504.«

»Dann ist er also über fünfhundert Jahre alt?«, staunte ich und traute mich nicht, mich noch einmal zu der Skulptur umzudrehen, falls Aidan gerade in meine Richtung sah.

Ich war mir immer noch nicht sicher, ob ich Nick von Aidan erzählen sollte. Vermutlich wäre es besser gewesen, denn wenn er von selbst dahinterkäme, würde es merkwürdig aussehen. Beinahe so, als hätte ich etwas zu verbergen. Aber es war schwierig, es einfach in ein Gespräch einfließen zu lassen. Wie sollte ich anfangen? *Siehst du den gut aussehenden Kerl da hinter dem rechten Unterschenkel? Ich hatte den besten Sex meines Lebens mit ihm, bis er eines Tages spurlos verschwand und ich nie wieder etwas von ihm gehört habe.*

Nick sah auf die Uhr. »Wir sollten gehen. Mummy hat um acht einen Tisch reserviert, und wir müssen uns noch zurechtmachen. Sie meinte zwar, es wäre nichts besonders Feines, aber du kennst sie ja. Sie wird es wieder übertreiben.«

Es hatte keinen Sinn, ich musste etwas sagen. Ich versuchte, möglichst beiläufig zu klingen. »Warum nennst du deine Mum plötzlich *Mummy*?«

Nick wirkte verlegen. Vielleicht machte er es unbewusst, und es war ihm gar nicht aufgefallen? »Tue ich das?«

»Ja.«

Er lachte hohl. »Ach, ich weiß auch nicht. Weil es sie glücklich macht, schätze ich.«

Ich runzelte die Stirn und verstand immer noch nicht.

»Warum fragst du? Macht es dir etwas aus?«, wollte Nick wissen.

Ich bekam sofort ein schlechtes Gewissen, denn es sollte mir eigentlich nichts ausmachen, oder? Ich sollte es liebenswert finden, wie seinen Akzent. Er wollte seine Mum glücklich machen, das war doch süß. Trotzdem …

»Natürlich nicht. Ich war bloß überrascht, mehr nicht«, log ich. »Sollen wir gehen?«

Nick nickte. »Wenn ich mich recht erinnere, müssen wir beim Hinausgehen durch den Shop«, sagte er und nahm meine Hand. »Komm, ich kaufe dir ein Andenken.«

Ich ließ mich von ihm Richtung Ausgang führen und warf einen letzten Blick auf den wunderschönen David. Hoffentlich war Aidan nicht im Andenkenladen.

# Loch Lomond, Schottland

## *Zwei Jahre früher*

Lou und ich waren um Punkt ein Uhr fünfundvierzig am Strand. Ich war gerne überpünktlich, wenn wir drehten, weil es nichts Schlimmeres gab, als gehetzt, zu spät und unvorbereitet anzufangen (was natürlich nicht für Tim galt). Ich blickte aufs Wasser hinaus und schrieb eine provisorische Liste mit möglichen Einstellungen, die zu Ruthie passen würden, da Tim ziemlich sicher nichts dergleichen vorbereitet hatte. Als wir auf dem Weg nach draußen an Ruthie und ihm vorbeigekommen waren, hatte er mit einem Glas Rotwein in der Hand an der Bar gelehnt. Unter diesen Umständen konnte er vermutlich kaum noch zusammenhängend sprechen, ganz zu schweigen davon, einen Beitrag zu produzieren.

»Soll ich die Kamera unten am Wasser aufbauen?«, fragte Lou und öffnete die Kameratasche.

Ich nickte. »Wir filmen zuerst die Kajaks am Ufer, und wenn wir dann alle drinsitzen, kannst du uns beim Hinausrudern filmen. Wobei … sagt man bei einem Kajak *rudern*?«

Lou zuckte mit den Schultern. »Keine Ahnung. Meine einzige Wassersporterfahrung ist unsere Fahrt auf dem Bananenboot in Faliraki.«

Ich schüttelte mich. »Erinnere mich bloß nicht daran.«

Ich war so oft im Wasser gelandet, dass ich am Ende überlegt hatte, gleich zurück an Land zu *schwimmen*. Die Fahrt auf der gelben aufblasbaren Banane, die von einem Boot mit etwa hundert Sachen über das Mittelmeer gezogen wurde, hatte vom sicheren Strand aus wesentlich amüsanter ausgesehen.

»Dein Telefon klingelt«, sagte Lou.

»Ups, das wollte ich eigentlich lautlos stellen«, erwiderte ich und tastete in meinen Hosentaschen danach.

Vermutlich war es Tim, der irgendeine Ausrede hatte, warum er noch nicht da war. Ich warf einen Blick in Richtung Hotel. Keine Spur von ihm und Ruthie. Finlay öffnete bereits die Tür zu seiner *Baracke*, wie Tim den Laden genannt hatte. Ich winkte ihm zu und nahm gleichzeitig den Anruf entgegen.

»Maddie? Wo bist du?«

»Hi, Dad. In Schottland. Ist alles in Ordnung?«

Er zögerte. »Wie läuft es?«

Ich wurde sofort misstrauisch. Er fragte nie, wie es im Job lief, vor allem, weil er nicht ganz verstand, womit ich mein Geld verdiente. Er machte immer Witze darüber, dass ich dafür bezahlt wurde, in Urlaub zu fahren, und wenn ich ihm erklärte, dass es eigentlich harte Arbeit war und ich den Großteil der Zeit an einem Schreibtisch in London saß, schien er verwirrt.

»Ganz gut«, antwortete ich und hoffte, dass er schnell zur Sache kam. »Es ist toll hier. Du solltest mal mit Sharon herkommen.«

Sharon war meine Stiefmutter, und ich wusste nur zu gut, dass sie niemals an den Loch Lomond reisen würde. Ihre Traumferien bestanden darin, auf einem Liegestuhl an einem Pool in Spanien zu liegen und sich mindestens zwölf Stunden lang nicht zu rühren – außer, um sich ab und zu umzudrehen, damit sie gleichmäßig braun wurde.

»Wo wir gerade von Sharon sprechen ...«

Ich runzelte die Stirn. »Was ist mit ihr?«

»Sie hat mir einen Wochenendausflug zum Geburtstag geschenkt. Wir fahren mit der Fähre nach Amsterdam.«

Die anderen Teilnehmer kamen langsam über den Strand auf uns zu, und ich entdeckte auch Aidan. Er hatte seinen Taucheranzug abgelegt und trug Jeans und einen dicken Pullover, in dem er wie ein ziemlich heißer Fischer aussah …

Jetzt mal im Ernst, ich musste mich konzentrieren, meinen Job machen und herausfinden, was genau Dad mir gerade sagen wollte, damit ich das Telefonat so schnell wie möglich beenden konnte. Ich machte ein paar Schritte auf das Wasser zu und hoffte, dass mich keiner hörte. Es war ziemlich unprofessionell, jetzt zu telefonieren.

»Okay. Und wann ist das?«

»Nun. An meinem Geburtstag. Kommendes Wochenende«, sagte Dad kleinlaut.

»Aber da wollte ich dich doch besuchen.«

»Ich weiß. Das hatte ich ihr auch gesagt. Aber sie hat es offenbar vergessen.«

Die Erkenntnis traf mich wie ein Schlag. Mein Dad und seine neue Familie – die gar nicht mehr so neu war, meine Halbschwester war zweiundzwanzig und mein Halbbruder vierundzwanzig Jahre alt – hatten ihre Pläne mal wieder über mich und meine Gefühle gestellt. Ich hatte mich wirklich darauf gefreut, sie alle wiederzusehen, vor allem Dad.

»Aber es ist doch schon alles geplant«, erwiderte ich und bemühte mich, nicht zu laut und aufgebracht zu klingen. Mein Dad hatte mir oft genug gesagt, wie sehr er es hasste, wenn ich emotional wurde. »Ich habe schon die Zugfahrkarte von Glasgow nach Leicester gekauft. Und Sharon wusste, dass ich komme. Sie hat vorgeschlagen, die anderen in ein Zimmer zu legen, damit ich eines für mich allein habe!«

Mein Dad murmelte etwas vor sich hin und wusste offenbar

nicht, was er sagen sollte. »Tut mir leid. Sie meinte, sie hätte übersehen, dass es dasselbe Wochenende ist, und jetzt ist der Ausflug nach Amsterdam bereits gebucht.«

Ich seufzte. Das Gespräch war sinnlos, er hatte sich entschieden, mich zu versetzen und nach Amsterdam zu fahren, und wer konnte es ihm verübeln? Es war Sharon, auf die ich sauer war. Sie hatte solche Dinge schon öfter abgezogen, und ich glaubte nicht einmal, dass eine böse Absicht dahintersteckte. Ich spielte in ihrer Welt einfach keine Rolle, und sie dachte schlichtweg nicht an mich. »Dann gibt es dazu sowieso nichts mehr sagen, oder? Und ich muss jetzt auch weiterarbeiten.«

»Wir feiern ein anderes Mal, ja?«

»Klar, Dad. Alles Gute zum Geburtstag und viel Spaß.«

Ich legte auf, und es war, als würde sich ein Messer in meine Brust bohren. Seltsam, was solche Dinge nach all den Jahren immer noch in mir auslösten. Gespräche wie dieses hatte es schon viele Male gegeben, und sie katapultierten mich jedes Mal zurück in meine Kindheit, als Mum und Dad sich gerade getrennt hatten. Es war alles so schrecklich angespannt und unsicher gewesen, und ich hatte mir ständig Sorgen gemacht. Sie hatten sich damals schon nicht sehr bemüht, Zeit mit mir zu verbringen, und ich fragte mich, warum ich immer noch hoffte, das würde sich irgendwann ändern.

»Ist alles okay?«

Ich drehte mich zu Lou um, die neben mich getreten war. Sie blickte durch ihre Kamera und checkte die Einstellung. Finlay stand bis zu den Unterschenkeln im Wasser und bereitete die Kajaks vor.

»Mein Dad hat meinen Besuch abgesagt.«

»Du meinst den in ein paar Tagen?«

»Ja.«

Lou rieb meinen Arm. »Das tut mir leid, Mads. Das ist echt scheiße, was?«

Ich nickte. »Ich hätte wissen müssen, dass so was passiert.«

»Wann werden wir endlich kapieren, dass sich unsere Eltern nicht über Nacht wie durch Zauberhand verändern?«, fragte Lou, deren Hochzeit mit Will beinahe in einer Katastrophe geendet hätte, als ihre geschiedenen Eltern beim Empfang zu streiten begonnen hatten.

»Maddie! Du musst Ruthies Make-up auffrischen.«

Tims viel zu laute Stimme riss mich aus meinen Gedanken über Dad, und zumindest dafür war ich ihm dankbar.

Ich wandte mich zu Ruthie um und pflasterte ein Lächeln auf mein Gesicht. Sie hatte sich in eine Decke gewickelt und sah stocksauer aus. Ich bückte mich, um das Make-up aus der Tasche zu holen, und als ich mich wieder aufrichtete, sah ich, dass Aidan mich beobachtete. Er lächelte mir zu, und ich nickte als Antwort. Vielleicht würde ein kleiner Tagtraum über eine stürmische Affäre in Schottland meine Laune heben? Ich öffnete den Make-up-Koffer, griff nach dem Concealer und einem Pinsel und ging zu Ruthie.

»Bist du bereit für die Ausfahrt?«, fragte ich fröhlich, während ich die beige Paste auf ihrem Gesicht auftrug und sie mit dem Pinsel einarbeitete.

»Nein, bin ich nicht«, fauchte Ruthie. »Was, wenn ich ins Wasser falle?«

»Das werden Sie schon nicht«, meinte Aidan, der neben uns getreten war. »Es ist im Prinzip unmöglich, mit einem Kajak zu kentern.«

Ruthie sah ihn an, und ihr höhnisches Grinsen verwandelte sich in Sekundenschnelle in ein Lächeln. Ich fragte mich, ob Aidan diesen Effekt auf alle hatte, die ihm begegneten.

»Oh, hallo! Sind Sie der Kajakexperte?«, fragte sie.

Aidan schüttelte lachend den Kopf. »Leider nicht. Aber ich komme mit Ihnen aufs Wasser. Sie brauchen also nur nach mir zu rufen, falls Sie Hilfe brauchen.«

Ruthie sah einfältig lächelnd zu ihm hoch, was ich ihr nicht verübeln konnte. Die Mischung aus männlich und fürsorglich war zugegebenermaßen der Hammer.

»Darauf komme ich vielleicht noch zurück«, meinte sie und streckte Aidan hoheitsvoll die Hand entgegen, damit er sie schütteln konnte.

Er wusste, was zu tun war, und nahm ihre Hand.

»Ruthie Withenshaw, Anchorwoman beim Holiday Shop«, erklärte sie.

»Freut mich, Sie kennenzulernen, Ruthie. Ich bin Aidan, Reisejournalist beim *Hampstead and Highgate Express*.«

Sein strahlendes Lächeln war so ansteckend, dass ich es beinahe erwidert hätte, obwohl es nicht an mich gerichtet war. Als ich den Concealer beiseitelegte und nach dem zuverlässigen Kompaktpuder griff, trafen sich unsere Blicke. Wahrscheinlich bildete ich es mir nur ein, aber es schien, als hätte Aidan sich Ruthie nur vorgestellt, um die Stimmung aufzuhellen und mir zu helfen. Er hatte offenbar bemerkt, dass ich Unterstützung brauchte, und nachdem mich mein Dad im Stich gelassen hatte, heiterte mich das aus irgendeinem Grund immens auf (vermutlich, weil ich mich verzweifelt danach sehnte, gesehen zu werden). Ehrlich, irgendetwas stimmte nicht mit diesem Kerl. Dem ersten Eindruck nach war er zu gut, um wahr zu sein.

»Fertig«, sagte ich zu Ruthie, die daraufhin davonstolzierte, um Tim vorzujammern, was für eine alberne Idee das alles war.

Ich bückte mich, um alles wieder zu verstauen, doch Aidans Stiefel standen immer noch direkt vor mir, und ich fühlte mich schrecklich unwohl, weshalb ich mich eilig wieder aufrichtete und mir die Haare aus dem Gesicht strich.

»Gibt es irgendetwas, was du nicht kannst?«, fragte er. »Soweit ich es bisher mitbekommen habe, kümmerst du dich um den Ton, die Garderobe und das Make-up. Hast du noch mehr versteckte Talente, die ich vielleicht im Laufe des Tages entdecken werde?«

Ich lächelte. Er hatte mich *bemerkt*.

»Man könnte auch behaupten, dass ich die Scheißarbeit erledige, die sonst niemand machen will«, sagte ich.

»So klingt es aber wesentlich weniger glamourös«, erwiderte er lachend.

Ich sah zu den Booten, die auf dem Wasser schaukelten, und fragte mich, wie wir den Nachmittag überstehen sollten, denn immerhin hatten wir ein teures Kameraequipment dabei, das nicht nass werden durfte, und eine Moderatorin, die sich lieber die Augen ausgestochen hätte, als auf einen schottischen See hinauszupaddeln.

»Dann hast du also Ahnung vom Kajakfahren?«, fragte ich.

Aidan schüttelte den Kopf und senkte die Stimme. »Nicht wirklich. Ich habe mich gerade erst von dem Tauchgang heute Morgen erholt. Bitte verrate es niemandem, aber Wassersport ist nicht unbedingt mein Ding.«

»Meins auch nicht«, gestand ich. »Bist du jemals Banane gefahren? Falls nicht, lass es besser bleiben.«

Aidan verzog das Gesicht. »So schlimm?«

»Schlimmer.«

»Okay, Leute. Jeder sucht sich ein Kajak, und dann raus aufs Wasser«, rief Finlay, der dem bevorstehenden Ausflug offenbar als Einziger optimistisch entgegenblickte.

Aidan und ich sahen uns an.

»Viel Glück«, sagte er.

»Ich glaube, das Glück brauchst eher du. Du stehst Ruthie auf Abruf zur Verfügung, schon vergessen?«

Er sah mich an, und ich fühlte mich mit einem Mal nackt. So, als könnte er direkt in mich hineinsehen und die Verletzlichkeit erkennen, die ich normalerweise mit der allergrößten Sorgfalt verbarg.

»Ist sie immer so fordernd?«, fragte er, ohne mich aus den Augen zu lassen.

Ich nickte und schluckte schwer. Die Hitze und die Unruhe waren wieder da. »Leider ja.«

Ich warf einen Blick auf meine Notizen und rief mir in Erinnerung, dass ich zum Arbeiten hier war. Ich durfte mich nicht ablenken lassen.

»Okay«, sagte Aidan schließlich und holte tief Luft. »Ich versuch es jetzt mal.«

»Ich bin direkt hinter dir«, erklärte ich und drängte ihn weiter in Richtung der Boote. »Aber fall nicht ins Wasser, ja?«

»Du weißt, dass du dann mit mir untergehst, oder?«, fragte er und warf mir einen seitlichen Blick zu.

Ich lachte. »Sicher nicht.«

Ich sah amüsiert zu, wie sich Ruthie (logischerweise) sofort auf Aidan stürzte. Er half ihr ins Kajak und war so aufmerksam, das Boot auch noch festzuhalten, während sie sich setzte.

Tim, der mit dem Kajak neben Ruthies fahren sollte, stellte einen Fuß hinein und zog ihn gleich wieder zurück. »Nein. Tut mir leid. Aber das kann ich nicht.«

Ich trat zu ihm und musterte ihn.

»Ist alles in Ordnung, Tim?«, fragte ich.

Aus der Nähe wirkte er ein wenig grün um die Nase.

»Ich werde leicht seekrank«, sagte er.

Ich blickte hinaus aufs Wasser, das beinahe vollkommen glatt war. Es waren keinerlei Wellen zu sehen.

»Es ist sicher nicht so schlimm, wie du denkst«, erklärte ich beruhigend und fragte mich insgeheim, ob der Wein zu Mittag schuld an seiner Übelkeit war.

»Ich glaube, heute musst du das Steuer übernehmen, Maddie«, beharrte er und wich immer weiter zurück. »Ich … ähm … rufe euch die Anweisungen vom Ufer aus zu, oder so.«

Ich seufzte innerlich und sah zu Ruthie, die ziemliche Probleme hatte, sich in ihrem hautengen Bleistiftrock von Whistles im Kajak niederzulassen. Sobald sie es geschafft hatte, schlüpfte ich aus meinen Turnschuhen, watete ins Wasser und bearbeitete ihre marineblaue Jacke noch einmal mit der Fusselbürste, ehe ich ihr zum hundertsten Mal das Gesicht puderte und eine großzügige Ladung Haarspray auf ihrem Kopf verteilte.

»Jetzt hält deine Frisur jedem Wind stand«, erklärte ich beruhigend.

Ruthie, die sich an den Rand des Kajaks klammerte, als hinge ihr Leben davon ab, wirkte wenig beeindruckt. »Wie soll sich dieses Ding eigentlich bewegen?«, fragte sie mit zusammengebissenen Zähnen.

»Ich zeige es euch gleich!«, rief Finlay mit dröhnender Stimme. Er trug einen Taucheranzug, was mich nervös machte.

Wir würden doch nicht nass werden, oder? Wollte er uns vielleicht eine Eskimorolle beibringen, bei der man kopfüber im Wasser hing? Ruthie würde einen Nervenzusammenbruch erleiden, und ich ebenfalls – ganz zu schweigen davon, dass meine Haare nicht nass werden durften, weil ich es sonst kaum schaffen würde, sie bis zum Abendessen zu glätten. Da Aidan im selben Hotel wohnte, hatte ich keine Lust, ungepflegt zu erscheinen. Wobei ich mir wünschte, ich hätte das schon heute Morgen gewusst, denn dann hätte ich mich sicher nicht für diesen Albtraum von Outfit entschieden.

»Nimm das mal!«, befahl Finlay und drückte Ruthie ein Paddel in die Hand.

Sie musterte es blinzelnd, als hätte sie keine Ahnung, wofür man so etwas brauchte.

»Halte es in der Mitte. So.« Finlay zeigte es ihr.

Ruthie schnaubte missbilligend, dann ließ sie die Hände über das Holz gleiten, bis sie in der richtigen Position waren.

»Du hast das sicher gleich drauf«, meinte Finlay.

Ich war da weniger zuversichtlich.

Ich sah mich nach den anderen um. Tim stand am Ufer und tat, als wäre er äußerst produktiv, auch wenn das Gegenteil der Fall war. Lou saß bereits in ihrem Kajak und konnte wohl kaum erwarten, dass es losging.

»Gibst du mir bitte die Handkamera, Maddie?«, bat sie.

Ich brachte sie ihr, wobei ich besonders langsam machte und sie umklammerte, als hinge mein Leben davon ab. Wenn ich sie fallen ließ, würde Tim mich auf der Stelle feuern.

»Soll ich den Text mitnehmen?«, fragte ich Tim. »Hat Ruthie ein Exemplar?«

»Das müsstest du doch wissen«, erwiderte er und hielt den Blick auf sein Clipboard gerichtet.

»Du hast doch nicht … du hast doch nicht erwartet, dass ich die Moderation schreibe?«, fragte ich ihn ungläubig.

Tim sah auf und musterte mich mit zusammengekniffenen Augen, als überlegte er, unter welchem Stein ich gerade hervorgekrochen war. »Es war immerhin deine Idee, oder nicht? Also dachte ich, du hättest gerne die Chance, dieser Sequenz deinen Stempel aufzudrücken. Du willst doch immer selbst etwas produzieren, jetzt hast du die Gelegenheit.«

Dagegen ließ sich nichts einwenden. Ich wollte tatsächlich selbst etwas produzieren. Aber normalerweise war Tim sehr darauf bedacht, nichts Wichtiges aus der Hand zu geben, und teilte mir bloß untergeordnete Aufgaben zu. Wenn er wollte, dass ich den Moderationstext verfasste – was vollkommen untypisch war –, hätte er es mir sagen sollen!

»Ich hab aber nichts vorbereitet«, erklärte ich und zog den Reißverschluss meiner Jacke hoch, als mir eine besonders eisige Windböe ins Gesicht peitschte.

Tim seufzte übertrieben. »Dann schlage ich vor, dass du schnell etwas zusammenflickst. Ehrlich, Maddie, du musst lernen, auch unvorbereitet Leistung zu bringen. Wir haben nicht immer stundenlang Zeit, um die perfekten Worte zu finden, weißt du?«

Ich warf einen Blick auf Aidan, der gerade in sein Kajak stieg. Hoffentlich hatte er nichts davon gehört, denn was würde er sonst von mir denken? Es machte mich wütend, dass ich nicht die Energie hatte, mich zu wehren, und nichts dagegen machen konnte. Es war nicht fair, dass ich nun die Verantwortung für den ganzen Dreh hatte, Tim zu Diensten sein und mich um Ruthies Make-up kümmern musste, obwohl Tim dreimal so viel bezahlt bekam und ich mich ehrlich fragte, wofür. Dafür, dass er mir vom Ufer aus böse Blicke zuwarf?

Ich nahm meinen Notizblock und schrieb ein paar Sätze nieder. Ruthie sollte über die Wassersportarten reden, die man am See ausprobieren konnte. Ein paar einleitende und abschließende Kommentare abgeben. Glücklicherweise war sie ein Profi und merkte sich alles, was ich vorschlug, Wort für Wort – unterwegs konnten wir nicht auf einen Teleprompter zurückgreifen. Sie war zwar eine Nervensäge, aber man konnte sich wenigstens darauf verlassen, dass sie ihren Job gut machte.

Ich legte den Notizblock zur Seite, schwang den Rucksack auf meinen Rücken und stieg in mein Kajak, was ziemlich peinlich war, weil ich die Letzte war und mich alle beobachteten, während sie in ihren eigenen Booten auf dem Wasser schaukelten. Ich griff ungelenk nach dem Paddel und versuchte, nicht über Bord zu gehen, bevor wir überhaupt losgefahren waren.

»Brauchst du Hilfe?«, fragte Aidan, der sein Boot nahe an meines gebracht hatte.

»Ähm ...«, sagte ich und versuchte, möglichst ruhig zu bleiben. »Ich musste gerade in letzter Minute den Moderationstext schreiben, falls du also interessante Fakten zum See oder zum Kajakfahren hast, immer nur her damit.«

»Alle mir nach!«, rief Finlay fröhlich. »Wir versuchen, das Kajak so geschmeidig wie möglich zu bewegen. Taucht die Paddel nur ein Stück unter die Oberfläche und zieht sie so wieder heraus.« Er demonstrierte es uns. »Und dann auf der anderen Seite. Wenn ihr anhalten wollt, paddelt rückwärts. So.«

Sein Boot hielt abrupt an, und Ruthie knallte in ihn hinein. Verdammt. Jetzt verlor sie sicher gleich die Nerven.

»Alles in Ordnung, Ruthie?«, rief ich und wand mich innerlich.

Sie achtete nicht weiter auf mich, was ich als positives Zeichen wertete. Wenn sie sich verletzt hätte, hätten wir es *alle* sofort mitbekommen.

Finlay fuhr mit seinen Anweisungen fort. »Und das Umdrehen geht so.«

Er drehte sich im Kreis, und wir folgten ihm alle mit mehr oder weniger viel Erfolg. Als wir den Dreh schließlich raushatten, folgten wir Finlay zum Ende des Stegs. Meine Arme schmerzten bereits, und ich machte mir Sorgen um Ruthie, die theatralisch stöhnte und die Paddel ins Wasser klatschen ließ, ohne wesentlich voranzukommen.

»Also gut. Wir befinden uns – der Oberfläche nach – auf

dem größten See Großbritanniens«, begann Aidan, der mühelos neben mir durchs Wasser glitt. Er schwitzte nicht einmal, während ich am Ende meiner Kräfte war, unter anderem auch deshalb, weil ich verzweifelt versuchte, nicht ins Wasser zu fallen.

»An der tiefsten Stelle ist er 190 Meter tief.«

»190 Meter!«, wiederholte ich, sah hinunter auf das tiefschwarze Wasser und wünschte sofort, ich hätte es nicht getan. Es wirkte viel unheimlicher, als es vom Ufer aus den Anschein gehabt hatte.

»Der Loch und der Nationalpark, der ihn umgibt – die Trossachs –, locken im Jahr etwa vier Millionen Besucher an.«

»Wow, das ist mehr, als ich erwartet hätte«, meinte ich und warf Ruthie über die Schulter hinweg einen Blick zu. »Wir sind bald da!«, rief ich.

»Willst du auch etwas übers Kajakfahren hören?«, fragte Aidan.

Ich runzelte die Stirn. »Woher weißt du das alles?«

Er zuckte mit den Schultern. »Ich reise gerne. Und wenn ich reise, widme ich mich voll und ganz dem Ort, an den es mich verschlägt. Ich will alles darüber erfahren. Über die Geschichte, die Geografie, die Kultur, das Essen, und so weiter und so fort.«

»Und du merkst dir alles?«

Er lachte. »Das meiste.«

»Wenn es mal wieder einen Zoom-Quizabend gibt, möchte ich mit dir in ein Team.«

»Sehr gern. Was ist dein Spezialgebiet?«

Ich dachte einen Moment lang nach. »Ich bin nicht so schlecht in Literaturfragen.«

Aidan wirkte beeindruckt. »Da kenne ich mich absolut nicht aus. Klingt, als wären wir das perfekte Gespann!«

Der Gedanke, mit ihm gemeinsam an etwas zu arbeiten, war nicht unangenehm.

»Gut, dann mal raus mit den Kajak-Infos. Wenn ich Ruthie nicht mit ein paar Fakten füttere, wird sie unleidlich.«

»Wie gesagt, ich bin kein Experte, aber ich weiß, dass das Wort Kajak von dem grönländischen Wort *qajaq* abstammt.«

Ich sah ihn mit großen Augen an. »Ich wusste nicht mal, dass Grönländisch eine Sprache ist, ganz zu schweigen davon, dass das Wort Kajak aus dieser Sprache stammt.«

»Der Name bedeutet Jäger-Boot«, erklärte Aidan und wurde langsamer, damit ich zu ihm aufschließen konnte.

»Du bist echt gut«, sagte ich beeindruckt.

Wir waren am Ende des Stegs angelangt, und ich blickte zurück zum Ufer. Die Entfernung schien von hier aus größer als von der anderen Seite. Ich konnte weder Tims Gesichtsausdruck erkennen noch seine gebrüllten Befehle hören, was vermutlich auch gut so war. Ich war auf mich allein gestellt.

Ich überließ es Lou, die richtige Einstellung zu finden, weil sie durchsetzungsstärker war als ich und alle auf sie hörten. Ruthie hatte Probleme, ihr Boot in die gewünschte Position zu bringen. Sie klatschte mit dem Paddel aufs Wasser, und der darauffolgende Wasserschwall traf – natürlich – ausgerechnet mich. Ich versuchte, mir nichts anmerken zu lassen, aber ich konnte nur noch daran denken, wie ich meine Haare bis zum Abendessen wieder glatt bekommen würde. Als ich prüfend die Hand darauf legte, spürte ich bereits, wie sie sich kräuselten. Und es war auch keine Hilfe, dass Aidan immer noch aussah, als wäre er einer Burberry-Werbung entstiegen, während ich eine krausköpfige, ungeschminkte Katastrophe in einem Anorak von Marks & Spencer war. Mit diesem Aussehen würde ich wohl kaum Eindruck auf ihn machen. Wobei mich dieser Gedanke überraschte, denn normalerweise geriet ich sofort in Panik und zog mich zurück, wenn ich jemanden attraktiv fand. Es war reiner Selbstschutz, den ich mir über die Jahre angeeignet hatte, weil ich es satthatte, mich ständig in Männer zu verlieben, denen ich egal war. Doch als Aidan zu mir sah und sich unsere Blicke trafen, spürte ich eine Mischung aus Angst und Aufregung. Etwas an ihm war anders. Etwas, das in mir den Wunsch aufkommen ließ, mich *nicht* zurückzuziehen.

# Kapitel zehn

Das Restaurant war großartig, das musste ich Rosamund zugutehalten. Es befand sich in einer engen Gasse nicht weit vom Hotel entfernt, und die Wände waren in einem herrlichen Schieferblau gestrichen, das ich eines Tages auch in meinem Zuhause haben wollte. Also, sobald Nick und ich aus der Wohnung ausgezogen wären, die er sich nach der Trennung von Sophia gekauft hatte. Es war eine hübsche Bleibe in einem der großen Wohnhäuser, für die St John's Wood berühmt war, und auf jeden Fall größer als das Einzimmerappartement, in dem ich vorher gewohnt hatte, aber sie gehörte ihm, nicht *uns*. Und alle Wände waren weiß.

Wir hängten unsere Mäntel an den Ständer und folgten dem Kellner zu unserem Tisch. Das Licht war gedämpft (genau, wie ich es mochte) und die Atmosphäre jugendlich, trendy und leger. Rosamund trug eine dreireihige Kette mit riesigen glänzenden (und vermutlich echten) Perlen, die sie auffallend über einer schwarzen Seidenbluse drapiert hatte, und komplettierte den Look mit Diamantohrringen, die so schwer aussahen, dass ich Angst um ihre Ohrläppchen bekam. Wie üblich fühlte ich mich wie die Schnäppchenabteilung der Familie. Selbst Daisy hatte mich dieses Mal im Stich gelassen und war in einem schicken fließenden Kleid im Boho-Style gekommen, das sie vermutlich bei Anthropologie gekauft hatte – einem Laden, in den ich gerne einen Abstecher machte, um ihn nach einem Blick auf die Preisschilder sofort wieder zu verlassen.

Wir hatten bereits zwei Gläser getrunken, als der Hauptgang serviert wurde. Die Speisekarte war um einiges benutzerfreundlicher als im Hotelrestaurant, denn es gab eine englische Übersetzung für jedes Gericht. Ich mochte zwar fremde Sprachen, und wenn ich auf Reisen war, eignete ich mir gerne die Grundlagen an (Hallo, Auf Wiedersehen, Danke, Bitte und Wo ist die Toilette?), aber es war unmöglich, sämtliche Speisen auf einer Speisekarte zu kennen, oder? Weshalb nicht nur in Italien, sondern auch überall anders auf der Welt jederzeit die Chance bestand, dass ich am Ende etwas auf dem Teller hatte, das ich lieber nicht essen wollte. Ich wusste zum Beispiel, dass die Italiener gern Kaninchen aßen, und hatte vorab das Wort nachgeschlagen, um Irrtümer auszuschließen. *Coniglia* (weiblich) und *Coniglio* (männlich) – ich hatte zwar keine Ahnung, welche Form in Speisekarten verwendet wurde, aber da ich keinerlei Ambitionen hatte, ein Gericht mit einem ehemals lebenden, atmenden, flauschigen Kaninchen zu essen, spielte es im Grunde keine Rolle.

Der Kellner stellte meine Pizza Margherita vor mir auf den Tisch, gefolgt von einer Pizza Melanzane alla Parmigiana, die Nick und ich teilen wollten. Die Pizzen sahen himmlisch aus, ein Traum aus brutzelndem Käse und knusprigem Rand. Mir lief bereits das Wasser im Mund zusammen.

»Das ist ja unglaublich«, erklärte ich begeistert und atmete den Duft von Basilikum und Tomaten ein.

Rosamund hatte es natürlich geschafft, sich das protzigste Gericht der eigentlich ziemlich unprätentiösen Speisekarte auszusuchen.

»Bekommt noch jemand das Rindercarpaccio mit toskanischem Schafskäse und schwarzem Trüffel?«, fragte sie laut, als würde ihr die Bestellung des seltsam klingenden Gerichts den Neid der gesamten Gästeschar einbringen.

Ich sah mich eilig um. Der Großteil hatte sich wie ich für eine Pizza entschieden.

»Ja, ich, Rosamund«, antwortete Sophia, die mir gegenübersaß. »Ah, und hier kommt es auch schon. Lecker.«

Der Kellner stellte den Teller vor ihr ab. Ich persönlich fand, dass meine Pizza hundertmal appetitlicher aussah.

Ich konnte es kaum erwarten, endlich anzufangen.

»Also, Maddie wurde heute an die Vorzüge des David herangeführt«, verkündete Nick und legte mir lässig den Arm um die Schulter.

»Er ist einfach umwerfend«, schwärmte Sophia theatralisch.

»Auf jeden Fall«, erwiderte ich und sah ärgerlicherweise Aidan neben der berühmten Statue.

Ich verdrängte den Gedanken eilig.

»Bis zum Ende der Reise sind Sie in vollem Umfang kultiviert, Maddie, keine Sorge«, meinte Rosamund.

Mich hätte interessiert, was Rosamund unter »in vollem Umfang kultiviert« verstand.

»Mummy«, meinte Nick warnend. »Maddie ist weit gereist. Sie braucht keine Nachhilfe in Sachen Kultur von uns.«

»Aber das weiß ich doch, Darling. Trotzdem kann man immer noch etwas dazulernen. Nicht wahr, Maddie?«

Ich hatte gerade eine Gabel (herrlich schmeckende) Pizza in den Mund geschoben, was zu zehn quälenden Sekunden führte, in denen mich alle anstarrten und ich hektisch kaute. Ich schluckte und spülte mit einem Schluck Wasser nach.

»Absolut. Das Eintauchen in die Kultur und den Lebensstil des Landes gehört zum Reisen dazu, finde ich«, antwortete ich schließlich und beschloss, nicht auf Rosamunds gönnerhaften Ton einzugehen.

Was natürlich typisch war. Ich wurde ständig gönnerhaft behandelt und stellte deshalb nie jemanden zur Rede. Tim war der Schlimmste von allen, aber Rosamund jagte mir erheblich mehr Angst ein als alle bei der Arbeit zusammen, weshalb ich es ganz sicher nicht jetzt damit anfangen würde, für mich selbst einzustehen. Trotzdem war es irgendwie schwer, nichts zu sagen. Tim verlor zwar nie ein gutes Wort über meine Arbeit, aber das verkraftete ich, weil es nichts Persönliches war. Außerdem war er allen gegenüber ein Arschloch. Rosamund schien hingegen genau zu wissen, welche Knöpfe sie bei mir drücken musste. Ich war mir sicher, dass es unabsichtlich geschah, aber das machte es nicht einfacher.

»Sagen Sie mal, Maddie, woher kommen Sie noch gleich?«, fragte Rosamund und stocherte in dem seltsamen Haufen Schafskäse herum.

Oh nein. Nicht das. Nicht jetzt.

Ich nahm einen Schluck Wein und hoffte, dass sie es aufgeben und das Thema wechseln würde, wenn ich mir nur lange genug Zeit ließ, aber ich wurde erneut von allen angestarrt, während der ganze Tisch mit angehaltenem Atem auf meine Antwort wartete.

»Kent«, antwortete ich möglichst beiläufig.

Vielleicht hatte sie wirklich nur das gemeint. Ich sollte keine voreiligen Schlüsse ziehen.

»Ja, aber woher *kommen* Sie? Ursprünglich?«

Man hatte mir diese Frage im Laufe der Jahre immer und immer wieder gestellt, und es war nie einfacher geworden. Es waren die vollkommene Ungläubigkeit und die Selbstgerechtigkeit anzunehmen, ich wüsste nicht, woher ich kam, und hätte einen Fehler gemacht, die mich am meisten auf die Palme brachten.

»Ich bin mir nicht sicher, was Sie meinen, Rosamund«, fragte ich bewusst verwirrt nach.

»Nun. Ich meine … woher …?«

Sie geriet ins Schwimmen. Gut.

»Woher stammt Ihre Familie?«, fragte sie schließlich.

»Ah, jetzt verstehe ich, was Sie meinen«, erklärte ich und fühlte mich ein bisschen wie die Anwältin des Teufels. »Meine Mum stammt ebenfalls aus Kent«, antwortete ich und schenkte ihr ein Lächeln.

Rosamund nickte und fuhr unbeirrt fort: »Und Ihr Dad?«

»St. Lucia.«

»Ah!«, rief sie triumphierend, als hätte sie mir endlich die richtige Antwort entlockt. »Genau das meinte ich!«

Natürlich hatte sie das gemeint.

Ich nahm einen weiteren Bissen Pizza und versuchte, ihn genauso zu genießen wie den vorherigen, aber das entspannte Gefühl von vorhin wollte sich nicht mehr einstellen.

»Wann geht die Tour morgen los, Rosamund?«, meldete sich Sophia zu Wort, ohne zu bemerken, dass gerade sämtliche Luft aus mir gewichen war wie bei einem angestochenen Luftballon.

»Mum, muss ich wirklich mitkommen?«, fragte Daisy. »Kann ich nicht im Hotel bleiben und mir auf dem Zimmer YouTube-Videos reinziehen?«

»Nein, kannst du nicht«, fauchte Sophia. »Das kannst du in London auch. Die Toskana ist herrlich. Du solltest einen Skizzenblock oder so was mitnehmen. Oder Fotos machen.«

»Während ihr den ganzen Tag Wein in euch hineinschüttet. Das ist unfair!«, bemerkte Daisy.

Womit sie durchaus recht hatte. Warum sollte sie zu einer Weinverkostung fahren, obwohl sie noch zu jung war, um den Wein tatsächlich zu probieren? Ich hätte gern vorgeschlagen, mit ihr in der Stadt zu bleiben und eine Galerie oder sonst etwas zu besuchen, aber der Besuch der Weingüter war für

Rosamund das Highlight der Reise. Ich musste guten Willen zeigen.

»Der Concierge hat darum gebeten, dass wir um halb neun in der Lobby sind«, antwortete Rosamund und achtete nicht weiter auf Daisy.

»Halb neun Uhr morgens?«, fragte ich nach.

»Ist das zu früh für Sie, Maddie?«, fragte Peter.

»Sie ist Frühaufsteherin, Dad, also wohl kaum«, antwortete Nick für mich.

Rosamund winkte dem Kellner und bestellte ein weiteres Glas Wein für sich und Peter. Wir anderen hatten unsere Gläser noch kaum angerührt. Es war zwar ihre Reise zum Hochzeitstag, den sie ausgiebig feiern wollten, aber ihre Augen wirkten bereits ein wenig glasig.

»Darf ich dann wenigstens etwas Wein trinken? Wenn ich schon mit*muss*?«, fragte Daisy, die nicht aufgeben wollte.

»Du darfst ein- oder zweimal nippen. Das Gesetz ist hier viel lockerer«, bestimmte Nick.

Sophia warf ihm einen bösen Blick zu. »Glaubst du, das ist eine gute Idee, Nick? Du weißt, wie sie ist. Womöglich kommt sie auf den Geschmack, und ehe wir uns versehen, hockt sie auf einer Parkbank und trinkt Cider aus dem Tetrapack.«

»Nein, das wird sie nicht, Sophia. Du kannst ihr ruhig mal etwas zugestehen.«

Ich drückte Nicks Knie. Es gefiel mir, wenn er sich für Daisy einsetzte. Das arme Mädchen brauchte jemanden auf ihrer Seite.

»Wenigstens ein Elternteil hält mich nicht für eine beschissene Versagerin«, meinte Daisy.

»Na, na«, mischte Rosamund sich ein. »So reden wir hier aber nicht.«

Mir kam es vor, als würde sie leicht lallen. Wir hatten uns vor dem Essen an der Hotelbar getroffen, wo sie sicher schon einiges getrunken hatten, bevor Nick und ich angekommen waren.

»Ich verstehe einfach nicht, warum ich mitkommen muss!«, rief Daisy. »Wer schleppt eine Vierzehnjährige zu einer Weinprobe?«

»Daisy, es reicht«, zischte Sophia. »Wir feiern hier den Hochzeitstag deiner Großmutter und deines Großvaters, und du wirst tun, was man von dir verlangt.«

Mein angespanntes Verhältnis zu meinen Eltern schien im Vergleich dazu einigermaßen zu bewältigen zu sein. Was vermutlich daran lag, dass ich kaum aufbegehrte und Daisy insgeheim bewunderte, dass sie es wenigstens versuchte. Es hatte auch Vorteile gehabt, dass meine Mum und mein Dad sich getrennt und neue Familien gegründet hatten, als ich noch sehr jung war. Sie waren so mit ihren neuen Leben beschäftigt gewesen, dass sich niemand wirklich darum gekümmert hatte, was ich tat. Es war kein Problem gewesen, sich auf Partys zu schleichen oder im Park zu rauchen. Andererseits hatte ich mich oft allein und unsichtbar gefühlt, was nicht gerade toll gewesen war. Das Gefühl, ständig unter dem Radar zu leben und nie wirklich Gewicht zu haben, ließ sich nur schwer wieder abschütteln.

»Daisy«, säuselte Nick. »Beruhige dich. Es sind ja nur ein paar Stunden.«

»*Sechs*. Sechs Stunden, hat Grandma gesagt!«

»Okay, dann sind es nur sechs Stunden. Wir könnten vorher etwas Nettes zusammen unternehmen. Einen Spaziergang vielleicht? Wir könnten ein frühes Frühstück in San Spirito einplanen. Dort gefällt es dir sicher.«

Daisy seufzte übertrieben. »Von mir aus. Trotzdem verstehe ich nicht, warum ich nicht allein in der Stadt bleiben kann. Ich bin kein Kind mehr.«

»Aber du bist auch noch nicht erwachsen. Außerdem müssen wir manchmal alle Dinge tun, die wir nicht tun wollen«, antwortete Nick. »Nicht wahr, Maddie?«

»Absolut«, erwiderte ich aus vollem Herzen.

Wobei ich nicht hinzufügte, dass es mir in letzter Zeit so vorkam, als würde ich neunzig Prozent der Zeit nichts anderes machen.

Auf dem fünfminütigen Heimweg ins Hotel ließen Nick und ich uns ein wenig zurückfallen. Er verschränkte seine Finger mit meinen.

»Schön zu sehen, dass du dich langsam entspannst. Du denkst nicht mehr an die Arbeit, oder?«, fragte er.

»Kaum noch«, erwiderte ich.

Hatte ich wirklich das Selbstvertrauen, Tims Wunsch nicht zu erfüllen? Ich befürchtete, dass etwas Schlimmes passieren würde, wenn ich nicht tat, was er wollte, obwohl ich rational betrachtet wusste, dass er lediglich herumjammern und es bald wieder vergessen würde. Aber er wäre enttäuscht von mir – und das fand ich am schwierigsten. Menschen zu enttäuschen. Dennoch tat ich es immer wieder, auch wenn ich es die meiste Zeit gar nicht merkte.

Ich blieb vor dem Schaufenster einer der Boutiquen stehen, von denen es entlang der Straße unzählige gab. Mode hatte in Florenz einen sehr hohen Stellenwert. In diesem Laden hingen die Kleider von der Decke, sodass es aussah wie eine Kunstinstallation.

»Ich mache mir Sorgen wegen der Weinverkostung morgen. Ich habe keine Ahnung von Wein, wie du inzwischen sicher schon bemerkt hast«, gab ich zu.

»Die Tatsache, dass du dich immer für den australischen Wein entscheidest, hat dich verraten.«

Ich sah ihn ehrlich verwirrt an. »Ist australischer Wein denn nicht okay?«

Er streckte die Hand aus und tätschelte meinen Kopf. »Ach, Madeleine, du musst noch sehr viel lernen.«

Ich schob seine Hand fort. »Sei bitte nicht so herablassend.«

Er stieß ein leises, verärgertes Schnauben aus, das er gerne bei Telefonaten mit Kollegen und manchmal auch bei Daisy von sich gab. Bei mir hatte er es noch nie gebraucht. »Das war ein Scherz, Maddie.«

Scherz hin oder her, es hatte mich wütend gemacht, und ich war froh, dass ich etwas gesagt hatte. Es war keine große Sache, aber für mich fühlte es sich groß an, weil ich normalerweise alles dafür tat, Nick zufriedenzustellen, und dabei gern übersah, dass er ab und an Dinge tat, die mich ärgerten. Wenn er etwa Leute einlud, ohne mich vorzuwarnen, oder wenn er ein Abendessen in letzter Minute absagte, weil im Büro etwas Wichtiges anstand. Es war sicher normal, einander auf die Nerven zu gehen, aber ich hatte in letzter Zeit immer wieder das Gefühl, dass ich mich ihm gegenüber von meiner besten Seite zeigen musste. Ich wusste nicht, was passiert wäre, hätte ich jemals damit aufgehört.

Wir gingen weiter, Nick mehrere Schritte voran. Ich drehte meinen Verlobungsring am Finger und fand es plötzlich noch schwieriger als sonst, mir meinen Hochzeitstag vorzustellen. Ich hatte mir in meiner Teenagerzeit oft ausgemalt, wie der schönste Tag meines Lebens ablaufen würde. Wie wunderschön und betört von meinem Bräutigam ich sein würde. Was für ein voluminöses Kleid ich tragen würde, wer mich als Brautjungfern begleiten würde (die Namen hatten sich im Laufe der Jahre immer wieder geändert, je nachdem, wer gerade meine beste Freundin war – ich hatte vor, Lou und Daisy zu fragen, war aber noch nicht dazu gekommen). Aber am meisten Gedanken hatte ich mir über meine Schwiegereltern gemacht. Ich hatte ein Paar vor mir gesehen, das sich nach vielen gemeinsamen Jahren immer noch liebte. Eine Mum, die gerne backte, und einen Dad, der im Garten arbeitete, und beide liebten ihren Sohn und deshalb – in weiterer Folge – auch seine Braut. In meinen Träumen waren sie wie zweite Eltern für mich. Eltern, die tatsächlich Notiz von mir nahmen und mehr über mich erfahren wollten. Sie waren weder wertend noch unhöflich und fanden mich extrem witzig und interessant. Natürlich war mir vollkommen klar, dass solche Träume nur sehr selten Realität wurden, aber Rosamund und Peter waren meilenweit von den Schwiegereltern entfernt, die ich mir erträumt hatte, und die Dynamik zwischen Nick, Daisy und Sophia war vollkommen anders als in meiner Vorstellung.

»Du glaubst doch nicht, dass ich mich morgen zur Idiotin machen werde, oder?«, fragte ich und fühlte mich mit einem Mal klein und verletzlich.

Ich hatte normalerweise kein Problem damit, dass ich nicht alles wusste. Niemand konnte ein Experte auf jedem Gebiet sein (was die Familie Levenson-Gower so vermutlich noch nie gehört hatte). Und ich versuchte es zumindest und gab mir Mühe, Neues zu lernen. Allerdings gab es eine Obergrenze an verächtlichen Blicken, die ich ertragen konnte, und Daisy hatte recht. Sechs Stunden waren tatsächlich *LANG*.

»Wie meinst du das?«, fragte Nick.

»Na ja, wenn Fragen gestellt werden? Über die Weine? Nach Dingen, die ich wissen sollte?«

»Es ist kein Quiz. Die Leute dort erzählen *dir* von *ihren* Weinen.«

Ich entspannte mich ein wenig.

»Dann bekommt man also nicht ein Weinglas in die Hand gedrückt und muss sagen, welche Noten und Abgänge man beim Verkosten erkennt?«

»Ich ... ich glaube nicht. Und selbst wenn. Du weißt doch, wie Erdbeeren, Äpfel und so weiter schmecken, oder?«

»Keine Ahnung.«

»So unterentwickelt ist dein Geschmackssinn auch wieder nicht.«

»Aber für mich schmeckt jeder Wein gleich«, entgegnete ich.

»Ah. Deshalb also der Yellow Tail Shiraz!«

Ich warf ihm einen bitterbösen Blick zu. Ich würde nie wieder einen Yellow Tail Shiraz kaufen. Oder vielleicht doch, weil ich ehrlich gesagt nicht verstand, wo das Problem lag. Aber wenn Nick in Bezug auf meine Weinauswahl heimlich auf mich herabsah, auf welchen anderen Gebieten tat er es noch?

»Ich fühle mich wie an dem Abend vor der Führerscheinprüfung«, gestand ich.

Nick lächelte. »Niemand stellt dich auf den Prüfstand. Außerdem bin ich ja auch noch da. Wenn ich merke, dass du Schwierigkeiten hast – wovon ich keine Sekunde lang ausgehe –, schreite ich ein und wechsele das Thema oder so.«

Ich schenkte ihm einen dankbaren Blick, als wir um die Ecke und in die Via Tornabuoni bogen. Im Licht der Straßenlaternen wirkte alles so strahlend und makellos wie auf einem Filmset.

»Versprichst du mir, dass du mir keine Sekunde von der Seite weichst?«, fragte ich ihn.

Er beugte sich nach unten und drückte einen Kuss auf meinen Scheitel. »Versprochen«, sagte er. »Aber jetzt sollten wir zu den anderen aufschließen.«

Rosamund und Sophia gingen direkt vor uns. Rosamund hatte sich bei Sophia untergehakt und schien ihre Füße nicht mehr ganz unter Kontrolle zu haben.

»Ist deine Mum betrunken?«, fragte ich Nick flüsternd.

»Sieht ganz so aus«, antwortete er und verzog das Gesicht. Wir gingen schneller. Gerade, als wir neben sie treten wollten, drangen ihre Stimmen in meine Ohren. Sophias war selbst aus einiger Distanz leicht zu verstehen. Sie klang hochmütig und schrill, Rosamunds Stimme war sanfter. Ihre Aussprache war nicht ganz so präzise wie sonst, trotzdem hörte ich alles klar und deutlich.

»Ach, Sophia, ich wünschte, Nick und du, ihr wärt noch ein Paar. Denkst du manchmal darüber nach, es noch mal mit ihm zu versuchen?«

Sophia lachte leise. »Er ist jetzt mit Maddie zusammen, Rosamund.«

Rosamund seufzte. »Sie ist ein nettes Mädchen. Aber sie kann dir nicht das Wasser reichen.«

»Ja, Nick und ich waren ein gutes Team, nicht wahr?«, kicherte Sophia.

»Das wart ihr, Darling. Das wart ihr wirklich«, erwiderte Rosamund leidenschaftlich.

Ich hielt mitten auf der Straße inne und sah zu Nick. Doch falls er es ebenfalls gehört hatte, gab er vor, nichts bemerkt zu haben.

»Mummy, lass es mit dem Wein ein wenig langsamer angehen, wenn wir später an die Bar gehen, ja?«, rief er.

Rosamund fuhr auf ihren Kitten-Heel-Absätzen herum. »Darling! Ich hab mich schon gefragt, wo du abgeblieben bist!«

Sophia sah mich an, und ich hielt ihrem Blick stand. Sie wusste, dass ich sie gehört hatte, und ich würde ihr nicht den

Gefallen tun, so zu tun, als hätte ich es nicht. Sie wandte sich zuerst ab, was mir zumindest einen kleinen Triumph verschaffte.

Trotzdem waren meine Vermutungen bestätigt worden. In Rosamunds Augen würde ich nie gut genug für Nick sein und die Frau, die er zuerst geheiratet hatte, niemals ersetzen können.

# Kapitel elf

Ich riss ein Stück von dem Croissant ab und stopfte es mir in den Mund. Eine sechsstündige Weinverkostung auf leeren Magen war sicher keine gute Idee, auch wenn auf einem der toskanischen Weingüter ein »leichtes Mittagessen« serviert werden würde.

Nick war mit Daisy zum Frühstücken in der Stadt unterwegs, und ich hatte ursprünglich vorgehabt, allein ins Hotelrestaurant zu gehen und mir etwas Nahrhaftes zu gönnen. Aber das Bett war so groß und gemütlich gewesen, und so hatte ich mit dem Handy unter der weichen Decke gelegen und mich informiert, was es auf der Welt Neues gab, bevor ich mir einen Nespresso zubereitet hatte, um ihn bei geöffnetem Fenster mit Blick auf die Piazza degli Strozzi (was für ein genialer Name!) zu genießen. Am Ende hatte ich nur noch zehn Minuten gehabt, um mich anzuziehen, bevor wir uns an dem gemieteten Minibus treffen wollten. Also war ich nur rasch ins Restaurant geflitzt und hatte ein Croissant in eine Serviette gewickelt, das ich nun auf dem Weg durch die Lobby in mich hineinstopfte und dabei vermutlich eine Krümelspur hinter mir herzog. Vermutlich kein stilvoller Auftritt, aber was sein musste, musste sein.

Rosamund, Peter und Sophia warteten am Empfang. Ich wurde langsamer, schluckte den letzten Bissen hinunter und wischte mir die Krümel von der schwarzen Jacke.

»Guten Morgen!«, rief ich beschwingt.

Ich hatte vorhin in einem besonders entspannten und zufriedenen Moment beschlossen, mir heute noch mehr Mühe zu geben (und die Tatsache zu ignorieren, dass sie mich am Vorabend mit ihrer »Woher stammen Sie?«-Frage zur Weißglut gebracht hatten).

Wir hatten nicht den allerbesten Start, und sie waren ein bisschen hochnäsig, aber das hieß nicht, dass sie keine netten Menschen waren. Und wenn Nick und ich erst verheiratet wären, gehörten sie zur Familie. Es würde sehr viel einfacher sein, wenn wir miteinander klarkämen.

»Wie haben Sie geschlafen?«, fragte ich fröhlich.

»Sehr gut. Danke, Maddie«, antwortete Rosamund, die die Tatsache, dass zu einem Tagesausflug aufs Land keine Juwelen passten, mit einer noch voluminöseren Frisur überkompensiert hatte.

Sophia hingegen machte auf leger, aber im Stil einer Elizabeth Hurley, sodass sie selbst in einem weißen Oberteil und Jeans aussah, als wäre sie direkt von einem Ralph-Lauren-Fotoshooting gekommen.

»Sind Nick und Daisy denn noch nicht da?«, fragte ich mit einem Blick auf die Uhr.

Sie waren spät dran, es sollte in drei Minuten losgehen.

Sophia schüttelte den Kopf. »Sie haben beide ein schlechtes Zeitgefühl. Ich wette, sie quasseln sich gegenseitig ein Ohr ab und haben noch gar nicht gemerkt, wie spät es ist.«

»Ich rufe Nick mal an«, sagte ich und kramte nach meinem Telefon.

»Soll ich das übernehmen?«, fragte Sophia mit einem zuckersüßen Lächeln.

Ich lächelte genauso zuckersüß zurück. »Nein, schon gut. Ich hab schon gewählt.«

Ich zeigte ihr zu Bestätigung mein Handy. Alle Blicke ruhten auf mir, und ich betete im Stillen, dass Nick drangehen und mir sagen würde, dass sie gleich um die Ecke wären und jeden Augenblick hier sein würden. Das musste er auch. Er wusste immerhin, dass ich auf ihn wartete. Allerdings war es – zumindest zu Hause in London – immer schwierig, ihn zu erreichen. Er war ständig in irgendeinem Meeting. Ich rief mittlerweile lieber seine Assistentin Gillian an, die unheimlich nett war und viel besser als ich Bescheid wusste, was Nick tagsüber machte.

»Ich erreiche nur die Mobilbox«, erklärte ich und schluckte die aufsteigende Wut hinunter.

Ich hoffte für ihn, dass er bereits auf dem Weg war. Er hatte mir sein Wort gegeben.

»Dieser verdammte Nick und seine beschissene Zeiteinteilung«, murrte Peter.

»Na, na, Darling. Sie sind sicher schon unterwegs. Vielleicht hat er noch einen kleinen Zwischenstopp eingelegt, um Daisy eine Kleinigkeit für die Fahrt zu kaufen«, beruhigte Rosamund ihren Mann.

Ich fragte mich, warum Nick Daisy ausgerechnet heute zum Frühstücken ausführen musste, wo wir ohnehin so früh loswollten, und warum er sich bis zur letzten Sekunde Zeit ließ, obwohl er wusste, dass wir alle – und vor allem ich – verzweifelt auf ihn warteten.

Die Drehtür setzte sich in Bewegung, und wir wandten uns in der Hoffnung um, dass Nick und Daisy mit roten Gesichtern und einem Schwall Entschuldigungen hindurchtraten. Stattdessen eilte ein glatzköpfiger Mann mit einer Ray-Ban-Sonnenbrille und einem hellblauen, vorn in die Jeans gesteckten Hemd auf uns zu.

»Wollen Sie zur Weintour?«, fragte er mit starkem, melodischem italienischen Akzent.

Wir nickten.

»Ja, genau«, meinte Peter. »Es fehlen aber noch zwei.«

Der Italiener sah auf die Uhr und schüttelte energisch den Kopf. »Der Zeitplan ist sehr eng. Wie lange brauchen die beiden noch?«

»Sie kommen sicher gleich«, sagte ich und versuchte, mich selbst genauso zu überzeugen wie die anderen.

»Ich bin Gino, ihr Guide«, erklärte der Mann und holte ein Klemmbrett hinter dem Rücken hervor. »Gut. Also, ich soll hier im Hotel Palazzo Continentale eine Gruppe von sechs Personen und einen Einzelgast abholen.«

»Wir sind die Sechsergruppe«, bestätigte ich.

Ich befand mich in meiner Komfortzone, denn ich war es gewohnt, Reisen und Ausflüge zu organisieren und mich an einen Zeitplan zu halten (offenbar im Gegensatz zu Nick). Ich beschloss, die Führung zu übernehmen, solange ich die Gelegenheit hatte, und Rosamund und Peter schienen ohnehin nichts mit Gino anfangen zu können, der für sie offenbar wie die Hotelangestellten und die Leute vom Restaurant lediglich eine Hilfskraft war.

Ich warf einen Blick auf mein Handy. Keine Nachricht von Nick, und es war bereits drei Minuten nach halb neun. Mir war klar, dass Tourguides einem straffen Zeitplan folgten. Ich hatte schon Dutzende Male das Vergnügen, und sie konnten echt wütend werden, wenn sich Leute verspäteten. So wütend, dass sie ohne die Nachzügler abfuhren. Was ich auf jeden Fall verhindern musste, wenn der Tag nicht zum Albtraum werden sollte.

Ich schrieb Nick eine Nachricht.

*WO BIST DU? DER BUS FÄHRT GLEICH AB!*

Gino wirkte tatsächlich sehr gestresst und lief mit dem Klemmbrett in der Hand nervös auf und ab.

»Wir steigen jetzt in den Bus, und wenn die restlichen Teilnehmer nicht in fünf Minuten hier sind, fahren wir ohne sie, sonst haben wir nicht mehr genug Zeit für die Verkostungen, was mir zwar nichts ausmacht, aber der Grund ist, warum Sie den Ausflug überhaupt machen, *sì*?«

Verdammt. Sophia wirkte durchaus zufrieden mit der Aussicht, nicht den ganzen Tag auf einen gelangweilten, nörgelnden Teenager aufpassen zu müssen (falls man das überhaupt als *aufpassen* bezeichnen konnte). »Ich würde sagen, wenn sie es nicht schaffen, haben sie eben Pech gehabt«, erklärte sie leichthin. »Wie ich Daisy kenne, hat sie Nick um den Finger gewickelt und ihn überredet, mit ihr shoppen zu gehen.«

Aber das würde er sicher nicht tun, oder? Weil er doch wusste, dass mir der Ausflug Sorgen bereitete?

»Dann rein in den verdammten Bus«, meinte Peter und folgte Gino hinaus auf die Straße.

Der Minibus parkte direkt vor dem Hotel, und Gino scheuchte Rosamund, Peter und Sophia auf die drei hintersten Plätze. Ich stieg als Nächstes ein, und es war nur noch ein Platz neben mir übrig, sodass entweder Nick oder Daisy auf einem der beiden Beifahrersitze Platz nehmen musste.

»Ich versuche es noch ein letztes Mal«, erklärte ich.

Es war peinlich, dass ich meinen eigenen Verlobten nicht erreichen konnte. Wenn er schon verschollen war, sollte es zumindest *mir* gelingen, zu ihm durchzudringen, nicht wahr? Ihm war sicher klar, dass er zu spät dran war. Warum meldete er sich nicht? Wenn wir in etwa wussten, wie lange Nick und Daisy noch brauchten, konnten wir Gino überreden, noch ein wenig zu warten oder die beiden unterwegs aufzugabeln, aber niemand hatte eine Ahnung, wo sie steckten, außer dass sie nach San Spirito wollten, womit vermutlich ein ziemlich großer Teil der Stadt gemeint war.

Während ich dem Freizeichen lauschte, hörte ich, wie Gino mit jemandem außerhalb des Minibusses sprach.

»Ah! Sie sind also der Einzelpassagier!«

Nick hob nicht ab, und ich wurde von Sekunde zu Sekunde wütender. Wenn die beiden nicht innerhalb der nächsten zwei Minuten kamen, musste ich mich allein den Freuden des Chianti-Gebietes stellen. Natürlich war ich gespannt auf die Landschaft und die Weingärten, aber es fühlte sich so erzwungen an wie alles, was mit Nicks Familie zu tun hatte. Ich fragte mich, ob ich in ihrer Gegenwart jemals fähig sein würde, mich zu entspannen.

Gino steckte den Kopf in den Bus. »Okay. Los geht's.«

»Ich verlange, dass wir auf meinen Sohn und meine Enkeltochter warten!«, rief Rosamund von hinten. »Wenn wir ohnehin die Einzigen sind, spielt es doch keine Rolle, dass wir nicht so viel Zeit haben, nicht wahr?«

»Absolut nicht«, stimmte Peter ihr zu.

»Aber Sie sind nicht die Einzigen«, widersprach Gino und trat zur Seite. »Wir haben noch einen zahlenden Gast, und wir müssen jetzt losfahren, sonst hagelt es Beschwerden, und ich verliere meinen Job.«

Er dramatisierte es ein wenig, und ich wollte natürlich ebenfalls warten, bis Nick und Daisy sich dazu herabließen, ebenfalls zu erscheinen. Vielleicht konnten wir den zusätzlichen Gast dazu überreden.

Ich warf einen neuerlichen Blick auf mein Handy (nichts!), und als ich den Kopf wieder hob, stieg Aidan in den Bus. Mein Magen zog sich zusammen.

Er warf einen Blick auf mich und zuckte zurück.

»Na los!«, rief Gino. »Steigen Sie bitte ein.« Er platzierte Aidan auf den Sitz neben mir.

Er sah natürlich großartig aus. Leicht zerzaust, als hätte

er verschlafen und keine Zeit zum Rasieren gehabt. Er trug ein einfaches schwarzes Shirt und Jeans, und als er sich neben mich setzte (warum saß er nicht vorn?), schrie ich innerlich. Schlimm genug, dass Nick nicht hier war, jetzt musste ich auch noch den ganzen Tag mit Aidan verbringen. Ich tat, als müsse ich noch einmal mein Handy checken, um jeglichen Blickkontakt zu vermeiden.

»Und wer sind Sie?«, fragte Sophia und beugte sich in ihrem Sitz nach vorne.

»Aidan«, antwortete er schlicht und blickte geradeaus, sodass ich aus dem Augenwinkel sein Gesicht sehen konnte.

»Was machen Sie beruflich, Aidan?«, fuhr Sophia fort.

War das wirklich die erste Frage, die sie einem vollkommen Fremden stellte?

Aidan räusperte sich. Offenbar fiel ihm das Sprechen nicht leicht. Ich fragte mich, ob er – wie ich – am liebsten sofort aus dem Bus gesprungen wäre.

»Ich bin Reisejournalist«, antwortete er.

»Ach, das ist ja aufregend! Woran arbeiten Sie gerade?«, wollte Sophia wissen.

Aidan ließ sich ein paar Momente länger mit der Antwort Zeit, als unbedingt notwendig gewesen wäre.

»An einem Artikel über Italien außerhalb der Hauptsaison. Die nächste Station ist Rom.«

»Nein, was für eine wundervolle Idee!«, rief Sophia noch begeisterter als vorhin.

Wirkte es seltsam, dass ich nichts sagte und den vermeintlichen Fremden auch nicht ansah? Ich hielt das Handy nach wie vor in der Hand – vielleicht dachten sie, ich würde immer noch versuchen, Nick zu erreichen. Was hätte ich getan, wenn ich Aidan tatsächlich nicht gekannt hätte? Wie hätte ich mich verhalten? Mir wurde klar, dass ich abwehrend die Arme verschränkt hatte, und ließ sie sinken. Es war doch eigenartig, so abweisend auf jemanden zu reagieren, den ich gerade erst kennengelernt hatte, oder?

»Ich habe meine eigene Modelinie und bin geschäftlich viel unterwegs«, fuhr Sophia fort. »Wir beliefern La Rinascente, das führende Kaufhaus in Florenz.«

»Sehr beeindruckend«, sagte Aidan.

»Wenn Sie also jemanden für ein Interview benötigen, stehe ich sehr gern zur Verfügung. Für meine Familie und mich ist das Reisen außerhalb der Hauptsaison ein absolutes Muss. Wer will schon hier sein, wenn Horden von Touristen die Straßen verstopfen und die Restaurants überschwemmen? Wir reisen gern exklusiv, entweder im Herbst oder jetzt, kurz vor dem sommerlichen Ansturm.«

Dann gehörten Rosamund, Peter und Nick für Sophia also immer noch zur Familie.

Gino startete den Bus. »Bitte legen Sie die Sicherheitsgurte an, das ist in Italien Vorschrift, und ich bekomme sonst Probleme mit der Polizei.«

Wir schlossen alle wie befohlen die Gurte. Ich versuchte, nicht zusammenzuzucken, als Aidan direkt neben meinem Oberschenkel Probleme hatte, den richtigen Steckplatz zu finden. Ich rückte so gut es ging von ihm ab, damit wir uns auf keinen Fall berührten.

Innerhalb kürzester Zeit hatten wir die Innenstadt von Florenz hinter uns gelassen, die offenbar kleiner war, als ich es mir vorgestellt hatte, und rasten mit besorgniserregender Geschwindigkeit über die Autobahn. Gino gab alles, um die verlorene Zeit (sicher nicht mehr als sechs Minuten) aufzuholen, drückte das Gaspedal durch, wechselte von einer Spur auf die andere, überholte, wo es nur ging, und schlitterte mehr oder weniger mit quietschenden Reifen durch Kurven. Ich versuchte, mich von der Tatsache abzulenken, dass ich mein Ende in einer Massenkarambolage auf der Autobahn finden würde, indem ich aus dem Fenster und zu den sanften Hügeln hinaussah, die sich zu beiden Seiten der Straße erstreckten. Wenigstens wurde es im Hinblick auf das Wetter ein perfekter Tag, denn es waren bereits jetzt über zwanzig Grad.

»Die Landschaft, die Sie hier sehen, bietet ideale Voraussetzungen, um Wein und Oliven anzubauen. Kalt und regnerisch im Winter, trocken und feucht im Sommer«, erklärte Gino mit seinem starken italienischen Akzent, der angenehm entspannend gewesen wäre, hätte er das Auto nicht mit hundertfünfzig Sachen über die Autobahn gejagt.

»Und Sie reisen allein, oder wie?«, fragte Peter von hinten.

Weil nicht klar war, mit wem er sprach – vermutlich mit Aidan, aber ganz selbstverständlich war das nicht –, antwortete niemand.

»Sie da vorne! Der Einzelgast. Reisen Sie allein?«

Aidan kapierte endlich, dass die Frage an ihn gerichtet war, und drehte sich nach hinten.

»Tut mir leid. Ich war mit den Gedanken woanders. Ja.«

»Er hat doch gerade erklärt, dass er Journalist ist, Peter«, meinte Sophia.

»Gut, aber Journalisten machen doch auch Ferien, oder nicht?«, murrte Peter.

Ich drückte mich an das Fenster und gab mich fasziniert von den Hügeln, die sich immer noch bis zum Horizont erstreckten, während ich heimlich jedem Wort folgte, das gesprochen wurde.

»Ich finde das äußerst interessant!«, rief Rosamund so begeistert, wie ich sie noch nie bei einem Thema erlebt hatte. »Darf ich fragen, für wen Sie schreiben?«

»Für ein neues Reisemagazin, das kommenden Monat

zum ersten Mal erscheinen wird. Wir hoffen, uns als Konkurrenz zum *Condé Nast Traveller* zu etablieren«, antwortete Aidan.

Ich ließ mir meine Überraschung nicht anmerken. Die Condé-Nast-Szene, die im Luxus- und Lifestyle-Segment beheimatet war, war noch nie sein Ding gewesen.

»Das ist ja großartig«, schwärmte Rosamund. »Sie müssen mir unbedingt eine Freundschaftsanfrage senden. Wir würden den fertigen Artikel nur zu gern lesen.«

Ich schnaubte innerlich. Ich wollte, dass Aidan wieder aus meinem Leben verschwand und nicht, dass er auf Facebook mit meiner Schwiegermutter befreundet war.

»Auf den Feldern hier wachsen viele verschiedene Dinge«, fuhr Gino fort. »Steinpilze, wilder Spargel, Trüffeln. Und es gibt natürlich auch Wildtiere: Hasen, Rehe, Fasane, Wildschweine. Wildschweine sind sehr schlecht für die Weingärten. Und die Weingärten sind unsere Lebensgrundlage.«

Ich warf einen heimlichen Blick auf mein Handy. Nichts.

»Irgendein Lebenszeichen von Nick?«, fragte Sophia.

»Nein«, antwortete ich, wobei ich versuchte, nicht zu genervt oder wütend zu klingen, aber kläglich scheiterte.

Ich spürte, wie Aidan mir einen schnellen Blick zuwarf, als müsse er sein Bestes geben, es nicht zu tun. Ich hatte immer gewusst, wann er mich ansah. Schon seit dem Moment, als wir uns zum ersten Mal begegnet waren.

Wir rasten weiter, und Gino erzählte uns die Legende von dem schwarzen Hahn, in der es um den uralten Streit zwischen Siena und Florenz um die Herrschaft über das Chianti-Gebiet ging. Man hatte einen weißen und einen schwarzen Hahn losgeschickt, und wo sie sich trafen, sollte von da an die Grenze gezogen werden. Die Leute in Siena ließen ihren weißen Hahn hungern, weil sie dachten, er würde auf der Suche nach Futter weiter kommen und damit das Gebiet vergrößern, das sie kontrollierten. Die Florentiner hingegen mästeten ihren schwarzen Hahn, damit er mehr Energie hatte und eine größere Strecke laufen konnte, was zur Folge hatte, dass Florenz seitdem beinahe das gesamte Chianti-Gebiet kontrolliert.

»Ein Chianti Classico muss zu achtzig Prozent aus der blauen Sangiovese-Traube bestehen, die hier in dieser Gegend beheimatet ist, und er trägt den schwarzen Hahn als Erkennungszeichen. Falls eines dieser Merkmale nicht zutrifft, ist es kein Chianti Classico.«

»Gut zu wissen!«, rief Peter begeistert von der Rückbank.

»Dort in der Ferne sehen Sie bereits unser erstes Ziel«, fuhr Gino fort. »San Gimignano. Die mittelalterliche Stadt liegt vierhundert Meter über dem Meeresspiegel und wird aufgrund der vierzehn Türme als New York der Toskana bezeichnet. Das Dorf war der erste Ort, an dem im Mittelalter Safran produziert wurde, und gehört mittlerweile zum UNESCO-Weltkulturerbe.«

Ich rutschte auf meinem Platz hin und her und sehnte mich danach, die Beine auszustrecken, die ich seltsam abgewinkelt hielt, um nicht unabsichtlich Aidans Knie zu berühren. Ich überlegte immer noch, ob ich etwas zu ihm sagen sollte. Etwas Unverfängliches, Nichtssagendes, um nicht zu viel Aufmerksamkeit auf mich zu ziehen. Denn war es nicht seltsam, kein Wort mit jemandem zu sprechen, der direkt neben einem saß? Andererseits dachte Nicks Familie vermutlich, ich wüsste nicht, wie man sich in derartigen Situationen verhielt. Vielleicht waren sie gar nicht so überrascht, wie ich dachte.

Der Minibus verließ die Autobahn, und wir fuhren über eine Landstraße bis zu einem beeindruckenden, von Terrakottamauern begrenzten Stadttor. Das Dorf erinnerte mich an die Gemeinde Èze in Südfrankreich, die ich einmal besucht hatte, und lag schimmernd und verführerisch vor uns wie die Smaragdstadt aus *Der Zauberer von Oz*.

»Sie haben vierzig Minuten«, verkündete Gino, sprang aus dem Bus und öffnete die Tür.

Licht ergoss sich in den Innenraum, während wir alle unsere Sicherheitsgurte lösten. Aidan stieg als Erster aus, dann kam ich, und schließlich folgte der Rest. Ich drehte mich absichtlich von ihm weg.

»Sie müssen unbedingt der Gelateria Dondoli einen Besuch abstatten«, riet Gino. »Das ist eine Eisdiele am Hauptplatz, und es gibt dort nicht nur das beste Eis Italiens, sondern der ganzen Welt. Ihre Spezialität ist Safraneis, das einfach unglaublich schmeckt. Und danach müssen Sie die Aussicht genießen.«

»Das klingt köstlich«, meinte Sophia, die sich streckte und ihre Fendi-Sonnenbrille aufsetzte.

»Wir sehen uns in vierzig Minuten, und kommen Sie nicht zu spät, sonst bleibt Ihnen weniger Zeit auf den Weingütern, verstehen Sie?«, befahl Gino.

Wir murmelten zustimmend und machten uns auf den Weg in die Stadt. Ich war fasziniert von dem Ausblick zu meiner Rechten, wo sich kilometerweit herrliche toskanische Felder erstreckten.

»Der Journalist sieht wirklich sehr gut aus«, sagte Sophia und blickte Aidan hinterher, der sich zum Glück in die andere Richtung aufmachte.

Rosamund kicherte und war ganz offensichtlich derselben Meinung. Es war noch schlimmer, als ich befürchtet hatte.

# Loch Lomond, Schottland

## *Zwei Jahre früher*

Der Strand lag stockdunkel vor mir und wurde nur von den Lichtern des Hotels hinter mir erhellt. Ich wartete, bis sich meine Augen an die Dunkelheit gewöhnt hatten, dann ließ ich mich am Ufer des Sees auf die Steine sinken und schlang die unglaublich kuschelige Decke im Schottenkaro um mich, die ich aus dem Hotelzimmer hatte mitgehen lassen. Langsam erkannte ich die Umrisse der Berge auf der anderen Seite. Ich erinnerte mich nicht mehr, welcher laut Aidan der höchste war, aber ich glaubte, dass er Ben Lomond genannt wurde.

Ich hatte mein treues Notizbuch dabei, um mir ein paar Notizen für den kommenden Tag zu machen, aber ich erkannte schnell, dass es zu dunkel war und ich mir lediglich Gedanken machen konnte, die ich hoffentlich nicht vergaß, bis ich wieder auf dem Zimmer war und sie aufschreiben konnte. Wir würden mit einem Wasserbus über den See fahren, und Tim hatte mich gebeten, ihm bei der Vorbereitung des Drehbuchs zu helfen, was bedeutete, dass ich die gesamte Recherche übernehmen und ihm die Informationen aushändigen sollte, damit er die ganze Sache als sein Werk ausgeben konnte.

Ich klickte immer wieder auf den Knopf oben an meinem Kugelschreiber an und dachte nach. Was könnte die Zuschauerinnen und Zuschauer an einer Fahrt mit dem Wasserbus interessieren? Wie konnte man sie davon überzeugen, dem Loch Lomond einen Besuch abzustatten?

»Hallo.«

Ich sah auf und entdeckte Aidan, der auf mich herabblickte. Er hatte ebenfalls eine Decke über den Schultern und ein bauchiges Glas in jeder Hand.

»Ist es okay, wenn ich mich zu dir setze?«

»Klar.« Ich legte mein Notizbuch zur Seite.

»Du arbeitest immer noch.« Er ließ sich neben mir auf den Kiesstrand sinken.

»Traurig, aber wahr.«

»Whisky?« Er hielt mir ein Glas entgegen.

»Lieber nicht.«

Ich hatte bereits beim Abendessen zwei Gläser Wein getrunken und konnte mir am nächsten Tag auf keinen Fall einen Kater leisten. Ich wollte früher los, um mir den Pier anzusehen, von dem der Wasserbus ablegen würde. Andererseits war das Angebot verlockend. Man sollte die Feste feiern, wie sie fallen, nicht wahr?

»Na gut, überredet«, sagte ich und nahm ihm das Glas ab.

Ich ließ den Whisky kreisen. Mir gefiel das Klirren der Eiswürfel, wenn sie an den Rand schlugen.

»Wie gefällt dir das Filmmaterial vom Nachmittag?«, fragte Aidan, lehnte sich auf die Ellbogen zurück und sah aufs Wasser hinaus.

»Super. Lou hat's wirklich drauf. Sie hat es hinbekommen, dass Ruthie aussieht wie eine versierte, selbstsichere Kajakfahrerin. Und Ruthie muss ich zugestehen, dass sie wirklich den Eindruck erweckt hat, als hätte sie jede Menge Spaß.«

»Das ist tatsächlich sehr beeindruckend«, meinte er lächelnd.

Ich schloss die Augen, atmete tief durch und lauschte dem Wasser, das sanft über die Kieselsteine schwappte.

»Riechst du das?«, fragte ich mit geschlossenen Augen.

»Was denn?«

»Das Heidekraut. Wenn man sich darauf konzentriert, kann man es im Wind riechen. Süß. Herb. Versuch's mal.«

Er schwieg eine Weile, und ich stellte mir vor, dass er ebenfalls die Augen geschlossen hatte und die Nase in den Wind hielt.

»Jetzt rieche ich es«, erklärte er schließlich.

Ich öffnete die Augen. In der Ferne hörte ich die sanften Klänge der berührenden schottischen Dudelsackmusik, die schon den ganzen Abend im Restaurant spielte.

»Gefällt dir dein Job?«, fragte Aidan plötzlich.

Ich lehnte mich ebenfalls zurück auf die Ellbogen und sah in den Himmel.

»Schon irgendwie. Es ist bloß nicht ganz das, was ich im Sinn hatte, als ich mich entschloss, fürs Fernsehen zu arbeiten.«

»Was hattest du denn im Sinn?«

Ich lachte. »Ich habe mir vorgestellt, eine dieser echt coolen Netflix-Sendungen zu produzieren. *Die spektakulärsten Ferienwohnungen der Welt* oder so was, wo man etwa zwanzig Crewmitglieder hat und alles aussieht wie großes Kino.«

»Du stehst also auf Dinge mit großem Budget?«

»Mir gefällt die Vorstellung, weiter zu reisen als bis nach Lanzarote.«

»Aber Holiday Shop ist doch erst der Anfang, oder?«, fragte er. »Nichts hält dich davon ab, danach deinen Traumjob an Land zu ziehen.«

»Theoretisch.«

»Du klingst nicht sehr überzeugt …« Er lehnte sich noch weiter zurück, bis wir auf gleicher Höhe waren.

»Ich bin eben eine Realistin. Mir passieren für gewöhnlich keine aufregenden Dinge. Ich hatte nie große Träume. Kajakfahren am Loch Lomond und Paragliding auf Teneriffa – mehr ist nicht drin. Aber das ist schon okay. Ich mag das. Ich habe Glück. Mein Job ist im Vergleich zu anderen ziemlich aufregend.«

Aidan rieb sich das Kinn. »Ich weiß, was du meinst. Ich sage mir dasselbe auch immer wieder. Aber gleichzeitig will ich mehr.«

Ich betrachtete seine ausgestreckten Beine, die meinen gefährlich nahe kamen. Gefährlich deshalb, weil ich plötzlich liebend gerne meinen Schenkel an seinen gepresst hätte. Dabei war er mehr oder weniger ein Fremder, und so was war mir noch nie passiert, also warum gerade jetzt?

»Wie zum Beispiel?«, fragte ich. Wenn wir uns weiter unterhalten würden, könnte ich meine Gedanken vielleicht im Zaum halten.

»Ich will diese kleinen, versteckten Ecken entdecken, wo noch kaum jemand war, und dann will ich auf so einzigartige Weise davon berichten, dass sich jeder, der meinen Artikel liest, sofort denkt: Da muss ich hin!«

»Was ist der unglaublichste Ort, an dem du bis jetzt warst?«, fragte ich.

Er sah mich an. »Chile, glaube ich. Oder Neuseeland? Wobei ... eigentlich finde ich es immer dort am unglaublichsten, wo ich gerade bin.«

Seine Wimpern waren echt lang, das sah ich jetzt, wo sich meine Augen vollends an die Dunkelheit gewöhnt hatten. Die Bartstoppeln auf seinem Kinn wären sicher weich, wenn ich mit dem Daumen darübergleiten würde.

»Sogar der Loch Lomond?«

»Sogar der.«

Wir sahen uns in die Augen. Aus irgendeinem Grund hatte ich nicht das Gefühl, ich müsste mich abwenden, auch wenn ich das hätte tun sollen. Ich hob das Whiskyglas an meine Lippen, nippte daran und legte mir eine Hand auf die Brust, als die Hitze meine Kehle hinunterfloss und mich wärmte.

»Gut?«, fragte er.

Ich nickte und nahm noch einen kleinen Schluck.

»Aus irgendeinem Grund kann ich nicht aufhören, dich anzusehen«, sagte er und stützte sich auf einer Hand ab, während er das Glas in der anderen hielt. Als er lächelte, schlug mein Herz schneller.

Ich streckte die Hand aus und strich zaghaft mit den Fingern über sein Handgelenk. Machte ich gerade den ersten Schritt? Ich gab mich in solchen Situationen normalerweise cool, aber das brachte mich nie wirklich weiter, also war es vielleicht gut, etwas zu ändern. Entweder hatte er Interesse, mich näher kennenzulernen, oder nicht. Da spielte es vermutlich keine Rolle, wer wen zuerst berührte.

Er sah auf meine Finger hinunter und nahm einen Schluck von seinem Whisky. Ich beobachtete, wie sein Adamsapfel auf und ab hüpfte, als er schluckte, und stellte mir vor, wie ich die Finger von seinem Kinn über seinen Hals gleiten ließ, sein Hemd öffnete und mit der Hand über seine Brust strich. Er stellte das Glas ab und schob die Finger in meine Haare.

»Du bist wunderschön«, sagte er und rückte näher.

»Das ist vermutlich eine schlechte Idee«, sagte ich, ohne es ernst zu meinen. »Ich sollte eigentlich …«

Er küsste mich mitten im Satz. Es war ein sanfter Kuss, der gleich wieder endete.

»Was wolltest du sagen?«, fragte er.

»Egal«, antwortete ich, legte die Hand auf seinen Hinterkopf und zog ihn an mich. Ich hatte noch immer Eis auf der Zunge, und er schmeckte wie ich nach kaltem Whisky. Ich drückte ihn nach hinten, sodass er auf dem Rücken lag, dann setzte ich mich rittlings auf ihn. »Das ist äußerst unprofessionell von mir«, hauchte ich und stöhnte leise, als er die Hände über meine Hüften gleiten ließ und mich nach unten drückte. Seine Fingernägel gruben sich in meinen unteren Rücken. Er war genauso erregt wie ich, das konnte ich jetzt spüren. Ich schob die Hände unter sein Hemd und wollte den Körper darunter so verzweifelt spüren, dass ich es beinahe aufgerissen hätte, wie die Leute in den Filmen es immer taten. Stattdessen fummelte ich an den Knöpfen herum und zog und zerrte ungeduldig daran.

Im nächsten Moment hörte ich, wie sich eine Tür öffnete, und die Dudelsackmusik wurde einen Moment lang lauter, ehe sich die Tür wieder schloss. Ich rollte mich von ihm, griff instinktiv nach meinen Haaren und presste die Lippen aufeinander. Er richtete sich auf und zog das offene Hemd über die nackte Brust.

Jemand kam von hinten auf uns zu, die Kieselsteine knirschten.

»'n Abend«, grüßte eine männliche Stimme mit schottischem Akzent.

»'n Abend!«, rief ich zurück und versuchte, einen schnellen Blick über die Schulter zu werfen, während ich nach meiner Decke tastete und sie um mich schlang.

Wir schwiegen eine Weile, und mein Herzschlag beruhigte sich langsam.

Aidan lächelte. »Ich küsse sonst nie Frauen, die ich kaum kenne.«

»Wirklich nicht? Ich dachte, du wärst der König der Urlaubsflirts?«

»Aber wir sind hier nicht im Urlaub.«

»Stimmt«, räumte ich ein.

»Aber so oder so, ich hatte nie einen.«

Ich warf ihm einen ungläubigen Blick zu. Bei einem Mann mit seinem Aussehen standen die Frauen sicher Schlange. »Obwohl du so viel unterwegs bist?«

Unsere Knie berührten sich, und ich hätte am liebsten aufgehört zu reden und da weitergemacht, wo wir aufgehört hatten.

»Ich bevorzuge es, mich beim Arbeiten nicht von bildschönen Frauen ablenken zu lassen«, antwortete er.

Ich steckte mir die Haare hinter die Ohren und fühlte mich plötzlich unsicher.

»Jetzt habe ich dich in Verlegenheit gebracht, oder?«

Ich zuckte mit den Schultern.

»Aber das bist du nun mal. Du bist wirklich bildschön.«

»Danke.«

»Triffst du dich mit jemandem? Zu Hause in London?«, fragte er.

Ich schüttelte den Kopf. »Zu beschäftigt.«

»Hm«, machte er, als müsse er erst darüber nachdenken, was ich gerade gesagt hatte, um die versteckte Bedeutung dahinter zu entschlüsseln.

Dabei kannte ich die versteckte Bedeutung selbst nicht. Ich meine, ich hätte sie vielleicht entschlüsseln können, wenn ich mich bemüht hätte, aber ich wollte den Moment nicht verderben. Ich hatte ausnahmsweise einmal Spaß, ohne mich vor den Konsequenzen zu fürchten, weil absolut keine Chance bestand, dass das hier irgendwohin führte. Es existierte lediglich hier, in diesem Moment, an einem Strand in Schottland. Wenn ich erst zurück in London war, würde ich mich kaum noch daran erinnern.

»Beziehungen machen mir ehrlich gesagt ein bisschen Angst«, gestand ich leise. »Ich bekomme das Gleichgewicht nie hin. Einerseits musst du genug von dir preisgeben, damit der andere eine Chance hat, dich kennenzulernen, andererseits darf es nicht zu viel sein für den Fall, dass es nicht klappt. Denn wenn es zu viel war, würde man daran zerbrechen, nicht?«

Er sah mich nachdenklich an.

»Ich glaube nicht, dass du zerbrechen würdest.«

Vielleicht nicht, aber ich war nicht bereit, das Risiko einzugehen.

»Was ist mit dir?«, fragte ich.

»Ich treffe mich auch mit niemandem«, antwortete er.

Wobei es eigentlich ein wenig zu spät war, um über solche Dinge zu sprechen. So etwas passierte, wenn man, ohne nachzudenken, irgendwelche Leute küsste. Er hätte genauso gut verheiratet sein können, und dann hätte ich mich schrecklich gefühlt.

Mir war nur allzu bewusst, dass sein Arm meinen berührte. Ich hätte ihn gerne noch einmal geküsst, aber vermutlich war der magische Moment inzwischen vorüber.

»Willst du mit auf mein Zimmer?«, fragte er, und die Worte zerschnitten die Stille.

Auch wenn ich gerne Ja gesagt hätte – *Ja, auf alle Fälle!* –, zwang ich mich, an Tim (ausgerechnet!), Ruthie und den Holiday Shop zu denken.

»Besser nicht«, antwortete ich wenig überzeugend. »Morgen wird ein anstrengender Tag.«

»Klar«, meinte er. »Tut mir leid. Ich hätte nicht fragen sollen.«

»Schon gut. Mach dir keine Gedanken deswegen.«

Ich stand auf, doch er griff nach meiner Hand und zog sanft daran, als wolle er mich wieder auf sich ziehen, und in gewisser Weise wollte ich, dass er es tat. Stattdessen löste ich meine Finger aus seinem Griff.

»Man sieht sich …«

»Eigentlich wollte ich dich fragen, ob ich euch morgen auf der Fahrt mit dem Wasserbus begleiten kann. Würde es dir etwas ausmachen? Es wäre nicht schlecht für meine Story.«

»Zählt ein Tagesausflug über den Loch neuerdings als Sport?«, fragte ich neckend.

Er lächelte. »Warum nicht?«

Das Mondlicht fiel auf seine leicht zerzausten Haare, und er sah einfach umwerfend aus.

Ich winkte ihm zu und ging zurück zum Hotel. Ich verbat mir, mich umzudrehen, denn wenn ich es getan hätte, wäre ich sofort mit auf sein Zimmer gegangen.

# Kapitel zwölf

Der Hauptplatz von San Gimignano, die Piazza della Cisterna, lag noch ruhig und friedlich vor uns, als wir dort eintrafen. Gino hatte uns gewarnt, dass um halb zehn Busladungen von Touristen in die Stadt einfallen und es hier von Menschen wimmeln würde. Im Augenblick hatten wir die Stadt allerdings noch für uns allein. Die kleinen Läden öffneten gerade erst, und die Besitzer trugen Körbe mit Souvenirs – Zitronenseife und Flaschenkorken mit leuchtend bunten Tonabdeckungen – nach draußen. Kleine knatternde Lastwagen holperten über die Pflastersteine und lieferten Waren aus, und ein Bus – der die gesamte schmale Straße einnahm – quälte sich den Hügel hinauf und schlitterte in gefährlicher Schieflage um die Kurve und auf den Platz. Es war, als wären wir in der Zeit zurückgereist.

»Also, wer hat Lust auf ein Eis?«, fragte ich und sah zu dem Schild der Gelateria hoch, die Gino empfohlen hatte.

Von außen wirkte sie unscheinbar, und wie in jeder anderen Gelateria in Italien warteten auch hier hinter einer Glasscheibe kleine Hügel von verlockenden Eiscremesorten auf die Kunden. Nur hing hier eine Fahne, die den Laden als Gewinner der *Gelato-Weltmeisterschaften* 2018 auswies, über der Tür. Das war wirklich eine Leistung, und natürlich mussten wir überprüfen, ob die Auszeichnung gerechtfertigt war.

Während die anderen zögerten und sich fragten, ob es zu

früh für ein Eis war und wie viele Kalorien wohl darin steckten, trat Aidan aus der Tür. Er hatte ganz offensichtlich (wie überall in seinem Leben) nicht lange gefackelt und hielt bereits eine Waffeltüte mit einer riesigen Kugel hellgelber Eiscreme in der Hand. Unsere Blicke trafen sich einen Moment lang, ehe er sich wieder unter Kontrolle hatte und ihm klar wurde, dass er gerade direkt vor der Staatsfeindin Nummer eins stand. Sein Kopf fuhr in Sophias Richtung herum. Er ertrug es offenbar nicht einmal, mich anzusehen, was ich nach wie vor nicht verstand. Immerhin hatte ich ihm nichts getan. *Ich* hatte ihn nicht verlassen.

Ich hatte einmal etwas über Narzissten gelesen – darüber, wie leicht sie sich »verletzt« gaben, wenn man ihr Ego angriff. Aber inwiefern hatte ich das getan? Außerdem hatte Aidan nie narzisstische Züge gezeigt – wobei diese vielleicht so gut versteckt waren, dass ich sie nicht bemerkt hatte. Immerhin war ich in dem Glauben gefangen gewesen, ich hätte gerade die Liebe meines Lebens gefunden, und wir würden zusammen in den Sonnenuntergang reiten. Wie erbärmlich. Als wäre ich eine Frau, die ein Märchen mit Happy End bekommen würde.

»Oh, für welche Geschmacksrichtung haben Sie sich entschieden, Aidan?«, fragte Sophia und ergriff sofort die Gelegenheit, sich an ihn heranzumachen.

Ich fragte mich eine Sekunde lang, ob sie sein Typ war. Ich glaubte eher nicht, aber was wusste ich schon? Alles, was ich über ihn zu wissen geglaubt hatte, war falsch gewesen. Den Menschen, den ich in den wenigen gemeinsamen Wochen kennengelernt hatte, gab es nicht. Denn der Aidan, von dem ich gedacht hatte, ihn zu kennen, hätte mich niemals ohne ein weiteres Wort fallengelassen. Wir hatten so viel von uns mit dem anderen geteilt, immer in dem Versprechen, dass noch mehr kommen würde. Vermutlich war das, was er vor mir verborgen hatte, der Teil gewesen, der sich, was mich betraf, doch nicht so sicher gewesen war, wie es nach außen den Anschein gehabt hatte.

»Die Sorte nennt sich Santa Fina Cream«, antwortete Aidan und kostete. »Oh mein Gott«, rief er sichtlich beeindruckt. »Ihr müsst euch alle so ein Eis kaufen!«

Ich hielt mich absichtlich zurück. Einerseits wollte ich so ein Eis, andererseits gönnte ich ihm nicht die Genugtuung, dass ich mir nur aufgrund seiner Empfehlung ein Hörnchen holte. Als bräuchte ich seine Erlaubnis! Außerdem nervte es unendlich, dass es auf der Piazza mit den terrakottaroten Pflastersteinen so wunderschön war und er alles ruinierte.

»Na, wenn das so ist. Komm, Peter, wir teilen uns eins«, sagte Rosamund begeistert.

Da wir alle Angst davor hatten, was Gino tun würde, wenn wir uns verspäteten, versammelten wir uns um Punkt neun Uhr vierzig vor unserem Minibus. Alle, außer Aidan, der nirgendwo zu sehen war. Ich hatte ihn nach dem Zusammentreffen vor der Gelateria noch zwei Mal gesehen. Einmal war er eine schmale, von gotischen Steinhäusern gesäumte Straße entlangspaziert, in der es jede Menge Torbögen, zierliche Fensterläden und hübsche Pflastersteine im roten Fischgrätmuster zu bewundern gab, und beim zweiten Mal waren Sophia und ich ein Stückchen weiter den Hügel hinaufgewandert als die anderen, um ein paar Fotos zu machen (oder in meinem Fall ein Video zu drehen, um Tim zu besänftigen). Ich schwenkte die Kamera gerade über die Dächer von San Gimignano, die Olivenbäume und die grünen Hügel unter der Stadt, als ich Aidan in der linken unteren Ecke der Linse entdeckte. Er stand etwas unter uns und hob sich als Silhouette vor dem blauen Himmel ab.

»Dann wohnt er also in unserem Hotel?«, hatte Sophia

verschwörerisch gefragt und mit dem Kopf in seine Richtung gedeutet.

»Ich bin mir nicht sicher«, hatte ich erwidert, um es so vage wie möglich zu halten.

Meine einzige Hoffnung war, dass er am nächsten Tag abreisen würde. Arbeitsreisen waren doch üblicherweise kurz und intensiv. Er hatte sicher einen straffen Zeitplan.

Ich legte den Sicherheitsgurt an und hoffte, dass Gino nicht bemerkte, dass einer fehlte. Es war zwar kein netter Wunsch, das war mir klar, aber ich war mir sicher, dass Aidan auch allein zurück nach Florenz finden würde.

»Wo ist unser Mitreisender? Der Journalist?«, meldete sich Rosamund zu Wort, als Gino gerade die Tür des Busses zuschieben wollte.

*Verdammt.*

»Es ist neun Uhr vierzig, und er ist nicht hier, also verpasst er den Bus. Ich darf hier nicht parken. Wenn ich länger stehen bleibe, bekomme ich einen Strafzettel«, erklärte Gino mal wieder ziemlich gestresst.

Gut gemacht, Aidan. Gino würde sicher erneut aufs Gaspedal drücken, um die geschätzten dreißig Sekunden aufzuholen, die wir hier vergeudet hatten.

»Aber wir können ihn doch nicht einfach hierlassen!«, rief Sophia.

Sie stand auf ihn, definitiv.

Gino schnaubte und lief murrend auf und ab, und in diesem Moment meldete sich mein Handy. Nick hatte endlich zurückgeschrieben.

*Es tut mir so leid!! Wir haben uns zu weit vom Hotel entfernt und es nicht rechtzeitig zurückgeschafft. Ich versuche gerade, ein Taxi raus zu euch zu organisieren.*

Ich seufzte und tippte eine schnelle Antwort.

# BEEIL DICH!

Wenigstens gab er sich Mühe, hierherzukommen, aber wenn er immer noch in Florenz war, würde er es kaum rechtzeitig schaffen. Ich würde die Weinproben also mit ziemlicher Sicherheit allein durchstehen müssen. Dabei wusste ich nicht mal, wie viel man in solchen Situationen trank. Einen Schluck? Oder ein ganzes Glas? Ließ man den Wein im Mund kreisen und spuckte ihn danach wieder aus? Wie viele Weine würden wir verkosten? Wäre ich am Ende betrunken? So, wie der Tag bisher verlaufen war, hoffte ich das beinahe, auch wenn ich tagsüber normalerweise lieber nichts trank.

»Nick ist auf dem Weg«, erklärte ich den anderen über die Schulter hinweg.

»Ja, er hat mir vorhin schon geschrieben«, erwiderte Sophia.

Hatte er sich tatsächlich zuerst bei ihr gemeldet und dann erst bei mir?

»Daisy hat ihn in ein trendiges Café auf der anderen Seite von Florenz geschleppt, und dann haben sie es – was für eine Überraschung – nicht mehr rechtzeitig ins Hotel geschafft«, berichtete Sophia einem verwirrt aussehenden Peter.

»Das ist mal wieder typisch«, sagte er.

»Ziemlich«, erwiderte Sophia.

»Aber egal. Er wird bald zu uns stoßen«, beruhigte Rosamund ihren Mann.

Mir fiel wieder einmal auf, wie sehr sie Nick verteidigte. Sie standen sich näher, als ich gedacht hatte. Was es noch seltsamer machte, dass er mich ihr vor diesem Urlaub noch nicht vorgestellt hatte. Ich hatte ein ungutes Gefühl, das vermutlich von meiner Paranoia befeuert wurde, aber es fühlte sich real an. Ich wurde den Gedanken nicht los, dass Nick sich für mich schämte. Dass er bis nach der Verlobung gewartet hatte, damit sie nichts dagegen unternehmen konnten. Wobei Verlobungen natürlich gelöst werden konnten. So etwas passierte andauernd.

Ich verstaute mein Handy in der Tasche. Als ich wieder aufsah, entdeckte ich Aidan, der durch das Stadttor auf uns zugelaufen kam. Na super. Zwei Minuten später, und Gino wäre ohne ihn losgerast.

»Da ist er ja!«, rief Sophia.

Gino fuhr herum, stemmte die Hände in die Hüften und machte sich bereit. Nach einer kurzen (aber auf amüsante Weise strengen) Standpauke stieg Aidan in den Bus.

»Tut mir leid«, sagte er an alle gerichtet, wobei er mich wie üblich ignorierte.

»Wir dachten, Sie hätten uns schon satt.« Sophia setzte ein einfältiges Lächeln auf, beugte sich vor und legte eine Hand auf seine Schulter.

Sophia wirkte einen Moment lang benommen, was mich vermuten ließ, dass er ihr ein umwerfendes Lächeln geschenkt hatte. Ich hatte keine Ahnung, ob ich mich bei dem Gedanken, dass er diesen Effekt nicht nur auf mich, sondern auch auf andere hatte, besser oder schlechter fühlte sollte. Irgendwie hatte ich gedacht, nur wir beide hätten diese heimliche Verbindung. Dass nur ich ihn so umwerfend attraktiv fand. Ich hatte viel darüber nachgedacht, und als wir noch zusammen gewesen waren, hatte es mir die Unsicherheit genommen, ob ich besonders genug war, um seine Aufmerksamkeit an mich zu binden. Was ich letzten Endes eben nicht gewesen war.

Aidan setzte sich und mühte sich erneut mit dem Sicherheitsgurt ab. »Ich muss gestehen, dass ich mir noch ein Eis geholt habe«, erklärte er.

Alle außer mir lachten.

»Welche Geschmacksrichtung war es dieses Mal?«, fragte Rosamund.

»Grand Marnier Cream«, antwortete er über die Schulter hinweg.

»Ohhh, wie köstlich!«, säuselte mir Sophia praktisch ins Ohr.

Er hatte eine Flasche Grand Marnier in seinem Barschrank gehabt. Als wir zusammen gewesen waren, hatte er in einer Zweizimmerwohnung in Putney gewohnt, und ich war etwa acht oder neun Mal bei ihm gewesen. Eines Abends hatten wir uns nach dem Abendessen einen Schuss Grand Marnier im Kaffee gegönnt. Ich erinnerte mich immer noch an den Geschmack und daran, wie ich gelacht und ihm gesagt hatte, dass mir der Alkohol sicher gleich zu Kopf steigen würde. Er hatte entgegnet, das sei doch gar nicht so schlecht. Ich fragte mich, ob er sich ebenfalls daran erinnerte. Ob er sich – unbewusst – für diese Geschmacksrichtung entschieden hatte. Oder ob er den Grand-Marnier-Moment mit allen Frauen in seinem Leben genossen hatte, was sicher nicht wenige gewesen waren. Er war offenbar ein Frauenheld – und ich war so dämlich gewesen, auf seinen Charme hereinzufallen.

Wir fuhren eine Weile in einem glücklicherweise etwas gemäßigteren Tempo durch die ländliche Toskana, bis Gino vor einer riesigen weißen, mit rosafarbener Bougainvillea bewachsenen Villa hielt.

»Okay«, erklärte er, »Das ist unser erstes Weingut. Tenuta Torciano. Hier wird hochwertiger Wein hergestellt und an viele bekannte Restaurants auf der ganzen Welt geliefert. Es gibt jede Menge Personal und riesige Ländereien.«

»Das klingt nach dem richtigen Ort für uns, Rosamund«, meinte Peter hinter mir.

»Sie haben eine Stunde und dreißig Minuten«, verkündete Gino und ließ uns aus dem Bus. »Keine Minute mehr und keine Minute weniger, denn genau so viel ist nötig, um alles zu genießen, okay?«

»Okay«, erwiderte ich und stieg hinter Aidan durch die Tür.

Ich sah in den Himmel hoch und atmete die nach Blumen duftende Luft ein. Vögel zwitscherten, aber abgesehen davon war inmitten der Chianti-Hügel kein weiteres Geräusch zu hören. Keine Autos, keine Hupen. Nur Stille und Felder und eine ältere Frau, die im Weingarten gegenüber Trauben von den Reben pflückte.

»Folgen Sie mir«, befahl Gino und führte uns durch einen hübschen Garten in einen Vorbau aus Glas, dessen Dach mit violettem Blauregen berankt war. Mehrere Tische waren mit Tischtüchern und Gläsern gedeckt. Es sah aus wie auf einer Hochzeit in einem Country-Hotel, bei der Geld keine Rolle spielte.

»Wie nett«, meinte Rosamund und hob die Hand an ihre Haare.

Ich hätte ihr gerne gesagt, dass sie sich keinen Millimeter bewegt hatten, seit wir das Hotel verlassen hatten. Das war bei der Menge an Haarspray ja auch praktisch unmöglich.

Wir wurden unserer Betreuerin Carlotta vorgestellt, deren Namen ich erst nach einiger Zeit verstand, da sie zwar ständig lächelte und sehr freundlich war, aber so schnell und mit einem derart starken Akzent sprach, dass ich kaum begriff, was sie sagte. Ich fragte mich, ob es nur mir so ging.

»Die soll mal langsamer reden«, sagte Peter viel zu laut.

Gut. Dann war ich also nicht die Einzige.

Ich hatte solche Angst, neben Aidan zu landen, dass ich mir bewusst Zeit ließ und zu erraten versuchte, wohin er wollte, bloß um es am Ende zu übertreiben und natürlich erst recht neben ihm zu sitzen. Na toll. Sophia saß ihm gegenüber, und Rosamund nahm neben ihr Platz. Es konnte also kaum schlimmer werden.

Ich warf einen sehnsüchtigen Blick auf die Weinflasche, die Carlotta uns gerade präsentierte, und beobachtete ungeduldig, wie sie sie öffnete und eine ansehnliche Menge in unsere Gläser schenkte.

»Das ist ein Tenuta Torciano Nummer 32. Ein sehr exquisiter Weißwein. Nehmen Sie das Glas zuerst in die linke und dann in die rechte Hand und schwenken Sie es. So wie ich.«

Ich sah zu, wie sie das Glas mühelos von einer Hand in die andere Hand wandern ließ und es dabei fachmännisch schwenkte, sodass die blassgelbe Flüssigkeit sich im Glas drehte wie Wäsche in der Waschmaschine.

»Beeindruckend«, murmelte ich leise.

»Ich bin mir ziemlich sicher, dass ich das nicht hinbekomme«, bemerkte Aidan.

Ich wagte einen kurzen Seitenblick auf ihn. Hatte er mit mir gesprochen? Ihm war wohl klar geworden, dass es den anderen irgendwann seltsam vorkommen würde, wenn wir die ganze Zeit in eisiges Schweigen gehüllt nebeneinandersaßen. Und ich ging davon aus, dass er genauso wenig die Aufmerksamkeit auf das, was zwischen uns war, ziehen wollte wie ich.

Ich versuchte, das Glas zu schwenken, und hatte solche Angst, dass es mir aus der Hand rutschen könnte, dass der Wein am Ende über den Rand schwappte.

»Ups«, sagte ich. »Wie geht es Ihnen dabei, Rosamund?«

Rosamund schwenkte das Glas selbstgefällig wie ein Profi. »Ach, das ist ganz einfach, wenn man es schon so viele Male gemacht hat wie wir. Sehen Sie mir zu. Sie halten den Stiel an dieser Stelle. Nicht das Glas, sonst wärmen Sie den Wein, und er sollte gekühlt getrunken werden.«

Ich folgte ihren Anweisungen und hielt das Glas am Stiel, was sich wackelig und vollkommen falsch anfühlte. Aber es funktionierte, und als ich es noch einmal versuchte, fiel mir das Schwenken bereits leichter.

»Gut«, lobte Rosamund, und ich lebte auf, wie immer, wenn ich es unbeabsichtigt geschafft hatte, jemanden zufriedenzustellen.

»Und jetzt nehmen Sie bitte einen Schluck Wein und behalten ihn für fünf Sekunden im Mund. Aber nicht länger«, befahl Carlotta.

»Sollen wir ihn danach runterschlucken?«, fragte ich und erkannte zu spät, dass das vermutlich eine alberne Frage gewesen war.

Alle außer Carlotta und Aidan lachten.

»Ja, Sie schlucken ihn, und wenn er Ihnen schmeckt, können Sie gerne mehr trinken. Wenn nicht, dann leeren sie den Rest des Glases in den Eimer in der Mitte des Tisches.«

Ich nickte verlegen und beschloss, auf jeden Fall das Glas auszutrinken, egal, was passierte.

Ich nippte an dem Wein und behielt ihn wie angewiesen im Mund, wobei ich beinahe laut losgelacht hätte, als mein Blick auf Aidan fiel. Er hatte angewidert die Nase krausgezogen und die Augen geschlossen, bevor er gequält schluckte. Ich hatte ganz vergessen, dass Aidan Weißwein hasste. Mein Schluck rann hingegen mühelos meine Kehle hinunter.

»Was schmecken Sie? Welchen Geschmack würden Sie dem Wein zuordnen?«, fragte Carlotta und sah uns abwartend an.

»Was würden Sie sagen, Maddie?«, fragte Sophia mit zuckersüßer Stimme und lehnte sich nach vorn.

Ich war mir ziemlich sicher, dass sie mich ins Rampenlicht stellte, weil sie wusste, dass ich keine Ahnung hatte, welche »Note« der Wein haben sollte. War der Geschmack tatsächlich so ausgeprägt, dass man ihn ohne einen Hinweis erschmecken konnte?

»Ähm ...«

Ich nahm noch einen Schluck, um Zeit zu gewinnen. Ich geriet langsam in Panik, als ich sah, wie Aidan etwas auf seine Verkostungskarte kritzelte. *BANANE*. Er wollte mir doch sicher nicht helfen, oder? Zumindest nicht absichtlich. Aber da ich keine eigene Vermutung hatte, war das alles, was mir blieb. Ich wartete einige Momente, damit es nicht aufgesetzt wirkte, und gab mich nachdenklich.

»Banane vielleicht?«, fragte ich, als wäre es mir selbst eingefallen.

»Sehr gut!«, trällerte Carlotta. »Sie haben einen hervorragenden Geschmackssinn.«

Ich beugte mich vor und schenkte Sophia ein Lächeln. Sie wirkte eine Spur weniger selbstgefällig als noch vor sechzig Sekunden.

Ich würde mich später bei Aidan bedanken. Vielleicht.

Carlotta sprang von ihrem Platz hoch und hielt dieses Mal eine Flasche roten Chianti Classico in der Hand. Sie zeigte uns stolz den schwarzen Hahn auf dem Etikett, dessen Bedeutung wir dank Gino mittlerweile alle kannten.

»Darauf freue ich mich schon«, sagte ich zu Rosamund.

»Ich mich auch«, erwiderte sie. »Unser Delikatessenladen zu Hause führt anscheinend einen sehr guten, das hat Peter bereits recherchiert.«

Klar hatte er das.

»Trinken Sie lieber Rotwein oder Weißwein?«, fragte ich.

»Es kommt sehr darauf an, was ich esse«, antwortete sie.

Das verstand ich immer noch nicht. Warum spielte es eine Rolle, was man zu welchem Wein aß? Machte es tatsächlich einen so großen Unterschied?

»Nick ist ein großer Weinliebhaber, wie Sie sicher wissen«, fuhr Rosamund fort. »Sein Lieblingsplatz in unserem Ferienhaus in Frankreich war immer schon der Weinkeller. Erinnerst du dich, Peter? Wir haben uns oft gefragt, wo er abgeblieben war, und fanden ihn schließlich im Keller, wo er Etiketten studierte und Flaschen zählte.«

Auch wenn ich Rosamund nicht die Genugtuung verschaffen würde, es laut auszusprechen – das war mir völlig neu. Ich wusste, dass Nick gerne Wein trank, und wenn wir ausgingen, griff er nach der Weinkarte und traf eine Auswahl für uns (vor allem deshalb, weil es mir im Grunde egal war), aber er hatte nie erwähnt, dass er es liebte, Stunden in einem Weinkeller zu verbringen. Genauso wenig wie die Tatsache, dass seine Familie ein Ferienhaus in Frankreich besaß. Mit Weinkeller! Ich fragte mich, welche Geheimnisse er sonst noch vor mir hatte – wobei mir im nächsten Moment schmerzhaft klar wurde, dass ich gar nicht wusste, ob ich sie erfahren wollte. Unsere Beziehung hatte sich stetig weiterentwickelt, wie es die Gesellschaft erwartete. Wir waren zuerst eine Zeit lang miteinander ausgegangen, bevor wir uns gegenseitig unsere Liebe gestanden hatten und er mich schließlich – meiner Meinung nach ziemlich schnell – gefragt hatte, ob ich zu ihm ziehen wolle. Und nun würden wir heiraten.

Wenn ich dem Teil von mir, der sich nicht sicher war, Beachtung schenkte (was nicht oft vorkam), dann fragte ich mich, ob ich mich wegen dem, was mit Aidan passiert war, so schnell in die Sache mit Nick gestürzt hatte. Ich schob den Gedanken beiseite und rief mir in Erinnerung, dass ich Nick trotz all dieser Dinge liebte und dass das mit Aidan und mir sowieso keine Zukunft gehabt hätte. Offensichtlich nicht. Und so hatte ich einfach weitergemacht.

# Loch Lomond

## Zwei Jahre früher

Ich trommelte alle zusammen, und wir stiegen gerade die Treppe zum Pier hoch, als der Wasserbus mit Aufschrift *Loch Lomond Lake Cruise* anlegte. Tim drängte sich natürlich nach vorn und an Bord, ohne auf die meist älteren Passagiere, die aussteigen wollten, Rücksicht zu nehmen. Sie wollten sich vermutlich in der malerischen Dorf Luss umsehen, in dem sich unser Hotel befand, und ich konnte das verstehen. Ich war schon selbst hier herumgewandert, und es war, als reise man hundert Jahre in die Vergangenheit: hübsche, kitschige Teestuben, bezaubernde kleine Häuschen, die, die sich manche Leute zur Zierde auf den Kaminsims stellen, und Souvenirläden, die karierten Schottenstoff und Fudge verkauften.

»Wir müssen ganz nach vorn, sonst haben wir einen Haufen Köpfe im Bild«, blaffte Tim, der eindeutig erwartete, dass wir ihm folgten.

Zu seinem Unmut ging der Rest von uns in wesentlich entspannterem Tempo an Bord. Ich stellte mich dem Kapitän vor und zeigte ihm die Drehgenehmigung des Tourismusverbandes, die uns erlaubte, auf seinem Schiff zu filmen. Tim hatte offenbar einen derart schlechten ersten Eindruck hinterlassen, dass der Kapitän von unserer Anwesenheit an Bord nicht gerade begeistert war.

»Ich hoffe, ihr plappert mir nicht in meine Ansagen hinein«, sagte er und deutete auf den auffälligen Mikrofonständer in meiner Hand.

»Bestimmt nicht«, erwiderte ich. »Wir werden uns sehr respektvoll verhalten. Sie werden kaum merken, dass wir hier sind.«

Ich wünschte mir nicht zum ersten Mal, dass der Holiday Shop ein ausreichendes Budget hätte, damit wir eine private Tour nur für uns buchen könnten. Meiner Erfahrung nach brachten diese spontanen Filmszenen nie das erhoffte Ergebnis, und der Ton war normalerweise zum Vergessen. Schließlich konnte man von den anderen Passagieren nicht erwarten, jedes Mal die Klappe zu halten, wenn gedreht wurde.

Ich ließ mich gerade neben Lou sinken, als mein Blick auf einen weiteren Passagier fiel, der die Treppe zum Pier hochhetzte und in letzter Sekunde wie ein Protagonist der Eröffnungsszene eines James-Bond-Films an Bord sprang. Okay, das war vielleicht ein bisschen übertrieben, aber es war Aidan, und er sah ... nun, er sah *beeindruckend* aus. Er steuerte direkt auf mich zu und setzte sich auf den Platz gegenüber. Er war etwas außer Atem, aber nicht vergleichbar mit dem katastrophalen Anblick, den ich abgegeben hätte, wenn ich in diesem Tempo die Treppe nach oben gesprintet wäre.

»Das sah anstrengend aus«, sagte ich und musste grinsen. Ich war einfach froh, ihn zu sehen, was mich, wenn ich darüber nachdachte, beunruhigte.

»Ich dachte schon, ich schaff's nicht mehr«, keuchte er. »Dabei habe ich mich so darauf gefreut.«

Lou warf mir einen Blick zu, und weil ich wusste, was sie dachte, vermied ich es, ihr in die Augen zu sehen. Stattdessen checkte ich das Drehbuch und holte einen Stift hervor, um eventuell noch kleinere Änderungen vorzunehmen. Der Kapitän hatte sich gerade zu Wort gemeldet, und vielleicht gab es noch interessante Informationen, die ich einflechten könnte.

»Soll ich die Kamera aufbauen, damit wir die Abfahrt vom Pier filmen können?«, fragte Lou und blickte schief grinsend in ihren Sucher.

Ich wünschte, ich hätte ihr nichts von Aidan und dem Kuss erzählt, aber ich hatte ihre Meinung zu alldem gebraucht. War ich vollkommen verrückt geworden? Würde Tim mich sofort feuern, wenn er davon erfuhr? Lou hatte gesagt, ich solle nicht albern sein, und dass ich auch etwas Spaß im Leben verdient hätte.

»Tim? Sollen wir filmen, wenn wir ablegen?«, fragte ich.

»Ja, und wir filmen mindestens eine Anmoderation und dann eine Abmoderation, wenn wir unseren ersten Halt anlaufen. Ich will auf keinen Fall zu viele Hintergrundgeräusche, wobei ich mich frage, wie das bei all den Leuten hier funktionieren soll.« Er verdrehte die Augen.

Das Boot fuhr ab, und Lou filmte, wie der miesepetrig schauenden Ruthie am Bug des Schiffes der Wind in die Haare und Kleider fuhr. Wir konnten die Einstellung mit schottischer Musik hinterlegen und sie als Teaser für die Show verwenden.

»Versuch es doch bitte mal mit einem Lächeln, Ruthie«, rief ich und versuchte, die Motoren des Schiffes zu übertönen, das bereits durchs Wasser pflügte.

Aidan lehnte sich zu mir und sagte mit leiser, sanfter Stimme: »Die Ausfahrt scheint ihr nicht gerade Spaß zu machen.«

»Ist das so offensichtlich?«, flüsterte ich zurück.

Der Kapitän meldete sich erneut zu Wort, und es war unmöglich, noch etwas aufzunehmen, weshalb ich mich wieder niederließ, um die Fahrt zu genießen. Es war herrlich hier draußen, und wenn ich die Augen leicht zusammenkniff und es mir an einem etwas klareren Tag mit blauem Himmel vorstellte, erinnerte es mich wieder an Vietnam. Die Landschaft war genauso felsig, und auch die Bergspitzen am Horizont ähnelten einander.

»Heute sieht man den Ben Lomond klar und deutlich«, sagte Aidan und deutete auf den hohen Berg, der vor uns aufragte.

Ich nickte dankbar und gab die Information an Lou weiter.

»Lou, film doch bitte den Ben Lomond, wenn es irgendwie geht. Das ist der Berg da«, sagte ich und zeigte in die Richtung.

Als das Schiff vor Wallaby Island angehalten hatte und die Motoren aus waren, konnten wir einige Stellen des Textes aufnehmen, den ich letzte Nacht mühsam zusammengeschrieben hatte – was in Wahrheit nicht stimmte, denn eigentlich hatte ich einfach irgendetwas hingekritzelt. Ich war mit den Gedanken ganz woanders gewesen, und war überrascht, dass ich überhaupt etwas Zusammenhängendes zustande gebracht hatte.

»Und *Action*!«, rief Tim lächerlich laut, obwohl Ruthie nur einen halben Meter von ihm entfernt stand.

»Wir befinden uns hier vor der Insel Inchconnachan, auf der dank der Countess of Arran Schottlands einzige Wallaby-Kolonie beheimatet ist. Derzeit leben zwischen fünfzig und sechzig Tiere auf der Insel!«, trällerte Ruthie, die dankenswerterweise in den Profimodus gewechselt war.

Es war beeindruckend, wie sie das immer schaffte. Sehr überzeugend. So sehr, dass meine Stiefmutter ein riesiger Fan von ihr war. *Sie ist so nett und bodenständig! Sie freut sich richtig, wenn sie sich die Hände schmutzig machen und selbst mit anpacken kann!* Ich hatte schon mehrfach versucht, Sharon zu erklären, dass es sich dabei um Ruthies Bildschirmpersönlichkeit handelte und sie im echten Leben schnippisch, abweisend und so schwierig war, dass niemand sie leiden konnte, aber Sharon wollte nichts davon hören, und mittlerweile hatte ich es aufgegeben. Sollte sie doch glauben, was sie wollte. Wer war ich, dass ich die Illusion einfach so zerstörte?

»Gehen wir gleich zum nächsten Intro über. Und ... Action!«, brüllte Tim.

»Ich bin Ruthie Withenshaw und heiße Sie zum zweiten Teil unseres Schottland-Specials herzlich willkommen. Dieses Mal widmen wir uns ganz dem Loch Lomond. Entdecken Sie mit mir diese mystische Region um den größten See Schottlands mit seinen zweiundzwanzig Inseln und siebenundzwanzig Inselchen. Genießen Sie Einblicke in die faszinierende Tierwelt, von den Fischadlern bis zu den Wallabys, und staunen sie über die vielfältigen Freizeitmöglichkeiten – von entspannenden Bootsausflügen zu den einzelnen Inseln bis hin zu Stand-up-Paddling und Kajakfahren. Der Loch Lomond bietet für jeden etwas!«

»Wenn sie will, ist sie echt gut«, flüsterte Aidan.

»Sie hat eben den Dreh raus«, erwiderte ich.

Es war schön, Aidan bei mir zu haben. Er war witzig und aufmerksam, und es schien, als würde er die Welt des Fernsehens auf dieselbe Art sehen wie ich – irgendwie amüsant, witzig und vor Selbstgefälligkeit triefend (Tim war das Paradebeispiel dafür). Außerdem gehörte er offenbar nicht zu den Typen, die sich Reisesendungen nur ansahen, wenn sie von Größen wie Michael Portillo moderiert wurden.

»Wie geht es mit deinem Artikel voran?«, fragte ich.

»Nicht gut.« Er sah mich an. »Aus irgendeinem Grund kann ich mich nicht auf die Arbeit konzentrieren. Jedes Mal, wenn ich mich vor den Laptop setze, schweifen meine Gedanken ab.«

Mein Herz schlug schneller. Wolle er etwa andeuten, dass *ich* seiner Konzentration im Weg stand? Ich bemühte mich um ein ausdrucksloses Gesicht, damit er nicht merkte, dass mein Körper von der Brust aufwärts in Flammen stand.

»Was beschäftigt dich denn?«, fragte ich und erinnerte mich, wie gut es sich angefühlt hatte, ihn zu küssen.

Dachte er genauso oft daran wie ich?

»Du, wenn ich ehrlich bin«, antwortete Aidan lächelnd. »Es ist verrückt, aber ich bekomme den gestrigen Abend nicht aus dem Kopf. Du und ich am Strand …«

»Die leise Dudelsackmusik …«, fuhr ich fort.

»Die Wellen, die ans Ufer schwappten …«, fügte er hinzu.

Ich lachte. »Ziemlich romantisch, wenn man es so betrachtet.«

»Würde ich auch sagen.«

»Ich stehe normalerweise nicht so auf Romantik«, gestand ich.

»Warum nicht?«

»Ich habe meine Gefühle gerne unter Kontrolle.«

»Verstehe«, sagte er stirnrunzelnd.

Ich senkte den Blick auf das Drehbuch und strich einen Punkt durch, um etwas zu tun zu haben. Ich hatte zu viel preisgegeben.

»Wäre es ein zu großer Kontrollverlust, wenn du nachher mit mir einen Drink nimmst?«, fragte er.

»Ähm …«

Das wäre es tatsächlich, und mir fielen bereits mehrere Gründe ein, warum ich ablehnen sollte. Irgendeine Entschuldigung würde mir sicher einfallen.

»Ich fahre morgen weiter nach Cornwall, weißt du. Gleich nach dem Mittagessen.«

»Oh, ach so«, murmelte ich enttäuscht. Was mich ziemlich nervte.

Genau deshalb hielt ich Männer lieber auf Abstand. Ich

hatte schon immer zu viel Angst, mehr in Männer zu investieren, die mir wirklich etwas bedeuteten, anstatt bei Kerlen hängen zu bleiben, bei denen entweder von Anfang an klar war, dass sie Frauenhelden waren, oder an Männern, die eine sichere Bank waren. Bei diesen Typen waren die Chancen gering, dass sie mich aus einer Laune heraus verließen. Natürlich klappte es nicht immer, und ich war trotzdem ein paar Mal sitzengelassen worden, aber niemand hatte es geschafft, mir das Herz zu brechen.

Mir war sofort klar, dass es mit Aidan anders sein würde. Wenn es zwischen uns mehr werden und dann plötzlich enden sollte, würde mein Herz in tausend Scherben zerspringen. Mein Kopf sagte mir, dass es das Risiko nicht wert wäre, weil ich vermutlich verletzt werden würde, und ich hörte im Prinzip immer auf meinen Kopf … doch in diesem Moment übernahm plötzlich ein anderer Teil von mir das Kommando. Denn das Leben, in dem ich mich eingerichtet hatte, war zwar nett und hatte keine wirklichen Höhen und (dankenswerterweise, wie ich annahm) auch keine Tiefen, aber der Kuss mit Aidan am Strand war ein wahrer Gefühlsrausch gewesen, und ich wollte plötzlich mehr davon.

»Wir könnten meine Minibar plündern, wenn du möchtest«, schlug ich mutig vor und warf einen schnellen Blick auf Lou, die mit ihrem Objektivdeckel hantierte und erfolgreich so tat, als würde sie nicht lauschen.

Aidan nickte. »Dann klopfe ich später bei dir an, ja? Sagen wir zwischen acht und halb neun?«

»Okay«, erwiderte ich und biss mir bei der Vorstellung, dass er an meine Tür klopfte, vor Vorfreude auf die Unterlippe. Er war wirklich toll. Seine Augen hatten dieselbe Farbe wie das Wasser des Sees, ein grünliches Braun, tief und geheimnisvoll. Die Haare waren zu kurz, um vom Wind zerzaust zu werden, und deshalb klebten sie – im Gegensatz zu uns anderen – nie in seinem Gesicht. Ich hatte heute absichtlich auf meinen Anorak verzichtet, was vielleicht mit der Hoffnung zu tun gehabt hatte, Aidan zu treffen, aber jetzt fror ich in meinen Jeans und dem übergroßen Rollkragenpullover (auch wenn ich darunter mehrere Schichten trug).

»Welche Zimmernummer hast du?«, fragte er.

Ich räusperte mich und überlegte, ob das gerade die dümmste Idee der Welt war. Jetzt würde ich den ganzen Tag nur noch daran denken, was später vielleicht passieren würde, anstatt mich auf die Arbeit zu konzentrieren. Und was, wenn ich den Abend geschminkt und in einem legeren, aber dennoch attraktiven Outfit in meinem Zimmer auf und ab rennen würde, bloß um enttäuscht ins Bett zu sinken, wenn er nicht an meine Tür klopfte? Denn Männer – und eigentlich auch alle anderen Menschen – waren nun mal schrecklich unzuverlässig, oder? Wenn mein eigener Dad es fertigbrachte, meinen Besuch derart kurzfristig abzusagen, war ein Mann, den ich seit nicht einmal einem Tag kannte, sicher auch dazu fähig.

»Siebenundzwanzig«, sagte ich.

»Siebenundzwanzig«, wiederholte er.

»Merkst du dir das?«, fragte ich und überlegte, ihm einen Stift und eine Ecke des Drehbuchs zu leihen.

»Ich glaub schon«, antwortete er grinsend.

Kurz nach halb neun klopfte es an meiner Zimmertür. Hoffentlich war es Aidan und nicht Tim, der wollte, dass ich das Drehbuch für morgen schrieb. Bei meinem Glück wäre es Tim, und natürlich befürchtete ich schon, dass Aidan es sich anders überlegt hätte und nicht kommen würde. Ich wusste, dass mich das vollkommen fertiggemacht hätte. Ich trug einen kurzen Jeansrock, ein Top mit Spaghettiträgern und eine grob gestrickte Wolljacke, die ich besonders mochte, weil sie mir – wenn ich den Körper ein bisschen bog – verführerisch über die Schulter rutschte. Wenn er nicht käme, war alles umsonst gewesen.

Ich öffnete lässig die Tür, als spiele es keine Rolle, wer davor stand. Zu meiner großen Erleichterung war es Aidan, der in Jeans und mit einem gestreiften, am Kragen offenstehenden Hemd atemberaubend aussah. Ich achtete nicht weiter darauf, welche Schuhe er anhatte.

»Komm rein.« Ich trat zur Seite und sah mich eilig im Zimmer um, wie ich es in den letzten Minuten mehrmals getan hatte. Ich hatte für eine möglichst einladende Stimmung gesorgt – mein Buch lag auf dem Nachttisch, die Ohrenstöpsel und die Schlafmaske hatte ich verstaut, der Laptop stand auf dem Tisch, und in dem Hotelfernseher lief gerade ein Hip-Hop-Song auf MTV, der mir einen cooleren Musikgeschmack attestierte, als ich tatsächlich besaß.

Aidan kam herein und schloss die Tür hinter sich.

»Ich hoffe, ich störe nicht«, sagte er und nickte mit dem Kopf zu dem Laptop, auf dem das aktuelle Drehbuch geöffnet war. Wir würden am nächsten Tag in dem Dorf Luss filmen, was laut Tim vor allem unseren amerikanischen Zuschauern gefallen würde (meiner Meinung nach hatten wir zwar kaum welche in den USA, aber ich hatte mir gar nicht erst die Mühe gemacht, ihn darauf hinzuweisen).

»Ich würde sagen, ich bin fertig für heute«, antwortete ich. »Was zu trinken?«

Er nickte. »Klar.«

Ich öffnete die Minibar und ging davor in die Hocke. »Was möchtest du? Bier? Wein?«

»Ich nehme ein Bier.«

Ich holte eine Dose Bier und eine mit Gin Tonic aus dem

Kühlschrank. Ich spürte, wie er mich beobachtete, was meine Bewegungen fahrig und unnatürlich machte. Ich musste mich entspannen, und der Drink würde hoffentlich helfen.

»Wie ich sehe, hattest du Glück bei der Zimmerzuweisung«, sagte er. »Mit Blick auf den See.«

Ich nickte, gab ihm das Bier und öffnete meine Dose. Ich brauchte ein Glas. Es würde seltsam aussehen, wenn ich einen Gin Tonic direkt aus der Dose trank, oder?

»Warte mal kurz.« Ich huschte ins Badezimmer, um ein Zahnputzglas zu holen.

Ich erhaschte einen Blick auf mein Spiegelbild, als ich danach griff, und hielt einen Moment inne, um meinen Pferdeschwanz fester zu ziehen und die gekräuselten Haare am Ansatz niederzudrücken, die mich regelmäßig in den Wahnsinn trieben.

Als ich zurückkam, stand Aidan am Fußende des Bettes. Ich stellte mein Glas ab, goss den Gin Tonic hinein und nahm einen riesigen Schluck. Ich ließ mir Zeit, weil ich irgendwie Angst hatte, mich umzudrehen, und stellte das Glas langsam wieder ab. Ich spürte, wie er hinter mich trat. Er legte die Hände von hinten auf meinen Bauch und zog mich an sich. Es fühlte sich verrucht und gleichzeitig wunderschön an.

»Daran denke ich schon den ganzen Tag«, sagte er leise und küsste meine nackte Schulter.

Ich streckte die Hand nach hinten, und meine Finger verschwanden in seinen samtig weichen Haaren. Er küsste meinen Nacken, den Hals und den Punkt, an dem ich es am liebsten hatte, nämlich direkt hinter meinem Ohr. Ich stöhnte und drehte das Gesicht zu ihm um. Er schlang die Arme um mich und küsste mich so leidenschaftlich auf den Mund, dass ich kaum Luft bekam. Seine Zähne schrammten über meine Unterlippe, seine Zunge füllte meinen Mund. Meine Jacke glitt von meinen Schultern zu Boden, dann schob er in einer einzigen fließenden Bewegung seine Hände unter mein Top und zog es über meine Brüste nach oben. Seine Handflächen strichen über meinen BH, als er es schließlich über meinen Kopf hob. In der Zwischenzeit öffnete ich den Knopf seiner Jeans, zog den Reißverschluss nach unten und zog sie über seine Hüften herunter. Ich streichelte die Innenseite seines Oberschenkels und ließ die Finger immer weiter und weiter nach oben gleiten. Alles schien unheimlich dringend: sein stoßweiser Atem, mein leises Flüstern an seinem Ohr.

»Das fühlt sich so gut an.«

Seine Hände schoben sich unter meinen Rock, sein warmer Daumen bewegte sich beharrlich.

»Ich will dich so sehr«, sagte er und drückte mich gegen den Tisch.

»Wirklich?«, fragte ich, zog an seiner Jeans und zwang ihn, sie abzustreifen, während ich dasselbe mit meiner Unterwäsche tat.

Wir bewegten uns in Richtung Bett. Ich legte mich auf den Rücken, eingekuschelt zwischen der Schottendecke und der weichsten Bettdecke der Welt, während aus dem Restaurant unter uns leises Geplauder und Musik nach oben drang. Er ließ sich auf mich sinken.

»Und? Hast du die Kontrolle verloren?«, fragte er.

»Auf jeden Fall«, antwortete ich lachend.

Ich schloss die Augen und erlaubte mir, jede einzelne Gefühlsregung zu spüren, als er die Hände auf meine Knie legte und sie sanft auseinanderdrückte.

Danach lagen wir stundenlang ausgestreckt nebeneinander im Bett, hielten Händchen und redeten. Es fühlte sich an wie der Beginn einer Reise.

## Kapitel dreizehn

Als wir auf dem Parkplatz des Weinguts Maurizio Brogioni hielten, wo die zweite und letzte Weinverkostung unserer Tour stattfinden sollte, hatte ich die Hoffnung aufgegeben, dass Nick doch noch zu uns stoßen würde. Die sieben Gläser Wein bei unserem ersten Halt (die zugegebenermaßen ziemlich klein gewesen waren, aber trotzdem!) hatten mein Selbstbewusstsein gestärkt – vielleicht brauchte ich ihn gar nicht so dringend, wie ich gedacht hatte. Ich hatte mich nicht vollends zur Idiotin gemacht (was zum Teil auch Aidan zu verdanken war), hatte sogar ab und zu etwas Small Talk mit Rosamund zustande gebracht und mich in den Gesprächen behauptet. Ich war beschwipst genug, um mir keine Gedanken darüber zu machen, dass wir inzwischen bereits über die Small-Talk-Ebene hinaus sein sollten – ich würde ja schon bald ihre Schwiegertochter sein. Eine Rolle, mit der Sophia so verwachsen war, dass es sehr schwierig sein würde, meinen Platz zu finden. Vielleicht brauchte es aber auch einfach seine Zeit, mehr nicht.

Als wir aus dem Minibus stiegen, kam ein hübscher braun-weißer Spaniel mit unglaublich großen braunen Augen auf uns zugerannt. Er hing an einer Leine, die jedoch so lang war, dass sie ihn nicht daran hinderte, herumzutollen und alles zu erkunden. Ich begrüßte ihn erfreut und ließ zu, dass er an mir hochsprang und die Pfoten auf meine Oberschenkel legte.

»Hallo! Hallo, du. Du bist aber niedlich.«

Sobald er genug von mir hatte, wollte er Rosamund begrüßen, die jedoch sofort zurückwich, als er sich aufgeregt vor ihr auf die Hinterbeine stellte.

»Oh nein! Nein! Nein!«, kreischte sie und verscheuchte den armen Hund.

»Dann sind Sie also kein Hundemensch, Rosamund?«, fragte ich amüsiert.

Wie konnte man dieses bezaubernde Tier nicht streicheln wollen?

Sie wischte sich ein paar unsichtbare Hundehaare von der Jeans, die der Spaniel nicht einmal berührt hatte.

»Katzen sind mir lieber«, erklärte sie geringschätzig. »Hunde sind solche ...«

»Schlabbermäuler?«, schlug ich vor.

»Ganz genau«, empörte sie sich. »Und sie stinken. Außerdem ertrage ich dieses ständige Herumspringen nicht.«

Ich ging in die Hocke, um dem Hund noch ein wenig mehr Aufmerksamkeit zu schenken. Er sabberte tatsächlich, aber er stank auf keinen Fall.

»Kommen Sie, meine Damen!«, drängte Gino und marschierte auf das hübsche Haus zu. »Lassen Sie uns noch ein paar Gläschen Wein probieren.«

Wir lernten Maurizio, einen rotwangigen Italiener mit einer freundlichen Ausstrahlung kennen. Ich verstand zwar nicht wirklich, was es damit auf sich hatte, und hatte keine Ahnung, ob es sie tatsächlich gab, aber ich merkte sofort, wenn jemand über eine gute Aura verfügte.

Ich warf einen Blick auf Aidan, der Maurizios Hand schüttelte und sich in gebrochenem Italienisch mit ihm unterhielt. Wenigstens versuchte er es. Er hatte ebenfalls eine gute Aura. Zumindest hatte ich das gedacht, als wir uns in Schottland kennengelernt hatten. Mein Blick wanderte weiter zu Rosamund. Ihre Aura war weniger gut.

Maurizio führte uns gerade durch seinen wunderschönen hügeligen Weingarten und erklärte, wie viel von dem umliegenden Land ihm gehörte und warum er sich für diesen speziellen Ort entschieden hatte (offenbar verlieh der nahe gelegene Wald dem Wein einen besonderen Geschmack), als Nick und Daisy ankamen. Natürlich ging das mal wieder alles andere als leise vonstatten, und Nick schenkte Maurizio und Gino keinerlei Beachtung, sondern stürzte sich sofort in eine überschwängliche Begrüßung mit jeder Menge Luftküssen und dröhnender Stimme, die immer lauter wurde, je mehr Zeit er mit seiner Familie verbrachte. Maurizio sah den lärmenden Neuankömmlingen verwirrt zu, und ich verbat mir jeden Gedanken daran, was sich Aidan wohl dachte. Auf diesen Pfad würde ich mich nicht begeben.

»Tut mir leid, Leute«, säuselte Nick.

»Besser spät als nie«, meinte Rosamund und wackelte mahnend mit dem Zeigefinger, als wäre er ein ungezogener Junge.

»Hey«, begrüßte ich Daisy, die missmutig neben mich trat.

»Hey«, stieß sie als Antwort hervor, als würde es ihr sämtliche Kraft abverlangen.

»Wie war es bis jetzt, Darling?«, fragte Nick, der – nachdem er alle anderen begrüßt hatte – nun endlich auch zu mir kam.

»Ich hatte bereits mehrere Gläser Wein und etwa einen Viertelliter Olivenöl, es ist also alles gut«, antwortete ich.

Es hatte keinen Sinn, ihn zur Rede zu stellen, zumindest gönnte ich Sophia und Rosamund nicht die Genugtuung, es vor ihnen zu tun. Sie hätten es sicher genossen, wenn wir zu streiten begonnen hätten, und es hätte sie in ihrem ersten Eindruck bestärkt, dass ich *auf keinen Fall* die Richtige für Nick war.

»Dann bist du also nicht wütend auf mich?«, fragte Nick und wand sich, als würde ich jeden Moment eine Schimpftirade auf ihn loslassen.

Ich zuckte mit den Schultern. Ich war nicht wirklich wütend. Ich hatte mich einfach mit der Tatsache abgefunden, dass Daisy bei ihm immer an erster Stelle stehen würde. So war das, wenn man Kinder hatte, und genauso sollte es sein. Ihr Glück war wichtiger als alles andere (etwas, das meinen Eltern offenbar niemand erklärt hatte). Was allerdings nicht bedeutete, dass man ihnen nicht ab und zu einen Wunsch abschlagen konnte.

Ich wandte mich wieder zu Maurizio um, der gerade begeistert von den verschiedenen Traubensorten berichtete, die er anbaute. Nick schien nicht zu kapieren, dass es Leute gab, die tatsächlich hören wollten, was Maurizio zu sagen hatte, anstatt die Details seiner »furchtbaren Odyssee« zu erfahren.

»Es ist nicht zu glauben, wir hatten tatsächlich ...«

»Schhh«, zischte ich. »Ich möchte mir das anhören.«

Nick war nicht er selbst, und das bereitete mir Sorgen. Hatte seine Familie tatsächlich einen derart starken Einfluss auf ihn, dass sie eine Seite zutage förderte, die ich nicht gerade anziehend fand? Er kam als polternder Finanzhai rüber – und damit als die Art von Mann, die Aidan zutiefst verabscheute und auf die er niemals eifersüchtig sein würde.

Ich massierte mir die Nasenwurzel. Mein Gott, was sollten diese Gedanken? Es spielte keine Rolle, was Aidan dachte.

Ich versuchte, mich auf Maurizio und sein warmes, freundliches Gesicht zu konzentrieren, das eine angenehme Ruhe ausstrahlte.

»Ich baue hier vier verschiedene Sorten an«, erklärte er gerade, und seine Augen leuchteten stolz. »Sauvignon aus

Frankreich, Sangiovese – eine blaue Traube aus Italien, Syrah aus dem Tal der Rhone und Merlot aus Frankreich.«

»Kann man die Trauben essen?«, fragte Aidan, der genauso interessiert wirkte wie ich. »Schmecken sie gut?«

»Man kann sie essen«, erwiderte Maurizio. »Zumindest einige. Aber sie schmecken ganz anders als die Trauben, die Sie beispielsweise im Supermarkt finden.«

Ich warf Nick über die Schulter hinweg einen Blick zu. Er flüsterte gerade in Sophias Ohr, was ich einigermaßen unhöflich fand. Daisy war genauso desinteressiert und machte Selfies vor dem Hintergrund der Felder und Bäume. Wenigstens wusste sie die schöne Landschaft zu schätzen.

»Kommen Sie, ich zeige Ihnen, wo der Wein hergestellt wird«, fuhr Maurizio fort und führte uns einen Pfad hoch zum Gebäude der Kellerei.

Nachdem wir die beeindruckende Sammlung riesiger Fässer bestaunt hatten, von denen jedes genügend Wein für vier- bis sechstausend Flaschen fasste, brachte uns Maurizio zu einem langen Holztisch unter einer Pergola, von wo aus man einen herrlichen Rundblick über die Weinberge genießen konnte, die sich bis zum Horizont erstreckten. Ich war dankbar für den Schatten, den das Dach über uns spendete, und die Temperatur war genau richtig – warm, aber nicht drückend heiß. Ich saß zwischen Nick und Daisy, während Aidan Nick gegenüber Platz nahm, was mich vielleicht hätte beunruhigen sollen. Nick machte eine riesige Show daraus, sich vorzustellen, und mir wurde klar, dass ich ihm irgendwann von Aidan erzählen musste, aber bisher war nie der richtige Zeitpunkt gewesen, und auch jetzt wollte ich Nick nicht in eine ungute Lage bringen. Es war sicher nicht angenehm, plötzlich dem Expartner seiner Verlobten gegenüberzusitzen. Wobei Aidan nie mein »Partner« gewesen war. Wir waren miteinander ausgegangen, mehr nicht, und dass ich mich mit jedem Tag mehr und mehr in ihn verliebt hatte, bedeutete nicht automatisch, dass er dasselbe empfunden hatte. Denn ganz offensichtlich hatte er das nicht.

»Hallo, mein Freund, ich bin Nick«, sagte mein Verlobter und schüttelte energisch Aidans Hand.

»Aidan. Schön, dass Sie es am Ende doch noch geschafft haben«, erwiderte der mit einem Lächeln.

»Ha! Aber das werde ich jetzt mehr als wettmachen«, erwiderte Nick.

Er griff nach einem Glas Wein, das Maurizio gerade eingeschenkt hatte, und stürzte es in einem Zug hinunter. Der gutmütige Maurizio lachte nur.

»Wollen Sie noch mehr?«, bot er großzügig an.

»Oh ja«, antwortete Nick.

Ich nippte an meinem Glas. Die Auswirkungen der letzten Verkostung ließen langsam nach, weshalb ich sicher noch ein wenig mehr vertrug. Außerdem klangen Maurizios Weine köstlich.

»Mmmh«, machte ich und genoss den vollmundigen Rotwein, »Ist das der Syrah?«

»Ganz genau«, erwiderte Maurizio lächelnd.

»Wie ich sehe, färben wir langsam auf Sie ab, Maddie«, bemerkte Rosamund. »Wenn das so weitergeht, sind Sie bald eine Weinexpertin.«

Aidan sah mich amüsiert an, und unsere Blicke trafen sich. Zumindest konnten wir einander mittlerweile einen Moment lang in die Augen sehen. Vielleicht war am Ende sogar ein echtes Gespräch darüber möglich, was zwischen uns passiert war. Falls ich das überhaupt wollte. Ganz zu schweigen davon, dass es in Gegenwart von Nick und seiner Familie wohl schwer werden würde, Raum dafür zu finden. Immerhin wollte ich einen guten Eindruck machen, und mich hinter ihrem Rücken mit einem fremden Mann zu treffen, würde mir sicher keine Pluspunkte einbringen.

»Also, woher kennen Sie sich alle?«, fragte Aidan. »Sind Sie eine Familie?«

Nick nickte und wischte sich mit dem Handrücken den Wein von den Lippen.

»Maddie ist meine Verlobte«, erklärte er und tätschelte mein Knie.

»Ihre Verlobte?« Aidan zog eine Augenbraue hoch.

Ich brachte es nicht über mich, ihn lange genug anzusehen, um herauszufinden, ob es ihn berührte. Stattdessen sah ich mit einem dümmlichen Lächeln zu Nick hoch und versuchte verzweifelt, glücklich auszusehen, obwohl unsere Verlobung gerade zum Thema der peinlichsten Unterhaltung geworden war, die ich mir vorstellen konnte.

»Gratulation«, sagte Aidan leise.

Dieses Mal sah ich ihn an, und unsere Blicke trafen sich.

»Das hier sind Rosamund, meine Mutter, und Peter, mein Vater«, fuhr Nick fort, der von der veränderten Stimmung am Tisch nichts mitbekam. Offenbar hatte nur ich das Gefühl, ich hätte einen Stein im Magen. Mir war mit einem Mal so heiß, dass ich mir hektisch mit der Weinkarte Luft zufächelte.

»Und das hier sind meine Tochter, Daisy, und meine ... ähm ... Daisys Mutter, Sophia.«

Aidan wirkte verwirrt. »Sie reisen mit Ihrer Ex *und* Ihrer Verlobten?«

Er hielt nichts von Zurückhaltung ... außer, wenn es wirklich darauf ankam.

Rosamund und Sophia lachten schallend, als wäre es das Lustigste auf der Welt. Außer, dass ich es ganz und gar nicht lustig fand und es schrecklich unsensibel von den beiden war, es derart herunterzuspielen. Ich hatte es satt, dass Leute meine Gefühle nicht ernst nahmen, als wäre ich ein Dummerchen mit einer albernen Sicht auf die Dinge. Das taten viele in meinem Umfeld, und ich hatte es genauso satt, dass ich es mir jedes Mal gefallen ließ. Es war okay, sich von den Handlungen anderer verletzt zu fühlen, und es war okay, sie darauf anzusprechen – nicht okay war, dass selten jemand die Verantwortung übernahm. Nicht dass Aidans Meinung Gewicht hatte, aber es war tröstlich zu wissen, dass die Situation nicht nur mir seltsam vorkam.

»Nun, wir kommen eben alle überraschend gut miteinander aus, stimmt's?«, sagte Nick gönnerhaft.

»Auf jeden Fall«, erwiderte Sophia eilig. »Wir sind wie eine große Familie.«

»Also, um ehrlich zu sein wusste ich nicht, dass Sophia auch dabei sein würde«, sagte ich.

Ich hatte es ausgesprochen, ohne mir Gedanken zu machen, wie ich es weniger scharf formulieren – oder besser gesagt hinunterschlucken konnte.

Alle sahen mich entsetzt an. Nick wand sich verlegen.

»Ich bin mir sicher, dass ich dir davon erzählt habe«, erklärte er und versuchte, es mit einem Lachen abzutun.

»Nein, hast du nicht«, erwiderte ich. »Aber egal, jetzt sind wir nun mal alle hier.«

Nick schien sprachlos. Er war es nicht gewohnt, dass ich für mich selbst eintrat, vor allem nicht auf dieser Reise – bis jetzt war es, als hätte ich meine Stimme verloren. Ich wirkte ruhig, schüchtern und nicht gerade energiegeladen – allesamt Verhaltensweisen, in die ich nur allzu leicht zurückfiel. Ich lief unbemerkt nebenher, wie ich es bei meinen Eltern getan hatte, nachdem sie sich getrennt und meine ganze Welt ins Chaos gestürzt hatten. Ich hatte schon früh beschlossen, dass es das

Beste war, keine Aufmerksamkeit auf mich zu ziehen, wenn ich mit meiner Mum oder meinem Dad, ihren neuen Partnern und meinen Halbgeschwistern zusammen war. Ich hatte versucht, nicht aufzufallen, immer nett und unkompliziert zu sein und kein Aufhebens um irgendetwas zu machen für den Fall, dass sie irgendwann beschlossen, mich nicht mehr in ihrer Nähe haben zu wollen, weil sie jetzt eine neue, bessere Familie hatten, die sie lieben konnten. Ich hatte meine Persönlichkeit unter einem Schleier verborgen und war mit dem Hintergrund verschmolzen, während ich alles getan hatte, was die anderen wollten. Am Ende war es zu meiner zweiten Natur geworden.

Ein gutes Beispiel war meine Arbeit: Ich war gut darin, wurde aber dennoch ständig bei Beförderungen übergangen und von Tim nach wie vor wie eine Praktikantin behandelt. Ich dachte kurz an die Recherchen, die ich betrieben hatte, um die Möglichkeit eines eigenen Reiseportals auszuloten. Ich wollte eine Website erstellen, auf der ich Hotelkritiken, Videos von bereisten Orten und empfehlenswerte Hotels einstellen würde, aber dazu musste ich Sponsoren gewinnen und Partnerschaften mit Hotelketten und YouTube-Kanälen eingehen. Ich nahm zwar an, dass ich die notwendigen Fähigkeiten besaß, um es durchzuziehen, aber um wirklich Erfolg zu haben, musste ich den Holiday Shop verlassen, was mir natürlich Angst machte, obwohl ich bereits sechs Monatslöhne gespart hatte. Vermutlich musste ich auch darüber irgendwann mit Nick reden. Mein Gehalt hatte zwar keinen wirklichen Einfluss auf unser Budget, da er mehr als genug verdiente, aber der Wunsch, meinen Job zu kündigen, war etwas, worüber mein zukünftiger Ehemann Bescheid wissen sollte.

Während ich meinen Gedanken nachhing, erzählte uns Maurizio weiter mit leidenschaftlicher Stimme von seinem Wein. »Der Syrah muss ein Jahr lang im Fass fermentieren, damit er seine violette Farbe erhält. Er ist vollmundig und würzig. Schmecken Sie den schwarzen Pfeffer?«

Ich nickte, nahm noch einen Schluck und achtete darauf, ihn im Mund zu behalten, bevor ich schluckte, wie ich es auf dem letzten Weingut gelernt hatte – zwei Sekunden bei Rotwein, fünf bei Weißwein.

Ich spürte, wie Nicks Blicke sich in mich bohrten, aber ich hatte nicht das Bedürfnis, ihm zu erklären, warum ich das vorhin gesagt hatte. Ich war mittlerweile wieder in der Defensive, weil ich wusste, dass eine Auseinandersetzung – die eine Sache, die ich um jeden Preis vermeiden wollte – kurz bevorstand. Und wenn Aidan dachte, er könnte sich wieder in meine Gedanken stehlen, indem er nette Dinge tat, wie etwa *Banane* auf einen Zettel zu schreiben, würde auch er nicht davon verschont bleiben. Ich rief mir in Erinnerung, dass ich ihn hasste – und so würde es auch bleiben, es sei denn, er konnte eine gute Entschuldigung vorbringen, warum er die letzten zwei Jahre wie vom Erdboden verschluckt gewesen war.

# Kapitel vierzehn

Wir hatten das Weingut hinter uns gelassen und waren auf dem Rückweg nach Florenz. Ich hatte den Tag auf dem Land sehr genossen, und ich wollte unbedingt mehr über den Weinbau in der Region erfahren, der mich überraschenderweise sehr faszinierte. Ich hatte keine Ahnung gehabt, wie viel geistige Leistung dahintersteckte, dabei hatten wir Dinge wie Etiketten, Marketing und Verkauf gar nicht behandelt. Nachdem Maurizio uns gezeigt hatte, wie anders Pasta mit Pesto mit der richtigen Weinbegleitung schmeckte, fühlte ich mich wie erleuchtet. Nach all den Jahren verstand ich endlich, was es mit der Paarung von Nahrungsmitteln und Wein auf sich hatte. Mein Dad hätte mich ausgelacht, wenn er mich so gesehen hätte.

Wir schlängelten uns die kurvenreiche Straße entlang und zwischen teuer aussehenden Villen am Stadtrand hindurch, bis Gino plötzlich am Straßenrand hielt. Ich sah mehrere parkende Busse, ein Café und einen Eis-Kiosk, als befände sich irgendwo in der Nähe eine Touristenattraktion, aber ich hatte keine Ahnung, worum es sich handelte.

»Wo sind wir?«, fragte ich.

»Auf dem Piazzale Michelangelo, dem Platz mit der besten Aussicht auf Florenz«, verkündete Gino.

»Ah, davon habe ich schon gelesen«, sagte ich und presste die Nase ans Fenster des Minibusses. Die Rückfahrt war bis jetzt nicht so schlecht verlaufen. Irgendwie schien die Lage zwischen Aidan und mir weniger angespannt. Wenn sein Knie in einer scharfen Kurve mal wieder an meines gestoßen war, hatte es mir nicht so viel ausgemacht wie auf der Hinfahrt, als sogar ein kurzer Blick aus dem Augenwinkel heißen Zorn in mir hochsteigen lassen hatte.

Ich war zwar immer noch wütend, aber es war kontrollierbarer, weil ich irgendwie doch nicht mehr so sicher war, ob er tatsächlich das Monster war, zu dem ich ihn erklärt hatte. Er hatte mich schlecht behandelt, das ließ sich nicht abstreiten, aber ich sah es mittlerweile weniger verbissen und vielleicht auch aus einem gesünderen Blickwinkel. Was, wenn es dabei um ihn gegangen war und nicht darum, mich zu verletzen? Außerdem hätte ich Nick nie kennengelernt, wenn ich mit Aidan zusammengeblieben wäre, und würde jetzt keine Hochzeit planen. Er hatte mir also im Prinzip sogar einen Gefallen getan. Ich biss mir auf die Unterlippe. Ich hätte mich bei dem Gedanken besser fühlen sollen, als ich es tat.

»Können wir vielleicht einen Moment lang aussteigen?«, fragte ich, denn ich wollte diese Möglichkeit auf keinen Fall verstreichen lassen. Ich holte die Videokamera aus meiner Tasche – das hier würde Tim beeindrucken, und er hätte definitiv gutes Material für seinen Teaser.

Gino warf einen übertriebenen Blick auf die Uhr. »Okay, Sie haben fünf Minuten. Aber dann muss ich den Bus zurückbringen, damit er gereinigt und für die nächsten Gäste vorbereitet werden kann. Verstanden?«

»Ja!«, rief ich und folgte Aidan nach draußen.

Die anderen stiegen einigermaßen zögerlich aus, abgesehen von Peter, der eingeschlafen war und sich auch durch Rosamunds ins Ohr gekreischtes »Jetzt komm schon, Peter!« nicht wecken ließ. Nick und Daisy saßen auf den beiden Beifahrersitzen, was Nick merklich genervt hatte, weil er eingequetscht auf dem mittleren Platz sitzen und sich gezwungenermaßen die ganze Fahrt über mit Gino hatte unterhalten müssen.

Nick trat neben mich und legte einen Arm um meine Schultern. »Ist alles in Ordnung?«, fragte er.

»Klar.«

»Du bist also nicht wütend, weil ich die erste Hälfte der Tour versäumt habe?«

»Es war mehr als die erste Hälfte. Eher zwei Drittel, würde ich sagen.« Es war schwer, meine Wut im Zaum zu halten, aber alles andere hatte keinen Sinn. Nick war nicht gerade gut darin, nachzugeben und sich zu entschuldigen. Vermutlich hätte er nicht einmal verstanden, warum ich einen solchen Aufstand machte.

Wir gingen zu der Brüstung, und im nächsten Moment breitete sich Florenz vor uns aus und schimmerte in der Hitze des Nachmittages. Ich machte die Kamera an, ging auf Aufnahme und drehte mich um dreihundertsechzig Grad, um die Hunderte von Touristen und das Podest hinter uns einzufangen, auf dem – ich konnte es kaum glauben – eine weitere Version des David stand, allerdings kleiner und aus Bronze.

Ich überprüfte die Einstellung auf dem Display. Es war wirklich gut geworden, wenn ich das selbst sagen durfte. Ich drehte noch einige Panoramaeinstellungen und Standbilder, während die Ideen in meinem Kopf durcheinanderwirbelten. Ich sah die atmosphärischen und klassischen Fotos auf meiner Website vor mir. Eine Zusammenstellung aller Orte, die ich auf dieser Welt bereits erkundet hatte. Italien war sehr bekannt und beliebt, und ich konnte ohne großen Aufwand wieder herkommen.

»Bitte sag mir, dass du nicht schon wieder arbeitest«, sagte Nick kopfschüttelnd.

Er war es gewöhnt, dass ich nie wirklich abschalten konnte, und in gewisser Weise waren wir uns dabei sehr ähnlich. Sein Job erforderte jede Menge Telefonate, Meetings und E-Mails, während es bei mir darum ging, schöne Bilder einzufangen, wenn ich die Chance dazu hatte.

»Es dauert nur eine Minute. Diese Aussicht ist spektakulär.«

Es gab viele andere Leute, die wie ich Fotos von der Stadt machten, sich leise unterhielten, eine Pause einlegten, um ein Eis zu essen, oder zu dem Café unterwegs waren, wo sie sich ihre Drinks an den Tisch servieren lassen konnten, während sie entspannt die Aussicht genossen.

Ich sah wieder auf die Stadt hinunter, und mir fiel auf, wie die Kuppel des Doms das gesamte Bild dominierte. Sie war überall, und neben ihr erhob sich der Campanile in den Himmel, den ich später noch hochsteigen wollte, wenn die Besucherschlangen nicht zu lang waren. Ich ließ den Blick schweifen und saugte alles in mich auf. Der Ponte Vecchio, den sanft und ruhig dahinfließenden Arno. Hier gab es keine Schiffe, die ständig auf und ab fuhren, keine schwimmenden Restaurants oder Touristenboote wie auf der Seine oder der Themse.

»Ich war ziemlich überrascht, dass du vorhin die Sache mit Sophia angesprochen hast«, bemerkte Nick. »Ich dachte, es wäre kein Problem für dich, dass sie auch hier ist.«

Das war kaum ein Gespräch, das ich führen wollte, wenn ich nur fünf Minuten Zeit hatte, den möglicherweise beeindruckendsten Ausblick zu genießen, den ich je gesehen hatte. Wenn ich als junge Frau davon geträumt hatte, nach Florenz zu reisen, hatte ich mich hier an diesem Ort gesehen. Vermutlich hatte ich einmal in einem Buch darüber gelesen, denn es sah genauso aus, wie ich es mir vorgestellt hatte.

»Doch. Und das habe ich dir auch gesagt«, erwiderte ich.

»Wann?«

Ich hatte offenbar nichts damit bewirkt, wenn er es bereits vergessen hatte.

»Hör mal, lass uns das bitte nicht hier besprechen.« Ich unterdrückte ein Seufzen und machte die Kamera aus. Meine Konzentration war dahin.

»Dachtest du wirklich, mich vor diesem Aidan damit zu konfrontieren, wäre eine gute Idee? Es war beschämend.«

Da hatte er recht.

»Schon gut, es tut mir leid, okay? Ich gebe dem Wein die Schuld. Du weißt doch, dass es nicht gut für mich ist, wenn ich tagsüber Alkohol trinke.«

»Hm, das stimmt natürlich«, entgegnete Nick etwas sanfter.

Ich warf einen Blick über seine Schulter. Gino stand neben dem Minibus und hatte die Hände in die Hüften gestemmt.

»Wir sollten zurückgehen«, sagte ich.

Nick holte nickend sein Handy aus der Tasche. »Ich muss nur noch einen schnellen Anruf erledigen, dann bin ich sofort bei dir. Lass diesen Gino keinesfalls ohne mich losfahren.«

»Ich werde mich bemühen«, sagte ich, schenkte ihm ein Lächeln und kehrte zum Minibus zurück.

Na, das war ja gar nicht so schlimm gewesen. Nick und ich hatten eine Meinungsverschiedenheit ausgetragen, ich hatte meinen Standpunkt verteidigt, und niemand war gestorben.

»Tolle Aussicht, was?«

Ich zuckte zusammen, als mir klar wurde, dass Aidan Nicks Platz eingenommen hatte und neben mir herlief. Ich beschloss, ihn zu ignorieren. Es hätte seltsam ausgesehen, wenn ich jetzt plötzlich angefangen hätte, mich mit ihm zu unterhalten. Und ich wollte es auch gar nicht. Hoffentlich würde ich ihn nach dem heutigen Ausflug für den Rest der Reise nicht mehr sehen.

»Hör mal, findest du nicht, dass es vielleicht eine gute Idee wäre, mal miteinander zu reden?«, fragte er leise.

Ich lachte auf. Meinte der Kerl das ernst?

»Ach, *jetzt* hast du plötzlich das Bedürfnis, mit mir zu reden?«, erwiderte ich, traute mich aber nicht, ihn dabei anzusehen.

»Bitte. Nur ein paar Minuten. Wenn wir wieder zurück im Hotel sind.«

»Schon seltsam, da bist du vor all den Jahren ohne ein Wort verschwunden, und jetzt treffen wir uns andauernd irgendwo«, sagte ich. »Was soll das?«

Es waren nur noch wenige Meter bis zum Minibus. Meine zukünftige Familie saß im Wagen und wartete, dass ich mich zu ihnen gesellte. Ich hatte keine Lust, diese Unterhaltung direkt vor ihrer Nase zu führen.

»Hör mich einfach an. Gib mir nur fünf Minuten deiner Zeit«, bat Aidan.

Ich musste hart bleiben. Es gab nichts, was meine Gefühle ihm gegenüber geändert oder das, was nach seinem Verschwinden passiert war, einfacher gemacht hätte. Wozu also das Ganze?

»Nein.«

Ich war beinahe beim Wagen angekommen. Noch ein paar Sekunden, dann würde ich einsteigen, und Aidan musste die Klappe halten. Ich ging nicht davon aus, dass er mich vor den anderen bloßstellen würde, indem er in ihrer Gegenwart weitersprach. Er war zwar ein Arschloch, aber er hatte einmal (angeblich) etwas für mich empfunden, was ihn hoffentlich davon abhalten würde.

»Ich warte auf der Brücke am Ende der Via Tornabuoni«, sagte er rasch. »Auf der Ponte Santa Trinita. Nachdem wir wieder im Hotel angekommen sind.«

Ich schnaubte. Da konnte er lange warten, denn ich würde auf keinen Fall hingehen.

Meine Knie zitterten, als ich in den Bus stieg. Genau das machte er jedes Mal mit mir, aber ich wollte es nicht mehr und konnte es auch nicht mehr gebrauchen. Selbst wenn ein Teil von mir – aus reiner Neugierde – gerne erfahren hätte, was passiert war, würde ich ihm die Genugtuung nicht geben. Ich hatte lange gebraucht, um über ihn hinwegzukommen und ihn aus meinen Gedanken zu verbannen, und das Beste für mich war, ihn dort zu belassen.

# London

## Zwei Jahre früher

Wir hatten uns zu unserem üblichen Planungsmeeting am Mittwochmorgen getroffen, bei dem das gesamte Team im Besprechungszimmer erwartet wurde. Ein Nichterscheinen wurde bestraft, dann würde ... nun, ich hatte keine Ahnung, weil ich *immer* dabei war. Selbst, wenn ich krank war und eigentlich zu Hause im Bett liegen sollte, schleppte ich mich hin, um meine Vorgesetzten nicht »im Stich zu lassen«. Wobei ich keine Ahnung hatte, wem ich etwas vormachte – vermutlich merkten sie die Hälfte der Zeit gar nicht, ob ich da war oder nicht, aber ich fühlte mich damit besser, und deshalb behielt ich es bei.

»Ein Plunderteilchen?«, fragte Lou und hielt mir einen Teller mit trocken aussehendem Gebäck entgegen. Das Gratisessen war das einzig Aufregende an der Besprechung.

»Klar.« Ich nahm mir ein Teilchen und gab den Teller an Kiely, die zweite Produktionsassistentin, weiter.

Sie arbeitete erst seit ein paar Wochen beim Holiday Shop, hatte sich aber bereits voll in die Clique integriert, die von unserer Produktionsleiterin Mel angeführt wurde. Ich hatte große Angst davor, dass sie bei der nächsten freiwerdenden Produzentenstelle den Zuschlag bekam und ich danach unglaublich enttäuscht sein und vor Wut die Beherrschung verlieren würde. Nicht dass mir das schon mal passiert wäre – ich hatte gelernt, meine Wut im Zaum zu halten, da sie mich ohnehin nie irgendwohin gebracht hatte –, aber ich konnte mir vorstellen, dass es eine Situation dieser Art war, die das Fass irgendwann zum Überlaufen bringen würde.

»Gut«, meldete sich Mel zu Wort. »Dann lasst uns anfangen.«

Ich öffnete mein Notizbuch. Ich schrieb selten etwas hinein, aber es vermittelte meines Erachtens Kompetenz.

»Beginnen wir mit dem Beitrag über den Loch Lomond. Tim hat ausgezeichnete Arbeit geleistet und aus einer nicht sehr aufregenden Destination ein Reiseziel gemacht, das man sich nicht entgehen lassen darf. Und Ruthie hat ihre Komfortzone dieses Mal ein ganzes Stück weit verlassen, was Tim einiges an Energie gekostet hat, wie er mir erzählte. Wir haben sie auf einem Ausflugsschiff auf dem See, und wir sehen sie Eiscreme in einer Teestube essen – und ihr wisst alle, wie sehr sie es hasst, vor der Kamera zu essen. Aber das Beste kommt noch: Sie ist tatsächlich Kajak gefahren! Das alles zusammen ergibt einen sehr aufregenden Beitrag, den wir für unsere Promos in ganz Großbritannien und außerdem für unser Schottland-Special verwenden werden. Gut gemacht, Tim!«

Alle klatschten.

Lou drückte ihr Knie an meines.

Tim suhlte sich in der allgemeinen Aufmerksamkeit, und als sein Blick auf Lou und mich fiel, versuchte er halbherzig, uns ebenfalls miteinzubeziehen.

»Danke auch an den Rest des Teams«, sagte er und klang dabei, als hätte er gerade einer Wurzelbehandlung zugestimmt.

»Dieses Arschloch!«, zischte Lou später, als sie an meinem Tisch vorbeischaute, um mich zu fragen, ob ich am Sonntag Lust auf eine morgendliche Yoga-Stunde auf dem Walkie-Talkie-Hochhaus hätte (nein, die hatte ich natürlich nicht!).

»Ärgere dich nicht, du weißt ja, wie er ist«, erwiderte ich erschrocken, Hoffentlich hatte sie niemand gehört.

»Und welche Entschuldigung hast du für Mel?«, zischte Lou. »Dafür, dass sie einfach nicht sieht, wie nutzlos Tim ist und dass der Beitrag bloß wegen dir und auch wegen mir so gut geworden ist? Ist sie blind, oder was?«

Ich sah mich besorgt um. Es war eine Sache, zu Hause (oder zumindest außer Hörweite) über Mel herzuziehen, aber die Vorstellung, dabei erwischt zu werden, war unerträglich.

»Ich werde mich gleich in der Mittagspause nach einem neuen Job umsehen. Und dir würde ich dasselbe raten«, fuhr Lou fort.

Glücklicherweise konnte ich mir die Antwort ersparen, denn in diesem Moment klingelte das Handy in meiner Tasche. Mein Herz schlug sofort schneller, wie es seit meiner Rückkehr aus Schottland (mit einem Direktfahrschein, der mich dank Dad und Sharon ein Vermögen gekostet hatte) ständig tat. Aidan und ich hatten uns ein paar Male geschrieben, und er hatte über WhatsApp ein Foto vom Surfen in Cornwall geschickt, das ich unglaublich sexy fand. Aber mittlerweile war er zurück in London, und ich hatte keine Ahnung, ob er sich genauso verzweifelt danach sehnte, mich wiederzusehen, wie ich umgekehrt. Ich hatte die letzten fünf Tage praktisch an nichts anderes gedacht.

Ich beugte mich nach unten und holte das Handy möglichst langsam und ruhig aus der Tasche, damit Lou nicht bemerkte, dass ich mich in eine von Aidan besessene Irre verwandelt hatte. Ich warf einen beiläufigen Blick auf das Display und hätte das Handy beinahe fallen gelassen, als ich den Namen *Aidan* las. *Aaah!* Ich war nicht bereit für dieses Gespräch, auch wenn ich es seit der Abreise vom Loch Lomond immer und immer wieder durchgespielt hatte. Ich starrte auf das

Telefon und fragte mich, wie und ob ich mich melden sollte. Wäre es cooler, die Mobilbox rangehen zu lassen, oder würde er dann denken, ich hätte kein Interesse? Es war unerträglich, wenn Fragen wie diese durch meinen Kopf geisterten, denn es gab nie eine klare Antwort, und das eine schloss das andere immer aus.

»Du bist rot wie eine Tomate«, erklärte Lou und war mal wieder keine große Hilfe.

»Es ist Aidan.« Meine Stimme klang zum Zerreißen gespannt.

»Dann gehst du besser ran«, entschied sie.

Ich holte tief Luft.

»Hi. Wie war es in Cornwall?«

Er kam am Abend zu mir, nachdem er mich angerufen hatte, dass es ein wenig später würde. Ich lud normalerweise ungern Leute in mein kleines Einzimmerappartement ein. Ich ging davon aus, dass sie sich von der Tatsache abgestoßen fühlen würden, dass ich im fünften Stock einer großen Wohnanlage lebte und sich mein Bett im Wohnzimmer befand, das nebenbei auch noch die Küche war. Aber ich liebte es hier. Ich hatte die Wohnung nach meiner Beförderung zur Produktionsassistentin angemietet. Ich verdiente zwar nicht viel, aber genug, um aus der Studenten-WG auszuziehen. Zum ersten Mal in meinem Leben hatte ich einen echten Platz nur für mich. Es war kein Zimmer im Haus meines Dads, das sich weit entfernt vom Rest der Familie im Keller befand (und bei dem ich immer daran denken musste, wie man Harry Potter in den Schrank unter der Treppe gesperrt hatte), und es war auch nicht das Zimmer bei meiner Mum, das als Extrazimmer für ihre Mädchen genutzt wurde, wenn ich nicht da war (also, offenbar zu ihrer großen Erleichterung, meistens).

»Die Fotos gefallen mir«, sagte Aidan und betrachtete die Bilder an meinen Wänden. »Wo ist das?«
»Hongkong.«
»Und das?«
»Peru.«
»Warst du da schon überall?«, fragte Aidan.
Ich schüttelte den Kopf und öffnete eine Flasche Rotwein.
»Nein. Sie stehen auf meiner Wunschliste der Orte, die ich gern besuchen würde. Die Bilder geben mir die Hoffnung, dass ich eines Tages genug Geld verdienen werde, um hinzufliegen. Oder dass ich irgendwie einen richtigen Job beim Fernsehen an Land ziehe und mit jeder Menge aufregender Aufträge um die Welt jette.«
»Das liegt auf jeden Fall im Bereich des Möglichen«, sagte Aidan und sah zu, wie ich uns zwei Gläser einschenkte. »Es heißt doch: nicht kleckern, klotzen.«
»Und irgendwann war man oft genug auf Fuerteventura.« Ich verzog das Gesicht und reichte ihm ein Glas.
»Du meinst, Fuerteventura sehen und sterben?«
Wir lachten und verfielen einen Augenblick in Schweigen, während wir an unserem Wein nippten. Es war nicht unangenehm, aber am Loch Lomond war alles so intensiv und prickelnd gewesen, und der Druck war deutlich zu spüren. Würde ich hier dasselbe empfinden? Und er?
»Also ... ich habe dich vermisst«, sagte er.
*Ja!*
»Ich dich auch«, erwiderte ich.
»Tut mir leid, dass ich aufgehalten wurde.«
»Kein Problem. Willst du dich setzen?« Ich zeigte zum Sofa und setzte mich neben ihn. Unsere Knie berührten sich.
»Ich musste zu einer Blutuntersuchung.«
Ich sah ihn überrascht an. »Ist alles okay?«

»Hoffentlich«, antwortete er leichthin. »Da ist diese Sache mit meiner Mum … es ist im Moment alles ein wenig … kompliziert.«

Ich stellte den Wein ab. »Das tut mir leid.«

»Man denkt, die Eltern wären unbesiegbar, nicht wahr? Aber dann passiert plötzlich etwas wie aus dem Nichts heraus, und man verliert den Boden unter den Füßen.«

Ich nickte. Meine Eltern waren noch ziemlich jung, beide in den Fünfzigern. Ich machte mir noch keine wirklichen Sorgen um sie, aber das würde sich mit der Zeit ändern. Und es tat mir leid für Aidan, dass er sich damit herumschlagen musste.

»Vielleicht ist es nicht so schlimm, wie du denkst«, meinte ich. »Du bist deswegen aber nicht Dauergast auf Google, oder?«

Er schüttelte energisch den Kopf. »Natürlich nicht.«

Ich hob eine Augenbraue.

»Okay, vielleicht ab und zu«, gab er schief lächelnd zu.

Ich griff nach seiner Hand und verschränkte die Finger mit seinen.

Er seufzte. »Tut mir leid, es ist ein ziemlicher Stimmungskiller.«

Ich schüttelte den Kopf. »Schon gut. Ich hoffe, du hast das Gefühl, dass du … du weißt schon … mit mir darüber reden kannst? Auch wenn wir uns noch nicht sehr lange kennen.«

Aidan lehnte sich zurück und legte den Kopf auf die Sofalehne. Er sah entspannt und unverkrampft aus. Es war, als gehöre er hierher in meine kleine Wohnung. Man sah, dass es ihm gefiel, und mir gefiel, dass er da war. Es war perfekt.

»Ich bin froh, dass ich dich kennengelernt habe«, sagte er und sah mich an. »Frag mich nicht wieso, denn eigentlich bin ich kein sehr intuitiver Mensch, aber ich weiß schon jetzt, dass du etwas Besonderes bist.«

## Kapitel fünfzehn

Der Minibus hielt vor dem Hotel, und ich kramte in meiner Tasche nach einem Zwanzig-Euro-Schein für Gino. Fremdenführer wurden normalerweise echt mies bezahlt, und Trinkgelder besserten das Gehalt ein wenig auf und machten es ansatzweise erträglich. Was Rosamund mit ziemlicher Sicherheit anders sah – sie hatte Nick das letzte Mal im Restaurant eine Standpauke gehalten, weil er zu großzügig gewesen war. *Gib nicht zu viel Trinkgeld, Nick. Das ist der Job dieser Leute.* Ich hatte mich ausnahmsweise zu Wort gemeldet und ihr erklärt, dass die Kellner und Kellnerinnen vermutlich den Mindestlohn verdienten und in einer Stadt wie Florenz keine großen Sprünge damit machen konnten, aber sie hatte gereizt reagiert und wollte nichts davon hören. Sie hatte sogar angedeutet, dass wir doch alle zu kämpfen hatten. Ich hätte sie gerne gefragt, wann genau in ihrem Leben sie in finanziellen Schwierigkeiten gesteckt hätte, aber das wäre zu weit gegangen. Vor allem, weil sie mir sicher keine Antwort darauf hätte geben können.

Ich reichte Gino den Schein und sah, dass Aidan dasselbe tat. Gino hatte den ganzen Tag mit uns verbracht und uns jede Menge Informationen gegeben, die in den normalen Reiseführern nicht zu finden waren. Meiner Meinung nach hatte er eine kleine Anerkennung von allen Mitreisenden verdient. Wobei ich vielleicht zu streng mit den anderen war. Immerhin arbeiteten Aidan und ich in der Reisebranche und wussten, wie es ablief. Andererseits war das doch für jeden offensichtlich ...

»Danke, Sie waren wunderbare Gäste«, schwärmte Gino. Es war nicht zu übersehen, dass er den Minibus zurückbringen wollte, um seinem heiligen Zeitplan treu zu bleiben. Er warf einen Blick auf die Uhr.

»Wir lassen Sie jetzt besser fahren, Gino«, sagte ich. »Und danke noch mal.«

Wir verabschiedeten uns, dann wandte sich Aidan an Rosamund und Peter.

»Es war ein sehr angenehmer Tag mit Ihnen«, meinte er. »Ich bin mir sicher, dass wir uns im Hotel noch das eine oder andere Mal über den Weg laufen werden.«

»Oooh, das hoffe ich doch«, säuselte Sophia.

»Und vergessen Sie die Freundschaftsanfrage auf Facebook nicht, ja?«, erinnerte ihn Rosamund und kam sich wohl besonders jugendlich vor. Anscheinend wusste sie nicht, dass junge Leute Facebook inzwischen mieden. »Rosamund Leveson-Gower. Ich bin nicht schwer zu finden.«

Aidan lächelte freundlich. »Alles klar.«

Er warf mir einen schnellen Blick zu, dann schlenderte er die Via Tornabuoni entlang. Als ich endlich aus den Gedanken zurück in die Realität gefunden und den Blick abgewandt hatte, waren die anderen bereits auf halbem Weg ins Hotel. Ich hastete los, um sie einzuholen.

Als hätten wir nicht schon genug getrunken, bestand Peter auch noch darauf, allen ein Glas Chianti Classico an der Hotelbar zu spendieren. Dabei wollte ich einfach nur in mein Zimmer, duschen und mir etwas Zeit zum Nachdenken nehmen. Ich stellte mir vor, wie Aidan auf der Brücke auf mich wartete. Was wollte er mir sagen? War es besser, Bescheid zu wissen, damit ich die Sache endlich abschließen konnte?

»Ist alles in Ordnung, Darling?«, fragte Nick und tätschelte mein Knie.

»Sicher«, antwortete ich lächelnd. »Aber ich glaube, ich trinke lieber nur Wasser.« Ich goss etwas aus dem bereitstehenden Krug in ein Glas.

Glücklicherweise riss Peter das Gespräch an sich und kommentierte noch einmal die gesamte Weinverkostungstour und alle Vor- und Nachteile der angebotenen Weine. Er holte sogar seine Notizen heraus. Ich dachte an Aidan und hätte ihn gerne gefragt, ob er mir absichtlich geholfen hatte. Vielleicht hatte er einfach gedankenverloren etwas auf seinen Zettel gekritzelt. So oder so hatte er vermutlich recht. Wir mussten miteinander reden. Aber nur kurz. Vielleicht würde ich mich besser fühlen, wenn erst einmal alles ausgesprochen war.

»Es ist so ein schöner Nachmittag«, sagte ich und glaubte irgendwie selbst nicht, was gerade aus meinem Mund kam. »Ich gehe noch mal raus und filme ein wenig, dann habe ich genug, um es Tim zu schicken, und muss die restliche Zeit nicht mehr daran denken.«

Nick war der Einzige, der mir Beachtung schenkte. Daisy starrte missmutig auf ihr Handy, und Rosamund und Sophia lauschten scheinbar fasziniert Peters ausschweifendem Monolog über toskanische Weine.

»Schon wieder?«, fragte Nick.

»Es dauert nicht lange«, versicherte ich ihm.

Zumindest dieser Teil stimmte. Falls ich tatsächlich an der Ponte Santa Trinita vorbeikam – was bei Weitem noch nicht sicher war – würde mein Abstecher dorthin nur wenige Minuten in Anspruch nehmen. Aidan konnte mir erklären, warum er vor zwei Jahren plötzlich wie vom Erdboden verschluckt gewesen war, und ich konnte ihm sagen, dass er mit seinen lahmen Ausreden zur Hölle fahren solle, um mich anschließend gereinigt abzuwenden. Frei von all den Erinnerungen an die gemeinsame Zeit, die manchmal in den unpassendsten Momenten wieder an die Oberfläche stiegen. Etwa, wenn ich neben Nick im Bett lag. Wenn ich im Büro vor dem Computer saß. Oder eingequetscht in der U-Bahn zur Rushhour. Wenn ich so darüber nachdachte, kam es wirklich sehr häufig vor.

Ich stand auf und legte mir bestimmt den Gurt der Kamera um den Hals. Ich würde tatsächlich ein wenig filmen, denn ich war immer stolz darauf gewesen, keine Lügnerin zu sein.

»Wir sehen uns«, sagte ich an den Rest der Gruppe gewandt. »Ich bin nur kurz weg. Die Arbeit, ihr wisst schon.«

Rosamund und Sophia verabschiedeten sich leise murmelnd, doch Peter ließ sich nicht unterbrechen.

Auf dem Weg zur Tür warf ich einen Blick über die Schulter und sah, dass Sophia sich blitzschnell auf meinen Platz geschoben hatte.

»Ist alles in Ordnung?«, gurrte sie an Nick gewandt.

Auf dem Weg zur Ponte Santa Trinita brannte die immer noch hoch am Himmel stehende Sonne auf meinen Nacken, und mir wurde klar, dass ich am Morgen die Sonnencreme vergessen hatte. Das passierte oft, wenn ich nicht gerade am Strand war und stundenlang in der Sonne badete. Ich hatte mich immer ein wenig fehl am Platz gefühlt, wenn ich und meine Freundinnen Anfang zwanzig zusammen Ferien auf Mallorca, Korfu oder in Agia Napa auf Zypern gemacht hatten. In der Sonne liegen, schwimmen, sich betrinken, tanzen und am nächsten Tag das Gleiche von vorn. Ich hatte so sein wollen wie sie. Eine Frau, die unbedingt braun werden wollte, ohne sich einen Sonnenbrand zu holen. Und die im Laufe der Zeit von Schutzfaktor 15 auf 5 hinunterrutschte. Eine Freundin hatte einmal Karottenöl verwendet und sich wenige Stunden später beim Aufwachen über die Brandblasen gewundert. Natürlich wollte ich nicht auch einen Sonnenbrand haben. Ich wollte mir einfach keine Sorgen darüber machen wie alle anderen auch.

Ich überquerte die Straße und trat auf die Brücke, und da sah ich ihn. Er stand genau in der Mitte und lehnte mit dem Rücken an einer Wand. Er trug eine Sonnenbrille und sah in meine Richtung. Der Gedanke, dass wir bald miteinander reden würden, war beinahe surreal – so oft hatte ich es mir vorgestellt. War es zu spät, um mich umzudrehen und zurück in die sichere Bar zu eilen, um Peters weinvernarrten Ausschweifungen zu lauschen? Ein Teil von mir hatte gehofft, dass Aidan nicht hier sein würde. Immerhin war er bekannt dafür, nicht aufzutauchen, obwohl er es gesagt hatte.

Ich ging trotz der Bedenken auf ihn zu und hielt schließlich mit den Händen auf den Hüften vor ihm inne. Ich würde mich nicht von seinem Selbstbewusstsein, seinem Charme und seinem guten Aussehen einschüchtern lassen.

»Okay, bringen wir es hinter uns«, begann ich. »Was wolltest du mir sagen?«

Ärgerlicherweise schob Aidan die Sonnenbrille in die Haare und sah mich an. Er sah mich *wirklich* an, und sein Blick war so intensiv, dass jede Zelle meines Körpers zu kribbeln begann. Es war erschreckend, dass er immer noch diese Wirkung auf mich hatte, und ich wollte, dass es sofort aufhörte.

Ich wandte den Blick ab und sah in Richtung Ponte Vecchio. In meiner Verzweiflung machte ich die Kamera an und fing an zu filmen. Ich begann mit dem blassgelben Wohnhaus zu meiner Linken und hielt die für Florenz typischen Fensterläden und Balkone fest, dann drehte ich mich und schwenkte über den Ponte Vecchio mit den drei Bögen und den Schmuckgeschäften zu beiden Seiten. Ich hatte immer gedacht, dass Leute in den idyllischen Häuschen wohnten, deren Fenster nachts so heimelig leuchteten, aber das war nicht der Fall. Offenbar gehörten sie zu den Läden. Gino hatte uns davon abgeraten, Schmuck auf dem Ponte Vecchio zu kaufen, weil der Preis über dem Wert lag, aber ich fand es romantisch, sich dort ein besonderes Stück auszusuchen. Wobei ich mir Goldschmuck dieser Art natürlich nicht leisten konnte.

»Siehst du den Gang im oberen Teil der Brücke?«, fragte Aidan.

»Welchen Gang?«

Er deutete auf die drei Rundbögen in der Mitte und die drei Fenster darüber. »Das ist der Vasari-Korridor. Er wurde von Giorgio Vasari für Cosimo den Ersten aus der Familie Medici im sechzehnten Jahrhundert errichtet. Er hatte Schwierigkeiten, von seiner Wohnung im Palazzo Vecchio zu seinem Arbeitsplatz im Palazzo Pitti zu gelangen. Er war nicht gerade beliebt und wurde immer wieder von verärgerten Bürgern belästigt. Also ließ er diesen erhöhten Übergang errichten, der sich von einem Palazzo zum anderen spannt und dabei auch über den Ponte Vecchio führt.«

Ich nickte. »Danke für die Info. Die solltest du in deinem Artikel nicht vergessen.«

Aidan lachte leise.

Wir schwiegen eine Weile, dann senkte ich die Kamera.

»Du siehst toll aus, Maddie. Wie ist es dir ergangen?«

Nein. Ich würde nicht zulassen, dass er das tat. Ich hasste ihn, und das würde ich ihn nicht vergessen lassen.

»Falls du jetzt eine Charmeoffensive starten willst, Aidan, lass es bitte. Ich habe in den letzten beiden Jahren einiges gelernt, und dazu gehört, dir kein Wort zu glauben.«

Er besaß die Dreistigkeit, schockiert auszusehen. »Ich habe nie etwas zu dir gesagt, das ich nicht genau so gemeint habe.«
Das konnte nicht sein Ernst sein.
Ich sah ihn an. »Ach, wirklich nicht? Was ist mit: *Ich habe in meinem ganzen Leben noch nie so empfunden?* Oder: *Ich weiß, wir sind noch am Anfang, aber ich kann mir meine Zukunft ohne dich einfach nicht vorstellen?*«
Es tat weh, es laut auszusprechen – selbst nach so langer Zeit. Und es war außerdem peinlich, dass ich mich Wort für Wort daran erinnern konnte. Seine Liebesbekundungen hatten sich in mein Gedächtnis gebrannt, ganz egal, wie sehr ich versucht hatte, alles zu vergessen.
»Ich habe jedes Wort ernst gemeint.«
»Nein, hast du nicht«, erwiderte ich und wandte mich ab. »Ganz sicher nicht.«
Ich hätte wissen sollen, dass er versuchen würde, alles abzustreiten.
Wir standen einen Augenblick schweigend nebeneinander. Ich fragte mich, warum ich gekommen war und worauf ich gehofft hatte. Ob ich einfach gehen sollte.
»Hast du echt vor, diesen Nick zu heiraten?«, fragte Aidan.
»Ja, hab ich. Und ich habe keine Ahnung, warum du mir diese Frage stellst.«
Ich erlaubte mir einen schnellen Seitenblick auf ihn. Er fiel auf seine langen, dunklen Wimpern, die ich manchmal mit dem Daumen gestreichelt hatte.
»Wie lange seid ihr schon zusammen?«
Ich seufzte. Was kümmerte ihn das alles? »Zwei Jahre.«
»Zwei Jahre.« Es schien, als müsse er ganz genau darüber nachdenken. »Ich wette, er ist ein Romantiker, der dir riesige Blumensträuße schenkt«, meinte er, den Blick auf den Ponte Vecchio gerichtet. »Oder?«

Wovon redete er da? Ich meine, Nick kaufte mir tatsächlich geradezu peinlich große Blumensträuße, die vermutlich mehr kosteten als eine Wochenmiete für die kleine Wohnung, in der ich bei unserem Kennenlernen gewohnt hatte, aber wieso interessierte sich Aidan dafür?«

»Es spielt überhaupt keine Rolle, ob er mir Blumen schenkt oder nicht«, fauchte ich. »Nick ist für mich da. Er will den Rest seines Lebens mit mir verbringen und redet nicht nur davon, sondern meint es tatsächlich so. Also kannst du bitte zum Punkt kommen und mir verraten, warum wir hier sind? Du hast gesagt, dass du reden willst.«

Aidan lehnte sich mit dem Bauch gegen die Steinbrüstung. Einen Moment lang sah ich die wohldefinierten Bauchmuskeln vor mir, die er früher gehabt hatte (und allem Anschein nach immer noch hatte), und über die ich die Finger gleiten lassen hatte, wenn wir gemeinsam im Bett gelegen hatten oder auf dem Sofa oder im Park auf der Wiese.

»Ich hatte nie vor, dich zu verletzen«, sagte er. »Nur, damit das klar ist. Die Zeit mit dir war die glücklichste meines Lebens.«

Dachte er, ich wäre von gestern?

»Erzähl mir, was passiert ist.« Meine Stimme klang angespannt.

Aidan räusperte sich. Er schien Schwierigkeiten zu haben, es in Worte zu fassen. Und genau das *sollte* er auch.

»Ich habe diese tiefe Verbindung zwischen uns auch gespürt. Und seitdem mit niemandem sonst«, sagte er schließlich.

Da kam bestimmt noch ein *Aber*, nicht wahr? Es musste so sein. Er hatte jemanden kennengelernt. Damit kam ich klar, denn ich hatte es mir Tausende Male vorgestellt. Oder war ich ihm am Ende nur noch auf die Nerven gegangen? Davon war ich jedenfalls die ganze Zeit lang ausgegangen.

Ich öffnete den Mund, um etwas zu sagen, doch da kam nichts. Verdammt noch mal!

Ich versuchte es erneut. »Warum bist du dann an jenem Abend nicht zu mir ins Büro gekommen? Du hast mir eine Nachricht geschickt, und das war's. Meine Anrufe gingen sofort auf die Mobilbox, meine Nachrichten blieben unbeantwortet. Du hast getan, als wäre ich Luft, und ich habe immer noch keinen blassen Schimmer, was ich falsch gemacht habe.«

»Du hast gar nichts falsch gemacht, Maddie ...« Er brach ab.

Ich schluckte. Das war schwerer, als ich gedacht hatte. Es kam alles wieder hoch. Der Schock. Die Ungläubigkeit. Die Scham. Ich hatte es allen erzählt. Allen! Sie hatten alle von dem wunderbaren Mann gehört, den ich kennengelernt hatte und der mich wirklich mochte. Der vielleicht sogar dabei war, sich in mich zu verlieben. Und der schließlich ohne ein weiteres Wort verschwunden war.

# St. Albans

## Zwei Jahre früher

»Das sieht lecker aus«, sagte ich, als meine Mum einen Teller mit knusprigen Röstkartoffeln – das Hauptgericht und ihre absolute Spezialität – in der Mitte des Tisches platzierte.

»Mum! Ich hatte doch gesagt, dass du keine Röstkartoffeln machen sollst«, jammerte meine Halbschwester Amelia.

»Warum magst du plötzlich keine Röstkartoffeln mehr?«, fragte ich überrascht.

Das letzte Mal, als ich sonntags zum Mittagessen bei ihnen gewesen war – was zugegeben mindestens sechs Monate her war – hatte sie ihren Teller darunter begraben, und Mum hatte ihr erklärt, dass sie ungeheuer zunehmen würde, wenn sie weiter so futterte. Woraufhin ich tatsächlich – und vermutlich zum ersten Mal in meinem Leben – Mitleid mit Amelia gehabt hatte.

»Sie ist auf Diät«, erklärte Amelias eineiige Zwillingsschwester Natasha.

»Aber das ist doch nicht nötig«, meinte ich an Amelia gewandt und löffelte vier Röstkartoffeln auf meinen Teller. »Ihr seid beide total schlank und jung. Ihr solltet das Essen genießen.«

Mum warf mir einen bösen Blick zu. »Ermuntere die beiden nicht auch noch, Maddie.«

»Wozu soll ich sie nicht ermuntern? Dass sie etwas essen?«, fragte ich gereizt.

Meine Mum war ihr ganzes Leben lang auf Diät, obwohl sie nie mehr als Größe 38 getragen hatte. Ihr ständiges Gezicke über ihr Gewicht hatte offensichtlich auf die beiden Mädchen abgefärbt.

»Ihre letzte Ballettprüfung steht vor der Tür«, erklärte Mum. »Grad 8! Außerdem fangen schon bald die Vorstellungsrunden an den Unis an. Da müssen sie perfekt aussehen. Alles kann von Vorteil sein, das sage ich ihnen immer wieder. Es ist sehr wichtig, wie man sich präsentiert.«

Ich ging nicht davon aus, dass sie sich Sorgen machen musste. Meine Stiefschwestern führten ein angenehmes Leben, in dem ihnen alles in den Schoß fiel und sie in riesigen Zimmern logierten, die aussahen wie aus einem trendigen Einrichtungsmagazin. Zum achtzehnten Geburtstag hatten ihnen meine Mum und mein stinkreicher Stiefvater einen Mini Cooper gekauft, den sie sich seither teilten. Nicht dass ich eifersüchtig gewesen wäre ...

»Wie läuft die Arbeit?«, fragte Mum. »Du warst gerade erst in Schottland, oder?«

»Mhm«, murmelte ich und wünschte, ich hätte noch ein wenig gewartet, bevor ich mir die unglaublich heiße Kartoffel in den Mund gesteckt hatte.

Ich fächelte mir mit der Hand Luft zu, als hätte das etwas geändert. Und dann erzählte ich ihnen von Aidan, weil ich es satthatte, als einsame, mitleiderregende Frau gesehen zu werden, wie es normalerweise der Fall war.

»Ich habe jemanden kennengelernt. Am Loch Lomond. Er arbeitet als Reisejournalist für den *Hampstead and Highgate Express* und sieht sehr gut aus. Wie Sebastian Stan. Außerdem ist er ... witzig. Es hat einfach klick gemacht.«

Sie sahen mich schockiert an.

»Ich liebe Sebastian Stan«, erklärte Natasha und konnte

offenbar nicht glauben, dass sich jemand, der so aussah, für jemanden wie mich interessierte.

Dabei hatte sie selbst einen hübschen Freund an ihrer Seite, der total vernarrt in sie war, und es hatte im Laufe ihrer Teenagerjahre mehr als genug solche Jungen gegeben. Meine beiden Schwestern konnten nicht verstehen, wie man so lange Single sein konnte, wie ich es gewesen war (also zweieinhalb Jahre).

Ich fühlte mich zur Abwechslung einmal ebenfalls erfolgreich. Ich hatte ein Leben. Und es fühlte sich toll an, ihnen davon zu erzählen.

»Wir hatten sofort eine besondere Verbindung zueinander«, erzählte ich Mum und genoss jedes Wort. »Die Chemie stimmte von Anfang an.«

## Kapitel sechzehn

Ich blickte die glatte Wasseroberfläche des Arno hinunter, während ich auf Aidans Erklärung wartete.

»Ich fange am besten am Anfang an«, sagte er.

Verdammt. Ich machte mich auf das Schlimmste gefasst. Das würde übel werden.

»Dann los.«

»Es hat eine oder zwei Wochen vor jenem Abend angefangen«, erklärte er und stockte immer wieder. »Ich bekam einen Anruf von meiner Mum. Ich weiß nicht, ob du dich daran erinnerst, dass sie einige Tests machen lassen musste?«

Ich nickte. »Du hast nie gesagt, worum es ging, aber ich erinnere mich.«

»Bei ihr wurde eine spätmanifeste hereditäre Optikusneuropathie festgestellt.«

Meine Augen weiteten sich. »Was ist das?« Es klang grauenhaft, aber was hatte das mit uns zu tun?

»Sie verlor mehr oder weniger ihr Sehvermögen. Es gab Phasen, da konnte sie zum Beispiel keine Farben mehr erkennen, dann sah sie plötzlich alles verschwommen. Es begann bei einem Auge, und nach etwa sechs Monaten waren beide Augen betroffen. Das war der Zeitpunkt, als wir – mein Dad und ich – sie endlich überreden konnten, zum Arzt zu gehen.«

Die Geschichte, die ich mir in Gedanken zurechtgelegt

hatte, löste sich langsam in Luft auf. Sie hatte absolut nichts damit zu tun gehabt, dass seine Mutter erblindete.

»Meine Mum hat mir eines Abends beim Essen von der Diagnose erzählt«, fuhr Aidan fort. »Sie hat es runtergespielt, das macht sie immer, aber ich wusste, dass mehr dahintersteckte. Als mir schließlich klar wurde, was es zu bedeuten hatte, habe ich …«

Er verstummte abrupt, als ein junges Mädchen weinend an uns vorbeilief. Sie trug abgeschnittene Jeans und ein winziges, bauchfreies Top und kam mir bekannt vor. *Daisy*. Ich wirbelte herum und sah ihr nach. Sie lief so schnell, dass sie beinahe über ihre eigenen Beine stolperte.

»War das …?«, begann Aidan.

»Daisy!«, rief ich, doch entweder hörte sie mich nicht, oder sie ignorierte mich. »Ich laufe ihr lieber hinterher.«

Aidan nickte. »Soll ich mitkommen?«

»Nein.«

Daisy war schon fast nicht mehr zu sehen. Ich lief los.

»Treffen wir uns morgen früh noch einmal hier?«, rief Aidan mir nach.

Ich zögerte und wandte mich ein letztes Mal zu ihm um. »Ich hab morgen eine Führung durch die Uffizien. Da muss ich hin.«

»Wann genau? Ich komme auch hin. Dann können wir uns dort unterhalten.«

Ich wusste, dass ich ablehnen sollte, aber ich hatte so kurz davorgestanden, die Wahrheit zu erfahren, und jetzt musste ich genau wissen, was das alles mit seiner Mum zu tun hatte.

»Halb zehn«, sagte ich.

Aidan nickte. »Ich werde da sein.«

Ich zögerte einen Moment, dann wandte ich mich ab und hetzte Daisy hinterher. Es war nicht gerade einfach, sie nicht aus den Augen zu verlieren. Jedes Mal, wenn ich einen Blick auf ihr weißes Top erhaschte, lief ich schneller, um aufzuschließen, doch dann verschwand sie in der nächsten Seitengasse, und das Adrenalin schoss durch meine Adern, bis ich sie wieder entdeckte. Auf dieser Seite des Flusses war mehr Betrieb, und einmal schaute ich in die falsche Richtung und wäre beinahe von einem Fahrrad umgefahren worden.

Schließlich sah ich sie. Die Straße war hier breiter, und am Ende befand sich ein Platz mit einem Palazzo auf der linken Seite. Ich kannte ihn aus meinem Fremdenführer. Es war der Palazzo Pitti, von dem Aidan mir gerade erzählt hatte.

»Daisy!«

Dieses Mal hörte sie mich und sah sich um. Sie blieb zwar nicht stehen, aber sie wurde langsamer, sodass ich aufschließen und neben ihr hertraben konnte. Ich hatte mich nicht mehr derart angestrengt, seit Lou mich zum Spinning mitgenommen hatte und ich mich beinahe übergeben hätte. Ich versuchte, ruhiger zu atmen und gleichzeitig in Daisys gerötetem, tränennassem Gesicht einen Hinweis darauf zu finden, was passiert war. Hatte Sophia wieder einen ihrer taktlosen Kommentare abgegeben? Oder hatte sie sich mit Nick gestritten, weil sie zu spät zur Weinverkostung gekommen waren?

»Was ist passiert?«, keuchte ich.

Daisy verzog das Gesicht und weinte los.

»Oh, Daisy.« Ich zog sie instinktiv in eine Umarmung.

Zuerst war es ein wenig seltsam. Sie stand steif und unbeweglich in meinen Armen, während ich ihren Rücken streichelte, aber dann entspannte sich ihr Körper, und ich umarmte sie fester.

»Sag mir, was dich so aus der Bahn geworfen hat«, bat ich sie leise, um sie nicht zu verschrecken. Ich konnte mir nicht vorstellen, noch einmal loszusprinten.

»Er … er will nichts mehr mit mir zu tun haben«, antwortete Daisy schluchzend.

Ich löste mich von ihr und zog sie zum Randstein.

»Komm, setzen wir uns«, schlug ich vor und ließ mich zu Boden sinken.

Es war nicht gerade bequem, aber besser, als mitten auf einem Platz zu stehen, wo uns ahnungslose Touristen Blicke zuwarfen, als wäre ich diejenige gewesen, die Daisy zum Weinen gebracht hatte.

»Wer will nichts mehr mit dir zu tun haben, Daisy?«, fragte ich sanft.

»Mein Freund«, erwiderte sie schniefend.

Ich griff in meine Tasche, zog ein relativ sauberes Taschentuch heraus und reichte es ihr. Sie schnäuzte sich geräuschvoll.

»Ich wusste nicht, dass du … dich mit jemandem triffst«, sagte ich und hatte Angst, altbacken zu klingen.

Wie nannte man so etwas heutzutage?

»Dad weiß es nicht«, gestand Daisy. »Mum meinte, ich solle es ihm nicht erzählen, weil er sonst wütend würde.«

Der Gedanke, dass die vierzehnjährige Tochter bereits einen Freund hatte, war sicher nicht so toll, aber ich ging davon aus, dass Nick vernünftig genug war, um damit klarzukommen.

»Warum glaubt sie das?«, fragte ich.

»Weil mein Freund anders ist als wir.«

»Wer wir?«

»Ich meine … nicht anders als du. Anders als Mum und Dad. Und Granny.«

Ich runzelte die Stirn und verstand nur Bahnhof.

»Du meinst, er ist …?«

Ich hoffte, dass sie den Satz für mich beendete.

»Aus einer echt miesen Gegend. Seine Mum ist alleinerziehend und arbeitet in einem Wettbüro. Mum meint, ich hätte etwas Besseres verdient, aber das will ich gar nicht«, sagte Daisy und wieder stiegen ihr die Tränen in die Augen. »Er ist perfekt. Er ist so witzig und cool und spielt in einer Band. Und wir reden über alle möglichen Dinge, übers Songschreiben und über unsere beschissenen Eltern.« Daisy sah auf. »Entschuldige«, sagte sie beschämt, weil sie vor mir geflucht hatte.

»Du musst dich nicht entschuldigen. Ich weiß, wie es ist, beschissene Eltern zu haben.«

»Wirklich?«

Ich nickte. »Klingt nett, dieser Junge.«

»Ist er auch. Oder war er. Er behauptet, dass er kein Interesse an einer festen Beziehung hätte. Dass er eine Auszeit braucht. Aber ich weiß, was das bedeutet.«

Ich legte einen Arm um Daisy. »Er ist jung und weiß vermutlich noch nicht, was er will. Aber was auch immer passiert, vergiss nicht, dass es nichts mit dir zu tun hat. Falls es nicht mit ihm klappt, dann wird es sicher eine Zeit lang hart sein, aber irgendwann geht es dir wieder gut. Du wirst jemand anderes kennenlernen, und es wird besser sein, als du es dir vorstellen kannst.«

Daisy nickte dankbar und schnäuzte sich erneut. »Glaubst du wirklich?«

Ich gab mich so begeistert wie möglich. »Ja, das tue ich.«

Aber wenn das, was ich Daisy gerade gesagt hatte, tatsächlich stimmte, warum dachte ich dann immer noch manchmal an Aidan? Und warum fühlte sich mein Leben an Nicks Seite dann nicht besser an, als ich es mir vorgestellt hatte?

# London

## *Zwei Jahre früher*

Aidan nahm meine Hand, als wir uns von der U-Bahn-Station London Bridge auf den Weg zu dem bekannten Wolkenkratzer The Shard machten, und meine High Heels klapperten über den Asphalt. Es war mein einziges Paar, und ich hoffte, dass sie in Kombination mit schwarzen Jeans und einem Seidentop mit Spaghettiträgern eine gute Wahl waren, auch wenn ich keine Ahnung vom Dresscode der besuchten Veranstaltung hatte. Aidan war jedenfalls keine große Hilfe, denn er sah immer schick aus. Das mochte ich besonders an ihm, und ehrlich gesagt war das für mich etwas Neues. Dort, wo ich aufgewachsen war, trugen die Kerle Trainingshosen und Footballshirts. Das war natürlich eine Übertreibung, aber ich kannte niemanden aus meiner Gegend, der in Hemd und Hose so gut ausgesehen hatte.

»Bist du sicher, dass niemand etwas dagegen hat, wenn du in Begleitung erscheinst?«, fragte ich.

»Klar«, antwortete er. »Ich hasse solche Presseveranstaltungen sowieso, da stehe ich immer verlegen in einer Ecke und denke mir, dass ich eigentlich mit den anderen Gästen Small Talk betreiben sollte, aber ich bringe einfach nicht die Energie auf, jemanden anzusprechen.«

Ich lachte. »Dann bin ich also im Prinzip die Einzige, die den Abend erträglich macht?«

»Im Prinzip ja«, erwiderte er grinsend.

Wir brachten die Sicherheitskontrollen im Shard in Rekordzeit hinter uns und fuhren mit dem Aufzug in den fünfunddreißigsten Stock. Er bewegte sich so schnell nach oben, dass meine Ohren ploppten, und als wir ausstiegen, hatte ich das Gefühl, wir wären in eine andere, ruhigere, in den Wolken verborgene Welt getreten, die sich hundertfünfundzwanzig Meter über London befand.

Eine Frau mit Klemmbrett strich unsere Namen von ihrer Liste.

»Willkommen zum Presseempfang der Shangri-La Hotels and Resorts«, zwitscherte sie. »Nehmen Sie sich gern vom Champagner und dem Essen. Und vergessen Sie nicht Ihre Goodie Bag, wenn Sie nachher gehen!«

Ich sah Aidan mit hochgezogenen Augenbrauen an. »Du hast gar nichts von Goodie Bags gesagt«, raunte ich ihm zu, während wir uns auf den Weg zu den Getränken machten.

»Das habe ich mir als zusätzliches Argument aufgehoben, falls schwerere Geschütze nötig gewesen wären, um dich zu überzeugen.«

»Du hattest mich schon mit dem Gratis-Champagner«, neckte ich ihn.

»Dachte ich mir«, sagte er, zwinkerte mir zu und reichte mir ein Glas.

»Dann gehst du also ständig zu solchen Events?«, fragte ich. »Denn wenn ja, mache ich ganz offensichtlich den falschen Job.«

Aidan schüttelte den Kopf. »Leider nicht. Der letzte Presseempfang wurde vom Tourismusverband Essex veranstaltet und war deutlich weniger glamourös. Wenn mal eine Einladung zu einem derart piekfeinen Empfang hereinschneit, nimmt sie der Herausgeber meiner Zeitschrift meistens selbst wahr.«

»Und wie hast du es dann diesmal hinbekommen?«, fragte ich.

Aidan tippte sich an die Nase. »Ich kann meine Quellen auf keinen Fall preisgeben. Nur so viel: Es wäre möglich – ich betone, *möglich* –, dass etwas Bestechung nötig war.«

Ich lachte. »Okay, wie immer du es fertiggebracht hat, dass wir heute hier sind, ich bin froh, dass du es getan hast. Es ist unglaublich hier!«, sagte ich und trat näher ans Fenster.

Wir befanden uns in einem Restaurant namens TĪNG, das asiatische Fusionsküche und somit meine absolute Lieblingsspeisenrichtung servierte. Nicht dass ich schon einmal hier gegessen hatte, aber ich sah mir immer wieder die Online-Speisekarte an und fragte mich, ob ich mir das jemals leisten könnte. Das Restaurant wurde von Marmorböden und dunklem Holz dominiert, und die deckenhohen Fenster erlaubten einen perfekten Ausblick auf London am Abend in seiner ganzen funkelnden Pracht. Vor allem die erleuchtete Tower Bridge bot einen einzigartigen Anblick.

»Das ist ja wie beim Intro von *The Apprentice*«, sagte ich staunend.

Wir nahmen uns jeder ein perfekt zurechtgemachtes Canapé vom Tablett eines vorbeikommenden Kellners, und als ich es in den Mund schob, erlebte ich eine regelrechte Geschmacksexplosion aus weicher, feuchter Aubergine, Miso und Knoblauch.

»Oh mein Gott«, murmelte ich, nachdem ich geschluckt hatte.

»Ja, das ist wirklich etwas Besonderes«, stimmte Aidan mir zu und schüttelte ehrfürchtig den Kopf.

Wir strahlten einander an, was wir ab und zu ohne bestimmten Grund taten, weil wir es einfach genossen, zusammen zu sein. Ich dachte zurück an den Abend vor einem

Monat, als er mir am Strand zum ersten Mal gesagt hatte, dass er nicht aufhören könne, mich anzusehen. Seit damals hatte sich nichts geändert. Meine Gefühle für ihn waren nur noch stärker geworden, je mehr Zeit ich mit ihm verbrachte.

»Na dann, *cheers*«, sagte Aidan und stieß mit mir an. »Auf einen wunderbaren Abend.«

»Dir ist doch klar, dass wir heute unser Einmonatiges feiern, oder?«, bemerkte ich lächelnd.

»Hmmm«, machte er. »Rechnest du ab dem Tag, an dem wir uns am Strand zum ersten Mal geküsst haben, oder ab der nächsten Nacht?«

»Ab dem Abend am Strand. Wobei ich immer noch nicht glauben kann, dass wir das damals wirklich getan haben!«

»Warum denn nicht?«, fragte er. »Was ist verkehrt daran, einen völlig Fremden in pechschwarzer Dunkelheit am Strand eines Sees zu küssen, während im Hintergrund Dudelsäcke krähen?«

Ich lachte leise und senkte verlegen den Blick auf meinen Champagner, als mir wieder einmal die besondere Verbindung bewusst wurde, die wir sofort gespürt hatten. Und die Tatsache, dass ich mich nicht zurückgehalten hatte, wie ich es sonst immer tat. Im Stockwerk unter uns spielte ein Pianist Beethovens *Mondscheinsonate*, mein absolutes Lieblingsstück (wobei ich nicht viele andere Klassikkompositionen kannte).

»Maddie?«, sagte Aidan.

»Ja?«, erwiderte ich und zwang mich, ihn anzusehen.

»Ich glaube, ich bin gerade dabei, mich in dich zu verlieben.«

Ich biss mir auf die Unterlippe. »Wirklich?«

Er nickte ernst. »Wirklich.«

Ich runzelte die Stirn. Das war, was ich hören wollte – natürlich war es das –, aber da war diese nervige Stimme in meinem

Kopf, die sagte, dass ich das alles nicht verdient hätte, dass ich es mir bloß einbilden und irgendwas übersehen würde. Weil es am Ende sicher nicht gut für mich ausgehen würde. Mich hatte noch nie jemand so gemocht. Was sah Aidan, das niemand sonst erkannte?

»Was magst du an mir?«, fragte ich und versuchte, nicht allzu bedürftig und verzweifelt zu klingen, was vermutlich ohnehin der Fall war, ganz egal, wie ich die Frage formulierte.

Aidan sah mir in die Augen, als könne er so herausfinden, was in meinem Kopf vor sich ging und über welchen Teil von dem, was er gesagt hatte, ich mir gerade zu viele Gedanken machte. Denn das war etwas, womit er mich gnadenlos aufzog: *Du denkst zu viel! Schalte mal deinen Verstand ab!*

»Mir gefällt, dass du härter arbeitest als alle, die ich bisher kennengelernt habe. Dass du leidenschaftlich für die Dinge eintrittst, die du liebst. Dass du dir über den Zustand der Welt Gedanken machst. Und über andere Menschen. Dass du zu kämpfen hattest und es nicht nur geschafft hast, sondern auch als stärkere, klügere Frau daraus hervorgegangen bist. Außerdem bist du wunderschön. Beantwortet das deine Frage?«

Ich war natürlich selbst schuld daran, denn immerhin hatte ich gefragt, aber ich wand mich peinlich berührt. Ganz egal, was er vielleicht von mir dachte, ich hatte ihm die Frage nicht gestellt, um ihm ein paar Komplimente zu entlocken. Vor allem, weil ich nicht wusste, wie ich auf so viel Lob reagieren sollte.

»Dir ist doch klar, dass du gerade knallrot angelaufen bist, oder?«, fragte Aidan.

»Ja. Danke für den Hinweis«, erwiderte ich und stürzte den Rest des Champagners hinunter.

Aidan lachte, nahm mein Kinn zwischen Daumen und Zeigefinger, drückte meinen Kopf ein wenig zurück und küsste mich. Ich legte meine freie Hand auf seine Hüfte. Es fühlte sich so gut an, ihn zu halten und von ihm gehalten zu werden. Ich fühlte mich sicher in seiner Gegenwart, was ziemlich seltsam war, denn wir kannten uns ja erst vier Wochen.

Ich holte tief Luft, fest entschlossen, ihm ebenfalls zu sagen, was ich empfand. Ich wollte mich nicht mehr zurückhalten. Es war ein Risiko, aber ich hatte das Gefühl, dass ich es mit ihm eingehen wollte.

»Ich glaube, mir gefällt einfach alles an dir«, sagte ich und ließ die Fingerspitzen seinen Rücken auf und ab wandern. »Selbst deine fragwürdigen Kochkünste und dein schrecklicher Filmgeschmack.«

Er war ein großes Kind und liebte *Marvel* und *Star Wars*. Ich machte immer Witze darüber, dass er endlich erwachsen werden und sich ein paar düstere, provokante ausländische Filme ansehen solle, denn danach gebe es kein Zurück mehr.

»Es ist absolut nichts Falsches an einem erwachsenen Mann, der auf *Iron Man* steht«, sagte er und kitzelte mich unter den Rippen, weil er genau wusste, dass ich es nicht aushielt.

Ich lachte und wand mich aus seinen Armen.

»Aber jetzt mal im Ernst«, sagte ich. »Ich glaube, ich fange allmählich auch an, mich in dich zu verlieben.«

Er nickte und legte die Stirn auf meine. »Gut. Das ist gut.«

Und dann blieben wir eine gefühlte Ewigkeit so stehen, mit einem breiten Grinsen auf unseren Gesichtern und London zu unseren Füßen.

## Kapitel siebzehn

Als Daisy und ich ins Hotel zurückkamen, saß die restliche Familie in der Hotelbar. Sie lachten und kicherten so laut, dass die anderen Gäste, die sich vermutlich auf einen ruhigen Drink vor dem Abendessen gefreut hatten, ihnen verhaltene bis deutlich verärgerte Blicke zuwarfen. Doch die Leveson-Gowers schien es nicht zu kümmern, was andere über sie dachten. Mir wurde klar, dass es genau das war, was mich am meisten an ihnen störte. Diese überhöhte Selbstgefälligkeit, als wäre ihr ach so tolles Leben etwas, das jeder anstreben sollte. Sie dachten wohl, wir würden alle vor Neid platzen, was auf mich zumindest nicht zutraf. Ich war immer schon der Meinung gewesen, dass Leute vor allem deshalb ständig über andere urteilten, weil sie sich dann besser fühlten.

Ich warf Daisy einen Blick zu, während wir auf den Tisch zugingen.

»Alles okay?«, flüsterte ich.

Sie nickte. Es war nicht zu übersehen, dass sie geweint hatte, aber Daisy ging wohl davon aus, dass ihre Mum zu sehr mit sich selbst beschäftigt sein würde, um nachzufragen. Allerdings starrte Sophia in unsere Richtung, und ich konnte ihren Gesichtsausdruck nicht deuten. Sie wirkte jedenfalls nicht gerade begeistert. Was hatte ich jetzt schon wieder angestellt? Welcher unglaubliche Fauxpas war mir nichtsahnend unterlaufen?

»Daisy? Komm her, bitte«, sagte Sophia und klopfte auf den leeren Stuhl neben sich.

Daisy warf mir einen hilfesuchenden Blick zu, und ich schenkte ihr ein aufmunterndes Lächeln. Hätte ich bloß gewusst, wie ich ihr die Situation erleichtern konnte. Ich stand einen Augenblick betreten vor den anderen und fragte mich bereits, ob es jemand merken würde, wenn ich mich heimlich aufs Zimmer verzog, als Nick mich zu sich winkte.

»Warte, ich mache Platz für dich, Maddie. Komm nur.«

Ich setzte mich gehorsam neben ihn.

»Wir haben uns gerade an unseren letzten Familien-Ski-Urlaub in Verbier erinnert«, erklärte Rosamund. »Nick hat eine schwarze Piste genommen und war stundenlang verschollen. Ich telefonierte gerade mit der Bergwacht, als er durch die Tür des Chalets trat. Er sah schrecklich aus.«

»Bist du gestürzt?«, fragte ich ahnungslos.

»Eher *abgestürzt*. Beim Après-Ski.« Nick lachte.

Die anderen fanden es zum Brüllen.

»Fahren Sie auch Ski, Maddie?«, fragte Peter.

»Leider nein.«

Ich versuchte, etwas von der Unterhaltung zwischen Daisy und Sophia aufzuschnappen, die offenbar nicht gut verlief.

»Ich bestehe darauf, dass du mir sagst, was los ist«, zischte Sophia gerade. »Sofort. Wir haben keine Geheimnisse voreinander, Daisy.«

»Ich will nicht darüber reden«, erwiderte Daisy. »Außerdem habe ich mit Maddie ausführlich darüber gesprochen und fühle mich schon viel besser.«

»Du hast mit ... Maddie gesprochen?!«, fragte Sophia ungläubig.

Ich wand mich innerlich. Sie warf mir einen mörderischen Seitenblick zu, und ich griff eilig nach der Getränkekarte.

»Warum um alles in der Welt redest du mit *der* über deine Probleme?«, flüsterte Sophia leise und war sich offensichtlich nicht bewusst, dass wir alle dennoch jedes Wort verstanden. »*Ich* bin deine Mutter. Ich bin diejenige, mit der du reden solltest.«

»Ich kann reden, mit wem ich will«, erwiderte Daisy trotzig. »Und ehrlich gesagt bist du die Letzte, der ich mich anvertrauen würde.«

»Warte nur, bis ich deinem Vater davon erzähle!«, fauchte Sophia.

»Was willst du mir erzählen?«, fragte Nick.

Sophia sah aus, als würde sie jeden Moment explodieren.

»Deine Tochter redet mit anderen Leuten über ihre Probleme.« Sie sah mich kurz an, dann wandte sie sich mit hochgezogener Augenbraue erneut an Nick.

»Mit welchen anderen Leuten?«, fragte Nick.

»Mit Maddie«, erklärte Daisy und versetzte Sophia damit den Todesstoß.

Vielleicht hatte ich in dieser erbärmlichen Familie tatsächlich eine Verbündete gefunden.

Nick wirkte verwirrt. »Das macht dich wütend, weil …?«

»Weil …«, zischte Sophia. »Weil Daisy zu mir …«

»Maddie gehört genauso zur Familie, wenn sie Dad erst mal geheiratet hat«, fiel ihr Daisy ins Wort. »Und es tut gut, mit ihr zu reden, was man von dir nicht behaupten kann. Also werde ich mich weiter an sie wenden, und du kannst mich nicht davon abhalten.«

Ein Teil von mir genoss den Anblick von Sophias Gesicht, während der andere sich wünschte, sofort im Erdboden zu versinken.

Nick tätschelte lahm mein Knie, als spüre er meinen Zwiespalt.

»Beruhige dich, Sophia. Und zeig Maddie gegenüber etwas Respekt. Wir sollten froh sein, dass Daisy jemanden hat, dem sie sich öffnen kann. Es ist nicht gut, Dinge in sich hineinzufressen, vor allem nicht in diesem Alter.«

Sophia warf ihm einen entrüsteten Blick zu.

»Danke«, hauchte ich leise.

»Sophia, Liebes«, rief Rosamund und klatschte in die Hände wie eine Klassenlehrerin. »Warum gehst du nicht auf dein Zimmer und machst dich frisch fürs Abendessen?«

»Das habe ich bereits«, antwortete Sophia mit roboterhafter Stimme. Vermutlich biss sie die Zähne so fest zusammen, dass sie nicht richtig sprechen konnte.

Rosamund sah sie erbost an. Sie war es nicht gewöhnt, dass jemand die Beherrschung verlor. Zumindest nicht in der Öffentlichkeit. »Dann würde ich vorschlagen, dass Nick Maddie nach oben bringt, damit sie sich etwas abkühlen kann.«

In diesem Moment trat der Kellner mit meinem Chianti Classico an den Tisch. Der erste Schluck transportierte mich zurück auf Maurizios Weingut, und ich sah Aidan vor mir, der dem Winzer genauso aufmerksam lauschte wie ich und dessen Arme unter den aufgerollten Hemdsärmeln nach einigen Tagen in der Sonne goldbraun schimmerten.

»Ich muss mich nicht abkühlen, Rosamund«, erklärte ich. »Ich fühle mich großartig.«

Ich bemerkte, wie Nick neben mir betreten hin und her rutschte. Die Situation war für seinen Geschmack deutlich zu emotional geladen.

»Ich denke trotzdem, dass es das Beste wäre, Maddie«, beharrte Rosamund, die nicht zulassen konnte, dass ihre Autorität infrage gestellt wurde.

»Warum schickst du Maddie weg, Granny? Sie hat nichts falsch gemacht«, meldete sich Daisy zu Wort.

Und ich liebte sie dafür.

»Genug!«, rief Nick in einem seltenen Ausbruch von Wut. Er war sonst immer der Meinung, dass es um jeden Preis vermieden werden musste, die Kontrolle zu verlieren. »Maddie, wir gehen nach oben. Wir müssen uns sowieso noch fürs Abendessen fertig machen.«

»Na schön«, lenkte ich ein und erhob mich.

Je schneller ich von dieser Sippe Abstand gewann, desto besser.

Wir machten uns auf den Weg zu den Aufzügen, und ich spürte, dass Nick vor Wut kochte.

»Willst du darüber reden?«, fragte ich, als er den Aufzugknopf derart mit dem Finger malträtierte, dass ich Angst hatte, er würde ihn kaputt machen.

»Worüber?«

»Du wirkst wütend.«

Das war natürlich untertrieben, aber ich musste subtil vorgehen, um ihn nicht noch mehr zu reizen.

»Ich bin frustriert, Maddie. Das ist ein Unterschied.«

Der Aufzug kam immer noch nicht.

»Wegen Sophia?«

Nick stöhnte. »Nein. Nicht nur wegen Sophia.«

Endlich öffneten sich die Türen des Aufzugs, und wir traten hinein.

»Na los, sag schon«, forderte ich ihn auf, während sich die Türen schlossen. »Was frustriert dich so?«

Nick schien es nicht zu ertragen, mich anzusehen.

»Es ist einfach nicht so, wie ich es mir vorgestellt habe, okay?«, antwortete er leise. »Dein Zusammentreffen mit meiner Familie. Ich hätte nicht gedacht, dass es so …«

»Schwierig sein wird?«, schlug ich vor. »So explosiv?«

Er nickte knapp.

»Sie sind nicht so schlimm, wie du offenbar denkst, Maddie«, sagte er. »Und du darfst nicht vergessen, dass es die Menschen sind, die ich auf dieser Welt am meisten liebe.«
»Das weiß ich doch.«
»Warum gibst du dir dann nicht mehr Mühe?«
Ich musterte ihn eindringlich.
»Nervt es dich, dass wir ständig aneinandergeraten? In beinahe jeder Hinsicht?«, fragte ich.
Ich wollte, dass er ehrlich zu mir war. Auch wenn die Wahrheit noch so brutal war.
Er seufzte. »Ich habe das Gefühl, als ob ...«
»Sprich weiter.«
»Als ob ihr das Schlimmste aneinander zum Vorschein bringt.«
Ich bemerkte, wie sich meine Brust keuchend hob und senkte. Ich hätte mich zu gern verteidigt und ihm die bittere Wahrheit entgegengeschleudert, aber ich hätte wohl nur Dinge gesagt, die ich später bereut hätte, also schloss ich eine Sekunde lang die Augen und versuchte, ruhig zu bleiben. Seine Worte waren wie ein Schlag in die Magengrube gewesen, denn ich hatte mir eingeredet, dass *ich* der wichtigste Mensch in seinem Leben wäre, aber das schien inzwischen nicht mehr der Fall zu sein. Die Panik packte mich wie aus dem Nichts. Ich sah mein Leben vor mir. Ein Leben, in dem ich meine wahre Persönlichkeit unterdrücken musste und in dem ich mich immer kleiner fühlen würde, als ich war. Genauso wie in meiner Kindheit und Jugend. War es meine Bestimmung, dass an die Stelle meiner desinteressierten Eltern ebenso desinteressierte Schwiegereltern traten?
»Du willst also sagen, dass ich mich besser mit ihnen verstehen muss, denn sonst wird es zwischen uns doch nicht klappen?«, fragte ich, um sicherzugehen, dass ich ihn nicht

falsch verstanden hatte und die Situation schlimmer machte, als sie war.

Nick sagte nichts.

Die Aufzugtüren öffneten sich. Er stieg vor mir aus und ging einige Schritte vor mir den Flur entlang.

»Also, willst du das damit sagen oder nicht?«, rief ich ihm nach.

Es war fast so, als wollte ich ihn dazu bringen, mir zuzustimmen, aber das hätte in einem solchen Moment jeder getan oder nicht? Ich musste wissen, was er dachte. Ich verdiente die Wahrheit.

Er mühte sich mit der Schlüsselkarte ab, und seine Stimme war kaum zu hören. »Nein, Maddie. Ich liebe dich. Und das will ich damit nicht sagen.«

Aber warum glaubte ich ihm dann nicht?

## Kapitel achtzehn

Ich wartete mit Daisy im Innenhof der Uffizien. Es war ein beeindruckendes Bauwerk – zwei lang gezogene dreistöckige Häuser über beeindruckenden Säulengängen und am Ende ein schmales Verbindungsgebäude, durch dessen Torbögen man auf den Arno blickte. Ganz oben entdeckte ich nun auch hier den Vasarikorridor, von dem Aidan mir erzählt hatte, und ich stellte mir vor, wie der Stadtherr Cosimo de' Medici im sechzehnten Jahrhundert auf dem Weg zur Arbeit hier hindurchgeeilt war, um den Menschen auf der Straße zu entgehen.

Daisy befand sich in ihrer eigenen kleinen Welt, hatte ihre Kopfhörer auf und hörte, seit wir das Hotel verlassen hatten, in voller Lautstärke Musik. Auf dem Weg über die Piazza della Signoria hatte ich sie gefragt, was sie sich anhörte, doch sie hatte keine Antwort für mich übrig. Irgendwie liefen die Dinge heute Morgen nicht ganz rund, und ich hoffte beinahe, dass Aidan es am Vorabend nicht ernst gemeint hatte und nicht auftauchen würde. Andererseits war nach dem Abend mit Nick, der kaum ein Wort mit mir gesprochen hatte, und bei dem krankhaften Hass, den ich langsam auf Sophia entwickelte, ein vertrauter Mensch, der mich nicht nervtötend fand, genau das, was ich brauchte.

»Sind Sie wegen der Führung hier?«, fragte mich eine attraktive blonde Italienerin Ende dreißig.

»Ja, genau.« Ich gab ihr den Voucher, den ich im Hotel erhalten hatte.

»Sehr gut«, sagte sie und machte ein Häkchen auf ihrer Liste. »Dann sind Sie Madeleine? Und das ist Daisy?«

Ich stieß Daisy in die Seite, die daraufhin widerwillig ihre Kopfhörer abnahm.

»Ich heiße Francesca und werde Sie heute herumführen«, erklärte die Italienerin.

Genau diesen Augenblick hatte sich Aidan für seinen Auftritt ausgesucht. Er schritt über das Kopfsteinpflaster wie Mr. Darcy aus dem See. Selbst Daisy bemerkte ihn.

»Das ist doch der Typ, der bei der Weintour dabei war.«

»Ach ja«, erwiderte ich und gab mich überrascht.

»Ich hoffe, ich bin nicht zu spät«, sagte er, hielt neben uns und schenkte Francesca sein berühmtes Lächeln. »Sie sind sicher unsere Begleitung?«

Die Tatsache, dass sie sich nicht aus der Fassung bringen ließ, brachte mich zu dem Entschluss, mir ein Beispiel an dieser gefassten und geerdeten Italienerin zu nehmen, die sich in Beziehungen sicher nicht unterbuttern ließ. Mir war letzte Nacht klar geworden, dass es nicht unbedingt so sein musste, wie es war.

Vielleicht musste ich mich nicht mit den Gefühlen abfinden, die Nicks Familie in mir wachrief. Und ab und zu auch Nick. Und meine Eltern. Und Tim vom Holiday Shop. Vielleicht gab es irgendwo Leute, die mich respektvoll behandelten. Vielleicht konnte ich mich trotz allem wohl in meiner Haut fühlen. Francesca hatte es offenbar schon geschafft, auch wenn ich ihre private Situation nicht kannte.

»Und Sie sind Aidan?«, fragte sie.

»Ja«, bestätigte er.

»Muss ich bei der Führung wirklich dabei sein?«, jammerte Daisy.

»Ja, das musst du, immerhin hat dein Dad sie für dich organisiert«, antwortete ich. »Außerdem macht es sicher Spaß.«

»Unter Spaß verstehe ich etwas anderes«, erwiderte Daisy.

»Interessierst du dich denn nicht für Kunst?«, fragte Francesca überrascht.

Daisy zuckte mit den Schultern. »Schon. Aber shoppen mag ich lieber.«

»Shoppen kannst du jederzeit und überall«, bemerkte Aidan. »Im Innenhof der Uffizien stehst du nicht jeden Tag.«

»Museen sind einfach nicht mein Ding.« Daisy zuckte wieder mit den Schultern. »Und ich verstehe nicht, warum ich gezwungen werde, zwei Stunden meines Lebens mit etwas zu verbringen, das ich gar nicht will.«

»Ich habe dir doch gesagt, dass du mit deinem Dad darüber reden sollst«, erinnerte ich sie.

Ich konnte ja im Prinzip nichts ausrichten. Obwohl es ehrlich gesagt viel netter gewesen wäre, allein hier zu sein, ohne dass sie mir die ganze Zeit die Ohren volljammerte. Ich hatte keine Ahnung, warum Nick darauf bestanden hatte, dass sie mitkam. Das arme Mädchen schien den ganzen Urlaub über nur Dinge tun zu müssen, die sie nicht tun wollte.

»Kann ich nicht shoppen gehen, und wir treffen uns nach der Führung wieder hier?«, fragte sie mit hoffnungsvollem Blick.

»Daisy, ich bin für dich verantwortlich. Ich kann dich nicht einfach allein losziehen lassen.«

»Aber in London bin ich auch ständig allein unterwegs. Wo ist der Unterschied?«

Francesca warf mir einen mitfühlenden Blick zu. »Hier«, sagte sie und zog drei Kopfhörer aus ihrer Tasche. »Während Sie sich entscheiden, können Sie schon mal die hier aufsetzen. Damit hören Sie mich, egal, wo Sie sich gerade aufhalten.

Drinnen ist sehr viel los, und ohne Kopfhörer ist es vielleicht schwer, mich zu verstehen.«

Aidan und ich nahmen einen Kopfhörer, doch Daisy machte sich nicht einmal die Mühe, die Hand danach auszustrecken.

»Du könntest Dad anrufen und ihn fragen«, schlug sie vor.

»Wie alt bist du, Daisy?«, fragte Aidan, der seinen Kopfhörer bereits aufgesetzt hatte.

»Vierzehn. Bald fünfzehn.«

»Wow. Und du magst Mode?«

»Ja«, antwortete sie argwöhnisch. »Ich will mal Modedesignerin werden.«

»Wirklich? Dann musst du dich in Florenz mit all den Boutiquen wie im siebten Himmel fühlen. Warst du schon im Gucci Garden? Ich habe gehört, dass es da echt toll ist.«

»Wir waren vorgestern dort. Es war unglaublich. Ich habe diese Tasche bekommen.« Sie zeigte Aidan die Ledertasche, die Nick ihr geschenkt hatte.

»Sehr schön«, sagte Aidan. »Darf ich sie anfassen?«

Daisy zuckte mit den Schultern. »Klar.«

Aidan ließ die Hand über das leuchtend gelbe Leder gleiten. »Das ist ja unglaublich weich!«, schwärmte er.

Ich musste unwillkürlich lächeln. Aidan hatte eine Gabe, anderen das Gefühl der Wertschätzung zu geben.

»Ich wusste gar nicht, dass du dich für Taschen interessierst«, sagte ich.

Er zuckte mit den Schultern. »Ich erkenne Schönheit, wenn ich sie sehe, mehr nicht.«

Erst jetzt wurde mir klar, dass ich mich ihm gegenüber zu vertraut gegeben hatte. Wenn Aidan und ich Fremde waren, wie es gestern den Anschein gehabt hatte, hatte das jetzt sicher seltsam geklungen. Woher sollte ich wissen, wofür er sich interessierte und wofür nicht?

Glücklicherweise hatte Daisy offenbar nichts bemerkt. Sie schien bloß überglücklich, dass ihr einmal jemand tatsächlich zuhörte. So etwas lag Aidan. Wenn er mit jemandem sprach, hatte derjenige seine ganze Aufmerksamkeit.

»Na gut, ich rufe deinen Dad an«, lenkte ich ein, holte mein Handy aus der Tasche und verheddert mich dabei natürlich im Kabel des Kopfhörers.

Ich wählte Nicks Nummer und murmelte eine leise Entschuldigung in Richtung Francesca, die dankenswerterweise gutmütig genug war, um es zur Kenntnis zu nehmen und lächelnd abzuwinken.

Nick hob natürlich nicht ab. Das wurde langsam zur Gewohnheit. Ich hinterließ ihm eine Nachricht.

»Nick, ich bin's. Ich stehe mit Daisy vor den Uffizien. Sie will die Tour nicht machen und würde sich lieber die Läden in der Umgebung ansehen. Ist das okay? Sie sagt, sie darf in London auch allein los. Bitte ruf mich so schnell es geht zurück, die Fremdenführerin wartet auf uns.«

Ich legte auf.

Daisy sah mich erwartungsvoll an. »Und? Darf ich?«

»Wir warten auf die Erlaubnis von deinem Dad.«

»Ich kann Mum anrufen und ihr Bescheid sagen«, sagte Daisy und drehte ihr Handy in der Hand. »Sie hat sicher nichts dagegen, ehrlich.«

Ich wusste nicht, was ich tun sollte. Wie sollte ich entscheiden, was die Kinder anderer Leute tun durften und was nicht?

»Florenz ist eine sehr sichere Stadt«, erklärte Aidan. »Die Kriminalitätsrate ist verschwindend gering, nicht wahr, Francesca?«

»Ja«, stimmte ihm Francesca eifrig zu. »Ich habe selbst Kinder im Teenageralter, und sie sind ständig allein in der Stadt unterwegs, sitzen in einem Café oder treffen sich mit Freunden.«

»Wirklich?«, fragte ich. Das beruhigte mich ein wenig.
»Natürlich«, antwortete Francesca.

Ich wandte mich an Daisy. »Und du schwörst, dass du sofort deine Mum anrufst und ihr sagst, wo du bist und wo du hinmöchtest?«

»Ich verspreche es«, erwiderte Daisy, die um einiges fröhlicher aussah, nachdem sie ihren Willen durchgesetzt hatte.

Ich machte mir immer noch Sorgen, aber es war unwahrscheinlich, dass etwas passieren würde. Hätte Nick abgehoben, hätte ich eine definitive Antwort gehabt, aber das hatte er nicht, weshalb ich selbst eine Entscheidung treffen musste.

»Wir treffen uns genau hier. Direkt vor der Donatello-Statue. Um Punkt halb zwölf.«

»Klar«, sagte Daisy. »Ich habe zwei Stunden. Verstanden.«

»Und geh nicht zu weit weg. Halte dich an die belebten Straßen und Plätze. Lauf nicht in irgendwelche dunklen Gassen oder so.«

Aidan warf mir ein mitfühlendes Lächeln zu.

»Versprochen«, sagte Daisy, die sich bereits abwandte.

Mein Magen zog sich zusammen, als ich ihr nachsah. Ich hoffte inständig, dass ich das Richtige getan hatte.

# Kapitel neunzehn

Sobald Daisy verschwunden war, marschierte Francesca in Richtung Eingang. Ich warf Aidan einen schnellen Blick zu, während wir unsere Kopfhörer einstellten. Hätte ich ihm bloß gesagt, dass er erst gar nicht herzukommen brauchte.
»Nur wir beide?«, sagte er.
»Sieht so aus.«
Ich musste mich an den Gedanken klammern, dass es wohl meine letzte Chance war herauszufinden, was vor zwei Jahren mit Aidan passiert war. Und auch wenn ich mir einredete, dass ich es für Nick und mich tat, damit ich mich auf unsere Beziehung konzentrieren und seine Familie besser kennenlernen konnte, wusste ich tief im Inneren, dass ich es für mich und meinen Seelenfrieden tat. Was vermutlich okay war. Warum sollte ich selbst nicht auch einmal an erster Stelle stehen? Ich wollte Aidan aus meinem Leben und meinem Kopf verbannen, und das würde ich hoffentlich bis halb zwölf schaffen.
»Glaubst du, man darf hier drin filmen?«, fragte ich Aidan, und Francesca, die offenbar Ohren wie ein Luchs hatte, antwortete sofort: »Keine Videoaufnahmen im Museum!«
Aidan sah mich mit hochgezogenen Augenbrauen an.
»Arbeitest du immer noch für den Holiday Shop? Für diesen Schwachkopf Tim?«
»Ja. Und ja.«
Er wirkte überrascht.

»Er wurde zum Senior-Produzenten befördert. Meine Freundin Lou ist mittlerweile Regisseurin. Und ich bin noch immer genau da, wo ich vor zwei Jahren war. Vorerst zumindest«, sagte ich und dachte an meine Idee mit der Website.

Wir kamen zur Sicherheitskontrolle, die mich ähnlich wie in der Galleria dell'Accademia an einen Flughafen erinnerte. Nachdem unsere Taschen kontrolliert worden waren, führte uns Francesca in eine Art Backstage-Zone. Die unzähligen Flure waren weiß und grau gestrichen, und es gab Treppen ohne Ende.

»Du bist nicht daran schuld, dass du noch nicht befördert worden bist«, meinte Aidan. »Es ist ein hartes Business, in dem man leicht stecken bleiben kann.«

»Ich denke, wir können nicht alle auf die Füße fallen so wie du.«

Aidan wirkte verwirrt. »Wie meinst du das?«

»Ich hätte dich nicht als *Condé-Nast*-Reisenden eingeschätzt.«

»Es ist bloß ein Job, Maddie. Ich bereise die Welt und schreibe interessante Berichte, die gemeinsam mit den dazugehörigen Hochglanzbildern in einem Hochglanzmagazin erscheinen. Da ist es doch egal, wenn es mit meinen eigenen Werten nicht ganz übereinstimmt.«

Na toll. Jetzt wirkte ich verbittert und missgünstig, was seinen Erfolg betraf.

»Solange es dich glücklich macht«, bemerkte ich und schaffte es nicht, den schnippischen Tonfall abzulegen.

Als hätte ich mich in eine Sophia 2.0 verwandelt.

»Die Uffizien wurden im Auftrag von Cosimo dem Ersten, Großherzog der Toskana, errichtet«, dröhnte Francescas Stimme aus dem Kopfhörer.

*Schon wieder Cosimo*, dachte ich.

»Davor befand sich an dieser Stelle eine antike Kirche, und wenn Sie hier durch dieses Glas blicken, sehen Sie den alten Boden und den Altar.«

Ich hielt an, um mir die Steinruinen genauer anzusehen, und als ich den Blick wieder hob, waren Francesca und Aidan bereits weitergegangen, und ich musste mich beeilen, um zu ihnen aufzuschließen. Es ging eine weitere steile Treppe nach oben, und ich hörte Francesca angestrengt atmen und keuchen, obwohl ich sie nicht sehen konnte, was einigermaßen befremdlich war. Am Ende der Treppe traf ich wieder auf die beiden.

»Die Uffizien wurden unter anderem von Giorgio Vasari entworfen und beherbergen die zweitwichtigste Kunstsammlung der Welt. Maddie, können Sie mir sagen, welche die wichtigste ist?«

Das war ja wie bei der Weinverkostung.

Ich hob ergeben die Hände. Mein Allgemeinwissen war nicht berauschend. »Ähm ... der Louvre?«, riet ich.

»Korrekt!«, erwiderte Francesca. »Der Louvre beherbergt die wichtigste Kunstsammlung der Welt und ist tatsächlich vierundzwanzig Mal größer als die Uffizien.«

»Wow«, staunte Aidan. »Kein Wunder, dass ich mich nur an die Mona Lisa erinnern kann.«

»Ich auch«, gestand ich.

»Es ist einschüchternd, nicht wahr? Selbst hier in den Uffizien kann man sich unmöglich alles an einem Tag ansehen«, bemerkte Francesca.

Wir befanden uns mittlerweile im ersten Stock, und von rechts strömte das Tageslicht durch die Fenster und tauchte den langen Korridor in ein magisches Licht. Die Decke war mit Holz vertäfelt, und alle paar Meter begann ein weiteres kunstvolles handgemaltes Fresko.

Aidan trat neben mich.

»Ich habe letzte Nacht an dich gedacht«, sagte er, während Francesca etwas über die Gemälde im Korridor erzählte, die Päpste, Könige und Königinnen zeigten.

»Tatsächlich?«, fragte ich betont beiläufig und gab mich fasziniert von den Deckenmalereien.

Sein Arm berührte meinen, und im nächsten Moment standen sämtliche Nervenenden meines Körpers in Flammen.

Wir bewegten uns durch die Galerie und hielten immer wieder an, um die wunderschönen, teilweise mehr als sechshundert Jahre alten Bilder und Skulpturen zu betrachten, während uns Francesca begeistert die faszinierenden Geschichten dahinter näherbrachte. Die erste Stunde verging wie im Flug, und ein Teil von mir wollte die Erfahrung nicht ruinieren, indem ich Aidan noch einmal darauf ansprach, was vor zwei Jahren passiert war. Denn was auch immer es war, es würde nichts an der Situation ändern, oder?

Doch als wir Francesca schließlich in einen weiteren Raum folgten und vor mehreren Gemälden stehen blieben, die sieben Frauen auf mittelalterlichen Thronstühlen zeigten, hatte ich das Gefühl, als liefe mir die Zeit davon.

»Das sind die Sieben Tugenden«, erklärte Francesca. »*Glaube, Hoffnung, Nächstenliebe, Mäßigung, Klugheit, Tapferkeit* und *Gerechtigkeit*.«

»Ich bin mir nicht sicher, ob ich eine dieser Tugenden besitze«, flüsterte Aidan mir zu.

»Ich mir auch nicht«, stimmte ich ihm nur halb im Scherz zu.

Mir war wieder eingefallen, wie es sich angefühlt hatte, mit ihm zusammen zu sein. Wie witzig er war, wie mühelos die Gespräche verliefen. Das war nicht gut.

»Sechs dieser Gemälde stammen von Piero del Pollaiuolo«,

erzählte Francesca. »Aber eines gilt als das erste Werk von Botticelli. Ich würde mich sehr freuen, wenn Sie das richtige Bild erraten.«

Ich betrachtete die Bilder. Eines sprang mir sofort ins Auge. Es hielt meinen Blick gefangen. Das Kleid der Frau war sehr detailliert und klar dargestellt, und ihr Gesicht wirkte dreidimensionaler.

»Das hier.« Ich deutete auf das erste Gemälde.

Francesca klopfte mir auf die Schulter. »Sie haben recht, Maddie. Gut gemacht. Das ist die *Tapferkeit*. Sandro Botticelli hat das Bild 1470 gemalt.«

»Du hast offenbar mehr Ahnung von Kunst als von Wein«, bemerkte Aidan.

»Scheint so. Übrigens ... war das mit der Banane Absicht?«

»Kann schon sein«, erwiderte er lächelnd.

Ich nickte. »Danke.«

»Gern geschehen.«

»Ich sollte Nicks Familie hierherschleppen, damit sie sehen, dass ich nicht so wenig Ahnung habe, wie sie glauben.«

Aidan runzelte die Stirn. »Glauben sie das wirklich?«

Ich zuckte mit den Schultern.

»Nick war vorher also mit dieser Frau mit dem überbordenden Selbstvertrauen verheiratet? Mit dieser Sophia?«

»Exakt.«

»Und er hat dir nicht gesagt, dass sie auch kommt?«

Ich schüttelte den Kopf. »Fehlt es eigentlich allen Männern an den grundlegenden kommunikativen Fähigkeiten?«

»Ich kann unmöglich für *alle* Männer sprechen«, erwiderte Aidan.

Ich trat näher an die *Tapferkeit* heran. Es lag etwas unheimlich Starkes und Mächtiges in der über 550 Jahre alten Frau auf dem Gemälde.

»Also, sagst du es mir jetzt?«, fragte ich. »Sagst du mir, was damals passiert ist? Warum du verschwunden bist?«

»Ja«, antwortete er leise und trat hinter mich. Er war mir so nahe, dass ich seinen Atem in meinem Nacken spüren konnte. Seine Stimme sandte ein Schaudern nach dem anderen über meinen Rücken.

*Reiß dich zusammen*, befahl ich mir.

»Ich habe dir schon von der Diagnose meiner Mutter erzählt …«

Ich nickte. »Ja.«

»Die Krankheit wird normalerweise von der Mutter an die Kinder weitergegeben, und obwohl Männer und Frauen Symptome entwickeln können, treten sie bei Männern häufiger auf.«

Ich schluckte. Verlor Aidan sein Augenlicht?

»Allerdings passte da so einiges nicht zusammen«, fuhr Aidan fort. »Weder Mum noch Dad forderten mich auf, einen Test zu machen, ob ich das Gen auch in mir trage, und als ich sie darauf ansprach, winkten sie ab. Angeblich hätte ihnen der Arzt gesagt, dass es nicht notwendig wäre. Dass es unwahrscheinlich wäre, dass die Krankheit auch bei mir ausbrechen würde. Und da ich sowieso nichts dagegen machen könnte, hätte es keinen Sinn, einen Test zu machen, solange ich keine Symptome hätte.«

»Das klingt seltsam.«

»Ganz genau. Deshalb habe ich meinen Arzt kontaktiert, um mich testen zu lassen.«

»Warum hast du mir nichts von alldem erzählt?«, fragte ich. Wir hatten über so vieles geredet. Über unsere katastrophalen Beziehungen, über unsere Sehnsüchte, über unser Scheitern. Warum nicht auch darüber?

»Ich hätte etwas sagen sollen«, räumte Aidan ein. »Aber

ich war es nicht gewöhnt, über meine Gefühle zu sprechen. Ich weiß, es hat sich so angefühlt, weil es mir dir gegenüber so leichtgefallen ist, aber es war alles andere als normal. Ich wollte es dir einige Male erzählen, aber irgendetwas hat mich immer davon abgehalten. Wenn sich herausgestellt hätte, dass ich das Gen in mir trage, wäre alles aus gewesen. Du hättest zum Beispiel niemals Kinder mit mir haben wollen.«

»Aidan, wir waren einen Monat zusammen. Wir haben noch gar nicht über gemeinsame Kinder nachgedacht, geschweige denn darüber geredet.«

»Ich habe sehr wohl darüber nachgedacht«, sagte er und sah mich auf diese besondere Art an, die mir so vertraut war.

Ich schluckte.

»Und nun zeige ich Ihnen mehr von Botticelli«, verkündete Francesca feierlich.

Ich bemühte mich, sie nicht aus den Augen zu verlieren, während meine Gedanken rasten. Er hatte eine Zukunft für uns gesehen. Er hatte so weit vorausgedacht, dass er sich sogar Gedanken über gemeinsame Kinder gemacht hatte. Etwas, was ich nie gewagt hatte. Was war passiert?

»Dieses Gemälde trägt den Titel *Primavera*«, erklärte Francesca und hielt erneut an. »Das bedeutet *Frühling*.«

Das Bild hatte einen dunklen Hintergrund, dennoch mangelte es nicht an farbenfrohen Details bei den dargestellten Früchten, Blumen und Bäumen. Unsere Führerin deutete auf die Figur in der Mitte. Es war Venus, die Göttin der Liebe, die etwas zurückgezogen hinter den anderen stand. Über ihr flog Amor, der eine Augenbinde trug und einen Pfeil im Bogen hatte. Als sich die kleine Menschenmenge vor uns auflöste, traten Aidan und ich näher, um uns das Gemälde genauer anzusehen.

»Ziemlich berührend, oder?«, fragte Aidan.

Ich nickte. »Mir war bisher nicht klar, dass man tatsächlich vor dem Bild stehen muss, um es in seiner Ganzheit zu würdigen.«

Aidan warf einen Blick auf die Uhr. »Es ist schon elf. Wir haben nicht mehr viel Zeit.«

Ich verstand, was er meinte. Das war die letzte Chance, dass wir uns allein unterhalten konnten. Wenn ich jetzt nicht die ganze Geschichte erfuhr, würde ich nie verstehen, warum das alles dazu geführt hatte, dass er an jenem Abend nicht aufgetaucht war.

»Was ist bei den Tests herausgekommen? Trägst du das Gen in dir?«, fragte ich sanft.

»Nein.«

»Aber das ist doch gut, oder?«, sagte ich und entspannte mich ein bisschen.

Er nickte. »Aber das Seltsame ist erst danach passiert. Als ich meinen Eltern von dem Test erzählte, fing meine Mum an zu weinen. Sie heulte wie ein Schlosshund, direkt vor meinen Augen.«

»Wahrscheinlich war sie erleichtert. Sie hätte sich sicher Vorwürfe gemacht, wenn es anders gewesen wäre.«

»Das dachte ich zuerst auch. Aber dann ließen sie die Bombe platzen. Es gäbe etwas, das sie mir erzählen müssten. Etwas, das sie schon seit ... nun, seit einunddreißig Jahren mit sich herumschleppten.«

»Und das wäre?«

»Ich wurde adoptiert.« Aidan stieß ein hohles Lachen aus. »Und sie hatten beschlossen, dass es besser wäre, es mir nicht zu sagen.«

Mir stockte der Atem. *Adoptiert?* Ich erinnerte mich, wie nahe er seinen Eltern gestanden hatte. Wie liebevoll er über sie gesprochen und wie erfrischend ich es empfunden hatte.

»Verdammt noch mal«, murmelte ich. Das hatte nichts mit den trivialen Gründen gemein, die er mir in meiner Vorstellung geliefert hatte.

»Ja. Es war hart.«

»Und das war alles …?«

»An dem Nachmittag, als wir uns die Ausstellung ansehen wollten. Es war ein solcher Schock. Mum und ich hatten uns vorher nie wirklich gestritten. Ich hatte immer gedacht, ich wäre wie sie. Wir sind beide sensibel, lieben Süßes, schlafen schlecht und sind gern mit Menschen zusammen, was man von meinem Dad nicht behaupten kann. Du denkst, es liegt dir in den Genen. Aber das stimmt nicht.«

Er versuchte sich an einem Lächeln, aber ich sah ihm an, wie schmerzhaft es gewesen war.

»Aber es kommt trotzdem von deiner Mum. Von der Beziehung, die ihr zueinander hattet. Du hast miterlebt, wie sie mit anderen umgeht. Und das ist doch irgendwie dasselbe, oder?«

»Vielleicht«, sagte er, während wir Francesca in den Raum mit Leonardo da Vincis Werken folgten.

Das Licht war gedämpft, was laut Francesca Absicht war, um seine Bilder auf die beste Art zu präsentieren, nämlich nachdenklich und besonnen. Die Stille im Saal und das dämmrige Licht boten den perfekten Rahmen, in dem endlich alles an seinen Platz fand.

# London

## *Zwei Jahre früher*

»Wo willst du denn hin?«, fragte Lou und setzte sich auf meine Schreibtischkante.

»Zu einer Foto-Ausstellung. Der Abend wird ein Traum. Herrliche Bilder von Reisen um die ganze Welt und Unmengen an kostenlosem Champagner.«

Lou wirkte skeptisch. »Das gibt's sonst nur in Filmen.«

»Stimmt.«

»Aber was hast du dann noch hier verloren?«, fragte Lou mit einem Blick auf ihre Uhr. »Hast du nicht schon offiziell Feierabend?«

Ich nickte und tippte weiter.

Ich wollte das Drehbuch für die Sendung über die Balearen fertigbekommen, bei der ich Tim am nächsten Tag zur Seite stehen würde. Wobei »zur Seite stehen« im Grunde bedeutete, dass ich die ganze Arbeit machte und er wieder das Lob einkassieren würde.

»Aidan kann erst um sieben«, erklärte ich. »Er hat ein Meeting oder so, und ich dachte, ich kann genauso gut hierbleiben, anstatt zuerst nach Hause und dann wieder zurückzufahren.«

Lou warf mir einen verschwörerischen Blick zu. »Habt ihr eigentlich schon Pläne fürs Wochenende?«

Lou und ihr Mann Will wollten mich und Aidan möglichst bald zum Abendessen zu sich nach Hause einladen, damit sie ihm auf den Zahn fühlen konnten. Aber ich wollte ihn lieber noch eine Zeit lang nur für mich haben. Das klang zwar schräg und vielleicht auch etwas besitzergreifend, aber wir lernten uns ja gerade erst kennen. Jedes Mal, wenn wir uns trafen, fühlte ich mich ihm noch mehr verbunden. Ich sah eine Zukunft für uns beide, auch wenn wir uns erst seit einem Monat kannten, trotzdem gab es noch so viel über ihn zu erfahren. Und bevor ich ihn von meinen Freunden und meiner Familie verhören ließ (nicht dass ich es eilig gehabt hatte, ihn meinen Eltern und meinen Geschwistern vorzustellen), wollte ich sicher sein, dass es zwischen uns so gut lief, wie es den Anschein hatte.

»Wir kommen bald mal zum Abendessen vorbei, versprochen«, versicherte ich Lou.

Sie seufzte übertrieben. »Gut. Also, ich bin dann mal weg. Will hat heute Abend eine spannende Challenge für mich. Wir entrümpeln unsere Schränke. Wie du siehst, wissen wir, wie man sich amüsiert!«

»Häusliche Glückseligkeit. Warum genau will ich das auch?«

»Keine Ahnung! Genieß den heißen Sex und den Nervenkitzel, solange du kannst, denn auch wenn ich nicht gern als Überbringerin schlechter Nachrichten dastehe: Es ist nicht von Dauer.«

Ich lachte, obwohl ich mir nicht vorstellen konnte, dass der Sex mit Aidan einmal nicht mehr heiß sein würde. In seiner Gegenwart nahm ich mir die Freiheit, zu tun, was auch immer ich wollte, und zu sagen, was mir in den Sinn kam, und zwar auf eine Art, mit der ich mich bisher nie wohlgefühlt hatte. Er gab mir das Gefühl, so sexy und attraktiv zu sein, wie ich es nie für möglich gehalten hätte, drückte mich an Wände, wischte Tischplatten leer und kam zu mir unter die Dusche, obwohl ich zur Arbeit musste. Ich hatte ehrlich keine Ahnung, womit ich so viel Glück verdient hatte.

»Dann bis morgen«, verabschiedete ich mich und wandte mich wieder dem Drehbuch zu, um ihm den letzten Schliff zu verpassen.

Ich wollte noch mein Make-up auffrischen und einige Dinge googeln, bis Aidan in etwa zwanzig Minuten eintreffen würde. Vielleicht wollte ich mich auch noch ein bisschen über den Fotografen informieren, dessen Bilder wir uns heute ansehen würden – es war angenehm, kompetent zu wirken und einige intelligente Anmerkungen zu seiner Arbeit fallen zu lassen, anstatt nur davon zu schwärmen, wie sehr mir die Fotos gefielen.

Eine halbe Stunde später war das Make-up fertig. Ich hatte die Haare den ganzen Tag offen getragen, doch sie kräuselten sich bereits, sodass ich langsam aussah wie ein Pilz und sie zu einem ärgerlich fluffigen Pferdeschwanz zusammenbinden musste. Ich war nicht unbedingt zufrieden mit dem Ergebnis meiner Bemühungen, aber das war wohl das Risiko, wenn man sich im Büro fertig machte. Man konnte nichts tun, wenn einem das Outfit im Nachhinein doch nicht gefiel oder wenn man dringend ein Glätteisen brauchte, das man nicht in der U-Bahn mitschleppen wollte, was man mittlerweile bitter bereute.

Ich warf erneut einen Blick auf mein Handy. Keine Nachricht von Aidan. Aber er würde sicher in ein paar Minuten hier sein, und es war ja nicht so, dass wir zu einer bestimmten Zeit bei der Ausstellung sein mussten. Ich googelte Rezepte, die in spätestens 30 Minuten fertig waren, da ich mein Repertoire erweitern musste, wenn Aidan weiter jeden zweiten Tag zu mir kam.

Um neun begann ich, mir Sorgen zu machen. Ich versuchte mehrmals, ihn anzurufen, schrieb eine SMS und eine WhatsApp und hinterließ eine Nachricht. Er antwortete sonst immer, wenn ich ihm schrieb, und er war noch nie zu spät zu einem Treffen gekommen. Ehrlich gesagt war ich diejenige, die ihm ständig schrieb und sich tausend Mal entschuldigte, weil sie im Büro, im Verkehr oder sonst wo stecken geblieben war. Doch an diesem Freitagabend saß ich herausgeputzt und allein in meinem Büro. Es war mittlerweile so spät, dass das Reinigungspersonal bereits die Staubsauger angemacht hatte.

Ich googelte »aktuelle Probleme in London«, und danach »U-Bahn-Ausfälle« und »Busunfälle«, bis ich schließlich ratlos in die Luft starrte und mich fragte, was ich jetzt tun sollte. Sollte ich einfach nach Hause gehen? Aidan erwartete doch sicher nicht, dass er zwei Stunden zu spät kommen konnte und mich immer noch hier vorfinden würde. Wie erbärmlich wäre das denn? Nach einem letzten Blick auf mein stummes Telefon machte ich den Computer aus und stapfte eingeschnappt aus dem Büro, wobei ich den Reinigungskräften zuwinkte, die ich tatsächlich noch nie gesehen hatte. Nicht einmal ich arbeitete normalerweise so lange. Irgendetwas stimmte nicht, das war mir klar. Und wie auch immer es ausging, ich hatte das Gefühl, dass es schlimm enden würde.

Ich ließ das Handy absichtlich in der Küche, um nicht ständig danach zu greifen, aber natürlich hatte ich mir bald eingeredet, noch ein Glas Wasser zu brauchen, und als ich am Handy vorbeikam, stieß ich unabsichtlich gegen das Display, das sofort aufleuchtete. Noch immer nichts. Vielleicht sollte ich das Handy trotz allem in die Nähe das Bettes legen, falls jemand verzweifelt versuchen sollte, mich mitten in der Nacht zu erreichen (man konnte ja nie wissen …). Allerdings würde ich es ganz unten in meiner Wäscheschublade verstecken.

Einige Zeit später wälzte ich mich noch immer im Bett von einer Seite auf die andere und wünschte mir einzuschlafen, damit ich nicht mehr an Aidan denken musste, als plötzlich mein Telefon piepte. Ich sprang auf, riss die Schublade auf und grub mich durch Unterhosen, BHs und Spanx, bis ich es gefunden hatte. Er hatte eine Nachricht geschrieben. Ich schnappte nach Luft und öffnete sie.

*Ich kann das gerade nicht. Es tut mir leid.*

Ich schluckte und hatte das Gefühl, gleich loszuheulen, doch ich tat nichts dergleichen. Stattdessen las ich die Nachricht immer und immer wieder.

*Rede mit mir. Was ist los?*, schrieb ich schließlich.

Und dann hielt ich das Handy die restliche Nacht fest umklammert und wartete auf eine Antwort, die niemals kam.

## Kapitel zwanzig

Es war elf Uhr neunundzwanzig, als wir uns bei Francesca bedankten und uns den Säulengang entlang auf den Rückweg machten. Aidan genoss die Sonne im Innenhof, während ich im Schatten blieb, sodass er immer wieder hinter einer Säule verschwand und im nächsten Moment lächelnd und noch attraktiver als je zuvor wieder auftauchte. Aidan hatte an dem Abend, an dem wir uns treffen wollten, etwas Schlimmes erfahren. Er hatte andere Dinge im Kopf gehabt, und ich war die Letzte gewesen, an die er in dem Moment gedacht hatte. Das verstand ich. Zum Teil.

»Warum hast du mich nicht angerufen?«, fragte ich. »Nicht an dem Abend. Aber später. Sobald der Schock ein wenig nachgelassen hatte?«

»Ich ... ich hatte vollkommen das Vertrauen verloren«, erklärte er. »Ich habe meine Eltern in diesem Moment gehasst. Die Leute, die mir auf der Welt am meisten bedeuteten, hatten mich dreißig Jahre lang belogen. Und wenn sie zu so etwas fähig waren, dann galt das wohl auch für alle anderen. Ich war dabei, mich in dich zu verlieben, und das machte mir Angst. Ich war komplett paranoid, redete mir ein, dass das, was wir hatten, nicht real war. Dass du sicher auch etwas vor mir versteckst. Dass du nicht diejenige bist, als die du dich präsentiert hast. Es dauerte lange, bis ich darüber hinweggekommen bin und wieder zu mir selbst gefunden habe.«

Ich wusste nicht, was ich davon halten sollte. Einerseits fühlte ich mit ihm. Als Kind hatte ich mir manchmal vorgestellt, adoptiert zu sein. Ich träumte davon, wie meine echten, aufmerksamen, liebevollen Eltern durch die Tür treten und mich vor meiner betrügerischen Mum und meinem Dad retten würden, die ich zwar liebte, die aber meiner Meinung nach nicht die uneingeschränkte Liebe für mich empfanden, die ich mir von ihnen wünschte. Aber das wollte ich natürlich nicht wirklich, und für Aidan, der seinen Eltern sehr nahegestanden hatte, musste es grauenhaft gewesen sein.

»Es tut mir leid«, sagte Aidan. »Auch wenn ich weiß, dass es das nicht wiedergutmacht. Nicht im Geringsten.«

Ich suchte nach der Donatello-Statue, wo Daisy auf uns warten wollte.

Aidan sah mich an. »Und auch wenn es dich vermutlich nicht kümmert, ich hatte seither keine Beziehung mehr.«

»Aber du hattest ständig Beziehungen!«, sagte ich schockiert. »*Ich* war diejenige, die Angst davor hatte. Du hast dich furchtlos hineingestürzt und niemals zurückgeschaut. Das hast du mir zumindest erzählt.«

»Das war vorher.«

Ich dachte an die Zeit nach dem Ende unserer Beziehung und was die Trennung mit mir gemacht hatte. Mit Aidan hatte ich das Gefühl gehabt, als gäbe es endlich etwas Gutes in meinem Leben. Etwas Besonderes, von dem ich jedem erzählen wollte. Und als es dann vorbei war und ich allen erklären musste, dass ich einen Fehler gemacht und doch nicht die Liebe meines Lebens getroffen hatte, hatte es mir den Boden unter den Füßen weggezogen. Es war so schrecklich demütigend gewesen, und ich nahm an, dass ich mich deshalb so schnell wieder anderen Männern zugewandt hatte. Ich wollte mir beweisen, dass ich nicht für immer allein bleiben würde, dass es irgendwo dort draußen jemanden für mich gab. Das musste es einfach. Wobei es keine Rolle spielte, ob dieser Jemand der Richtige war. Es ging lediglich darum, nicht allein zu sein. Und dann hatte ich Nick kennengelernt.

»Ich war beim Sender, weißt du?«, sagte Aidan.

Ich sah ihn schockiert an. »Was? Wann?«

»Sobald sich alles etwas beruhigt hatte und ich wieder einigermaßen klar denken konnte. Ein paar Wochen, nachdem ich das mit meinen Eltern herausgefunden hatte. Ich habe vor dem Sender gewartet. Ich wusste, dass du um etwa fünf Schluss machst, also bin ich früher hin und habe mich auf eine Bank gegenüber gesetzt.«

»Aber du hast mich nicht gesehen?«

»Doch, das hab ich.«

Ich schüttelte ungläubig den Kopf. Er war da gewesen! Vor dem Sender! Es hätte alles ganz anders enden können.

»Warum bist du nicht zu mir gekommen und hast mit mir geredet?«, fragte ich.

»Weil du mit Nick zusammen warst.«

Ich dachte an damals zurück und überlegte, wann Nick mich von der Arbeit abgeholt hatte. Das tat er selten, weil er weit entfernt in der City arbeitete. Und dann dämmerte es mir. Es war unser zweites Date gewesen. Er hatte mir einen riesigen Strauß weiße Rosen ins Büro geschickt und mich um ein Treffen gebeten. Abendessen im Promi-Restaurant The Ivy.

»Wir waren davor nur einmal verabredet«, erklärte ich. »Ich wollte ihn eigentlich nicht wiedersehen, weil ich noch nicht dazu bereit war. Ich dachte ständig an dich und hatte nicht den Kopf dafür. Aber dann hat er mir Blumen ins Büro geschickt und mich am selben Abend zum Essen eingeladen. Ich hatte einen beschissenen Tag, Tim war schrecklich gewesen, und ich dachte: Warum nicht? Es ist ja nur ein Essen.«

»Es wirkte, als wärst du ziemlich schnell weitergezogen.« Aidan wandte den Blick ab und ließ ihn über das Kopfsteinpflaster schweifen. »Und ein Teil von mir konnte es dir nicht einmal verübeln. Ich hatte es vermasselt, weil ich mich nicht bei dir gemeldet hatte. Ich hatte mich völlig zurückgezogen. Das musste ich, um mich selbst zu schützen.«

»Aber da war noch ein anderer Teil?«

»Ich dachte, ich hätte Glück gehabt. Weil ich idiotischerweise geglaubt hatte, du hättest auf mich gewartet. Ich habe es mir genau vorgestellt: Ich würde vor dem Sender auf dich warten und dir alles erklären, und du würdest zuhören, mich verstehen und mich einfach in den Armen halten, wie du es immer getan hast. Aber dann sah ich dich mit ihm. Und diesen riesigen Blumenstrauß. Es waren nicht einmal drei Wochen vergangen. Ich habe mich sogar gefragt, ob du während unserer Beziehung bereits mit Nick zusammen warst.«

»Das war ich nicht! Ich mache das immer – ich tue so, als wäre es mir egal, dass mich ein Mensch, auf den ich mich zu hundert Prozent verlassen habe, im Stich gelassen hat. Ich wollte mit niemand anderem zusammen sein. Ich musste mir nur beweisen, dass ich es konnte, wenn ich wollte.«

Aidan nickte.

»Ich bin davon ausgegangen, dass ich dich durch irgendein Verhalten in die Flucht geschlagen hatte«, fuhr ich fort. »Und ich gelangte zu dem albernen Schluss, dass es zu gefährlich ist, sich derart heftig zu verlieben. Und dass es eine andere Art von Liebe gibt, wie ich sie schließlich mit Nick gefunden habe. Eine gemächlichere, sanftere Liebe. Eine einfachere Liebe.«

»Die du besser unter Kontrolle hast.«

Ich nickte. »Ganz genau.«

Irgendwo auf der Straße erklangen die ersten Töne von *O mio babbino caro*. Ein Straßenmusikant mit einer Violine. Wir hielten vor der Donatello-Statue. Es war bereits nach halb zwölf. Wo blieb Daisy?

»Sie wird jede Minute hier sein«, sagte Aidan, der offenbar meine Gedanken gelesen hatte.

Ich warf einen Blick auf mein Handy. Nick hatte sich nicht gemeldet. Seltsam. Er wollte doch eigentlich im Hotel bleiben und mit seiner Mum einen Kaffee auf der Dachterrasse trinken. Vielleicht hatte er das Telefon auf dem Zimmer vergessen.

»Es ist schon ein paar Minuten nach halb zwölf.« Ich fächelte mir mit der Hand Luft zu. »Wo kann sie sein?«

Sie hatte versprochen, pünktlich hier zu sein. Was, wenn ihr etwas Schlimmes zugestoßen war?

»Sie ist ein Teenager«, beruhigte mich Aidan. »Die vergessen manchmal die Zeit. Ist dasselbe nicht auch bei der Weinverkostung passiert?«

»Fang bloß nicht damit an. Daisy mag ein Teenager sein, aber Nick nicht. Er hatte versprochen, da zu sein, damit ich mich nicht vor seiner Familie zum Narren mache.«

»Warum machst du dir so viele Gedanken darüber, was diese Leute über dich denken?«, fragte Aidan.

»Ich befürchte einfach, dass sie nicht verstehen, wie Nick jemanden wie mich heiraten kann.«

»Während ich nicht verstehe, wie du jemanden wie ihn heiraten kannst.«

Ich sah ihn an. »Wie meinst du das?«

»Habe ich das jetzt etwa gerade laut gesagt?«, fragte er und versuchte, es mit einem Lachen abzutun.

»Ja, hast du. Und jetzt musst du es mir erklären.«

Aidan seufzte. »Er ist sicher ein netter Kerl ...«

»Aber?«

»Aber wenn ihr beide zusammen seid, bist du irgendwie anders. Mehr auf der Hut, vielleicht. Als würdest du versuchen, ein anderer Mensch zu sein.«

»Das ist nur, weil seine Familie da ist. Sonst ist das anders.« Oder nicht? Natürlich lief es besser, wenn wir allein waren, aber ich hielt mich dennoch zurück. Ich ging davon aus, dass Nick mein wahres, ungefiltertes Ich mit all dem Ballast, den Ängsten und meinem Bedürfnis, alle zu jeder Zeit zufriedenzustellen, nicht sehen wollte. Nick war im Gegensatz so »normal«, gefasst und emotional unerreichbar, wodurch ich das Gefühl hatte, er würde mich nicht verstehen. Wenn wir in einem Paralleluniversum existiert hätten, in dem es nur uns beide gab, hätte es vielleicht funktioniert, aber sobald unsere Familien ins Spiel kamen, wurde es kompliziert. Nick liebte seine Familie, sie war ihm wichtig. Natürlich hörte er auf das, was sie sagten, während ich akzeptieren musste, dass sie für immer ein Teil meines Lebens sein würden.

»Ich versuche es noch mal bei Nick. Vielleicht ist Daisy zurück ins Hotel«, sagte ich und wählte seine Nummer.

»Vielleicht. Aber hätte er dir das nicht gesagt?«, fragte Aidan.

Ich überlegte, wie ich das folgende Gespräch beginnen sollte. *Hast du deine Tochter gesehen? Du weißt schon, das Mädchen, auf das ich die letzten drei Stunden hätte achtgeben sollen?*

Ich kam direkt auf die Mobilbox, legte auf und starrte auf das Handy hinunter, als könnte ich ihn zwingen, sofort zurückzurufen.

Ich wanderte auf und ab, in den Innenhof und wieder zurück in den Säulengang, während ich nach Daisy Ausschau hielt, die aus allen möglichen Richtungen kommen konnte. War sie über die Piazza della Signoria gegangen oder kam sie von der anderen Seite, vom Arno?

»Vielleicht sollte ich hierbleiben, während du im Hotel nachsiehst?«, schlug Aidan vor.

»Und das macht dir sicher nichts aus?«

Ich würde mich besser fühlen, wenn ich etwas zu tun hatte, und sie konnte nicht weit gekommen sein. In der Straße vor dem Hotel gab es jede Menge Boutiquen, weshalb es durchaus sein konnte, dass sie in diese Richtung gegangen war.

»Ich warte einfach noch eine halbe Stunde«, sagte Aidan. »Sie kommt bestimmt.«

Ich nickte dankbar. »Okay. Wenn du meinst.«

Ich machte mich auf den Rückweg ins Hotel und beschleunigte meine Schritte, als ich quer über den Platz ging.

»Maddie!«, rief Aidan.

Ich hielt inne und fuhr herum. Aus irgendeinem Grund schien es wie ein Moment, der die Kraft hatte, alles zu verändern.

»Wenn du unser Gespräch fortführen willst ...«, sagte er. »Du weißt, wo du mich findest.«

## Kapitel einundzwanzig

Ich zögerte, bevor ich ins Hotel ging, denn ich hatte keine Ahnung, was ich tun würde, wenn Daisy nicht da war. Der Türsteher kam in seiner typischen fröhlichen Art auf mich zu und begrüßte mich mit übertrieben italienischem Akzent.

»Guten Tag, Signora.«

»Hi.« Ich lächelte, auch wenn mein Gesicht so angespannt war, dass es sich kaum bewegte.

Ich trat durch die Drehtür und hoffte inständig, Daisy zu sehen. Stattdessen fiel mein Blick auf Nick und Sophia. Sie saßen in der Hotelbar und wirkten sehr vertraut. Sophia balancierte ihre Kaffeetasse auf der Handfläche und lachte kokett über Nicks Bemerkung. Nick selbst hatte sich im Stuhl zurückgelehnt und das Hemd am Kragen geöffnet. Ich betrachtete sie einige Augenblicke. Sie waren das perfekte Paar. Wenn Sophia und Nick gemeinsam einen Raum betraten, dachte sicher jeder: *Oh ja, die beiden gehören zusammen.*

Ich ging auf sie zu. *Bitte lass Daisy auf ihrem Zimmer sein. Bitte lass Daisy auf ihrem Zimmer sein.*

»Hi«, sagte ich und blickte auf die beiden hinab.

Sophia räusperte sich und stellte ihren Kaffee ab. Nick blieb in seiner entspannten Sitzposition, aber da war etwas in seinen Augen. Ein überraschter Blick, als hätte ich ihn bei etwas Verbotenem erwischt. Ich fragte mich, ob sie über mich geredet hatten und deshalb so betreten aussahen.

»Hallo, Darling«, sagte Nick.
Jetzt räusperte ich mich.
»Ähm, ist Daisy zufällig schon zurück?«, fragte ich möglichst unaufgeregt und fröhlich, um niemanden zu beunruhigen.
»War sie nicht mit dir unterwegs?«, fragte Nick verwirrt.
»Ja, war sie. Aber sie wollte nicht in die Uffizien. Sie war sehr hartnäckig und meinte, sie würde lieber shoppen gehen.«
»Ich hoffe, Sie haben es ihr nicht erlaubt?«, sagte Sophia.
Verdammt.
»Ich habe versucht, dich anzurufen«, erklärte ich Nick. »Sie hat mir versichert, dass es euch beiden nichts ausmachen würde. Und dass sie in London ständig allein unterwegs wäre.«
»Das hier ist nicht London, Maddie! Um Himmels willen!«, zischte Sophia und erhob sich. »Also, wo ist sie jetzt?«
Das war zweifellos die unangenehmste Situation, in der ich mich je befunden hatte. Mir fiel sofort das Allerschlimmste ein. Was, wenn Daisy entführt worden war? Was, wenn wir sie nie wiedersehen würden? Wenn Nick und Sophia ihre geliebte Tochter verloren hatten, und das alles nur wegen mir? Was, wenn sie von einem dieser schmierigen Italiener als Geisel gehalten wurde, die laut Peter an jeder Straßenecke lauerten?
»Ich weiß es nicht«, gestand ich. »Sie hat versprochen, auf uns zu warten …«
»Auf uns?«, wollte Nick wissen, der sich ebenfalls erhoben hatte und mittlerweile alles andere als entspannt aussah.
»Auf die anderen Leute, die bei der Führung dabei waren. Auf Francesca, unsere Betreuerin. Daisy wollte um elf Uhr dreißig an der Donatello-Statue sein.«
»Aber sie war nicht da?«, hakte Nick nach.
Ich schüttelte den Kopf. »Ich habe zwanzig Minuten ge-

wartet, dann dachte ich, ich mache mich besser auf den Rückweg ins Hotel.«

»Vielleicht ist sie immer noch in der Nähe der Uffizien«, sagte Sophia, die bereits ihre Sachen zusammensammelte und nach Tasche und Schal griff. »Wir sehen besser nach, Nick.«

Ich musste ihnen von Aidan erzählen, und zwar möglichst beiläufig. Er war bloß ein Mann, der im selben Hotel wohnte und mir einen Gefallen tat.

»Der Typ von der Weinverkostung hat angeboten, bei der Statue zu warten«, erklärte ich und wand mich innerlich. »Ihr wisst schon, der Journalist. Er hat auch an der Führung teilgenommen und wollte dort bleiben, bis ich zurück bin.«

Nick warf mir einen Blick zu. »Das heißt, Daisy ist im Moment vielleicht mit einem älteren Mann zusammen, den wir kaum kennen? Also praktisch mit einem Fremden?«

»Hör mal, es tut mir leid, okay? Sie war sehr überzeugend, und …«

»Sie ist ein Teenager, Maddie, natürlich kann sie verdammt überzeugend sein«, fauchte Sophia so laut, dass sich der Concierge und einige Hotelgäste neugierig umdrehten. »Sie sind doch sicher intelligent genug, um das zu wissen.«

»Klar«, sagte ich und versuchte, ruhig zu bleiben.

Es war verständlich, dass sie es an mir ausließ, aber weil sie nun mal Sophia war, musste sie besonders ekelhaft sein.

»Ich habe wirklich versucht, dich anzurufen, bevor ich sie gehen ließ«, sagte ich zu Nick.

»Ich habe das Handy auf dem Zimmer vergessen«, erwiderte er und bedachte mich mit einem düsteren Blick. »Ehrlich, Madeleine, wie konntest du so dumm sein? Du hättest nie zulassen dürfen, dass sie allein loszieht.«

»Komm, Nick«, sagte Sophia und glitt auf die Tür zu. »Wir müssen jetzt unsere Tochter suchen.«

Nick folgte ihr gehorsam, ohne einen weiteren Blick in meine Richtung zu werfen, und ich blieb allein in der Lobby zurück, während sie durch die Drehtür und hinaus auf die Via Tornabuoni traten.

Ich schlich bedrückt zu den Aufzügen und kam wie in Trance bei unserem Zimmer an. Dieses Mal hatte ich es tatsächlich verbockt. Allerdings fühlte man sich in Florenz sehr sicher, und überall waren Leute unterwegs. Wenn sie also nicht weit weg vom Touristenrummel herumgewandert war, sollte ihr vermutlich nichts Schlimmes zugestoßen sein, oder? Selbst wenn sie sich verirrt hatte, konnte sie jederzeit nach dem Weg fragen. Sie war vernünftig genug, in einem Hotel um Hilfe zu bitten oder einen Polizisten zu fragen.

Ich öffnete die Zimmertür. Der Zimmerservice war da gewesen, und alles war sauber und frisch. Die Fenster standen offen, wie ich sie heute Morgen zurückgelassen hatte. Ich sah mich verwirrt um. Nicks Telefon war nirgendwo zu sehen. Es lag weder auf dem Bett noch auf dem Nachttisch. Sein Ladegerät steckte unter dem Schreibtisch, aber das Handy hing nicht daran. Ich sah im Badezimmer nach. Nichts. Hatte er gelogen, als er behauptet hatte, es hier vergessen zu haben? Aber warum sollte er das tun? Es sei denn, er hatte ein schlechtes Gewissen. Immerhin hatte es ihm absolut nichts ausgemacht, dass ich allein mit seiner Tochter losgezogen war, und er hatte drei Stunden lang nicht sein Handy zur Hand genommen, um nachzusehen, ob wir zurechtkamen. Das entschuldigte mein Handeln zwar keinesfalls, aber es war interessant, dass er deshalb zu einer Lüge gegriffen hatte. Ich dachte an die anderen Unwahrheiten, die wir beide einander aufgetischt hatten. Ich hatte es nicht über mich gebracht, ihm von Aidan zu erzählen, weshalb es wahrscheinlich war, dass er ebenfalls Dinge vor mir zurückhielt. Plötzlich ließ mich der Gedanke, ihn zu heiraten, erschöpft auf die Bettkante sinken. Ich vergrub den Kopf in den Händen, die sich feucht und heiß anfühlten. Was, wenn ich ihn nicht mehr heiraten wollte? Was, wenn ich meine Meinung geändert hatte?

# London

## Zwei Jahre früher

Ich wischte durch Tinder und betrachtete die Gesichter, die willkürlich auf dem Display erschienen und von denen kein einziges irgendwelche Gefühle in mir auslöste. Mal ehrlich, lief es inzwischen wirklich darauf hinaus? Nach links und rechts zu wischen angesichts eines bewegungslosen, oft gefilterten Fotos, das jemand eigens zu diesem Zweck ausgesucht hatte? Diese Männer zeigten sich offensichtlich im besten Licht. Aber was war mit den Dingen, die sie nicht erwähnten oder hervorkehrten? Wie schlimm waren die?

»Der sieht nett aus«, rief Lou übertrieben begeistert und zeigte auf einen Mann in einem zu kleinen Anzug, der als Hobby »Brettspiele« angegeben hatte.

»Das lass mal mich entscheiden«, sagte ich und wischte wie verrückt immer wieder nach links. Es fühlte sich so verzweifelt an, und ich konnte mir beim besten Willen nicht vorstellen, dass ich den Mann fürs Leben finden würde, während ich in zerschlissenen Leggins und einem Pullover auf dem Sofa saß und mir Fotos ansah, die absolut nichts über die jeweilige Person verrieten. Ich machte es nur, damit Lou mich nicht mehr nervte – und als Ablenkung, um nicht an das Unvermeidliche zu denken (nämlich an den verschwundenen Aidan).

Seit der letzten Nachricht hatte er sich nicht mehr gemeldet, und das war mittlerweile zwei Wochen her. Ich war stolz auf mich, weil ich ihm in den letzten sechs Tagen ebenfalls nicht geschrieben hatte. Ich musste wohl akzeptieren, dass er mich – aus welchem Grund auch immer – nicht mehr sehen wollte. Aber es tat weh. Sehr weh. Was nach der kurzen Zeit, die wir miteinander verbracht hatten, keinen Sinn ergab. Und was auch der Grund war, warum ich bereit war, alles – wirklich *alles* – zu tun, damit es mir wieder besser ging. Zum Beispiel zu einem dämlichen Tinder-Date zu gehen.

»Können wir es nicht einfach lassen und uns auf die Sendung konzentrieren?«, bat ich Lou flehentlich.

Wir sahen uns *Hochzeit auf den ersten Blick – Australien* an, und die Paare mussten einander grausam ehrliche Fragen stellen, auf die sie schon immer eine Antwort haben wollten, bloß um es sofort zu bereuen, wenn diese Antwort noch schlimmer ausfiel, als sie erwartet hatten. Es gab Tränen ohne Ende.

»Gib der Sache doch eine Chance«, meinte Lou. »Sieh mal, was ist mit dem da?« Sie hielt mir das Handy vor die Nase, auf dem ein lächelnder blonder Kerl zu sehen war. »Er heißt Nick, ist ein wenig älter – Ende dreißig –, geschieden, Marketingleiter bei Sky und sieht vor allem nicht aus wie ein Serienmörder.«

»Ist das mittlerweile das wichtigste Kriterium?«, fragte ich kopfschüttelnd. »Liegt die Latte wirklich so tief?«

Ich sah meinen Traummann nicht als frisch geschieden. Wer weiß, wie hässlich die Scheidung gewesen war? Wobei ich natürlich nicht nach meinem Traummann suchte, sondern nach einer schnellen Heilung für mein gebrochenes Herz. Außerdem hatte Lou vielleicht recht, und ein Date mit einem anderen war genau das, was ich brauchte. Dieser Nick schien wie der Trostpreis in einem Topf voller Nieten.

Zwei Tage später betrat ich ein sehr hübsches, aber grauenhaft überteuertes japanisches Restaurant in Fitzrovia, in dem ich noch nie gewesen war und vermutlich auch nie wieder essen würde. Nick saß bereits am Tisch – ich erkannte ihn sofort, was ein gutes Zeichen war. Wenigstens sah er aus wie auf dem Foto. Ich holte tief Luft und ging zu ihm.

»Hi.« Ich war mir nicht sicher, wie die Etikette bei solchen Treffen war. Sollte ich ihm die Hand schütteln? Ihm einen Kuss auf die Wange drücken? Oder nichts davon? »Ich bin Maddie.«

Nick schob den Stuhl zurück und erhob sich. Super, er war auch nicht dreißig Zentimeter kleiner, als er angegeben hatte. »Maddie! Wie schön, Sie kennenzulernen. Nehmen Sie Platz, ich besorge uns etwas zu trinken. Was hätten Sie gerne? Wein? Champagner?«

»Ähm, Weißwein wäre toll. Danke.«

Er hatte auf jeden Fall etwas Nettes an sich. Es war natürlich nicht vergleichbar mit der Anziehung zwischen Aidan und mir (das Bild von ihm in dem hautengen Taucheranzug ließ sich nicht mehr aus meinen Gedanken löschen), aber Nick hatte freundliche Augen, war gut angezogen und roch angenehm. Er verhielt sich ziemlich vornehm und hatte zweifellos eine Privatschule besucht, aber das spielte keine Rolle. Ich suchte ja nicht nach einem zukünftigen Ehemann, sondern wollte meine Laune heben und mir beweisen, dass es Männer gab, die sich mit mir verabreden wollten.

»Sie arbeiten also auch fürs Fernsehen?«, fragte Nick und nahm einen großen Schluck Wasser.

Ich fragte mich, ob er nervös war. Ich war es seltsamerweise nicht, vermutlich deshalb, weil für mich ohnehin nichts auf dem Spiel stand.

»Ja, für einen Sender, der Reisen verkauft und den nicht ganz zufälligen Namen Holiday Shop trägt.«

Nick lachte. »Klingt unterhaltsam. Dann reisen Sie also gern, nehme ich an?«

»Na ja, es sind nicht unbedingt viele Reisen erforderlich, und wir kommen nie weiter als nach Teneriffa, aber ja, ich mag es sehr zu reisen. Wenn ich ehrlich bin, ist es meine einzige Leidenschaft. An meinen Wänden hängen Fotos von Orten, die ich in meinem Leben am liebsten einmal besuchen würde. Was ist mit Ihnen?«

Nick wand sich verlegen. »Ich habe Flugangst, was das Reisen erheblich erschwert. Außerdem liebe ich den Komfort, der mir zu Hause geboten wird.«

»Schön für Sie«, erwiderte ich und war froh, dass ich hier nicht nach einem Partner fürs Leben suchte. Der musste auf jeden Fall Spaß am Reisen haben.

»Aber für hübsche Hotels habe ich durchaus etwas übrig«, fügte er hinzu.

»Boutique-Hotels oder Luxusketten?«, wollte ich wissen.

»Ooooh, jetzt haben Sie mich erwischt«, erwiderte er und dachte nach. »Ich schätze es, wenn ein Fitnesscenter und ein Pool im Haus sind, also muss ich mich wohl für die Luxusketten entscheiden.«

»Interessant.«

»Aber Sie mögen auch Boutique-Hotels, oder?«

Ich lächelte. »Vielleicht.«

Ich sah mich in dem Restaurant um, das vor allem von trendigen Medienleuten besucht wurde, von denen es in diesem Teil Londons wimmelte. Das Zentrum bildete eine aufsehenerregende offene Küche mit glänzenden Messingtöpfen, lodernden Flammen und in Weiß gekleideten Köchen, die für die traumhaften Gerichte sorgten, die ich bereits auf den Nachbartischen entdeckt hatte.

»Es ist nett hier«, sagte ich. »Danke für den Vorschlag.«

Nick griff nach dem Wasserkrug und füllte mein Glas auf.

»Ich weiß, es ist abgedroschen, aber ich meine es wirklich ernst: Was macht eine so schöne Frau wie Sie auf Tinder?«

Ich lachte nervös. Wie sollte ich diese Frage am besten beantworten?

Ich nippte an meinem Wasser, um Zeit zu gewinnen.

»Ähm, ich habe eine echt grauenvolle Trennung hinter mir«, erklärte ich schließlich. »Also wollte ich etwas Neues ausprobieren. Das hier ist tatsächlich mein erstes Tinder-Date.«

»Ich fühle mich geehrt«, sagte Nick.

Seine Augen waren nicht groß und braun wie Aidans, sondern kleiner und blau und strahlten eine ruhige Intelligenz aus. Ich genoss den Abend mehr, als ich erwartet hätte, und es fühlte sich erwachsen und gemäßigt und irgendwie ernst an, aber nicht auf schlechte Art.

»Was ist mit Ihnen?«, fragte ich ihn.

Er verzog das Gesicht. »Nur ein Wort: Scheidung.«

Ich stützte das Kinn auf der Hand ab. »So schlimm?«

Er nickte. »Ziemlich. Aber es ist schön, jetzt mit Ihnen hier zu sitzen, Maddie. Trinken wir doch auf einen netten Abend zwischen zwei Tinder-Neulingen«, sagte er und griff nach seinem Wein.

Ich tat es ihm nach und lächelte, als wir anstießen.

## Kapitel zweiundzwanzig

Das Restaurant bot einen herrlichen Blick auf den Duomo, bei dem es sich zweifellos um die beeindruckendste Kathedrale handelte, die ich je gesehen hatte. Als ich noch jünger war, war St Paul's mein Favorit gewesen, und wenn ich von der Hochzeit mit einem unerreichbaren Schwarm aus der Nachbarschaft oder einem Boybandmitglied geträumt hatte, fand die Trauung immer dort statt. Ich sah mich freudestrahlend am Arm meines frisch angetrauten Ehemannes den Mittelgang entlangschreiten, um schließlich durch die riesigen Tore nach draußen zu treten, wo auf den Stufen bereits unzählige Gratulanten warteten, jubelten und Konfetti in die Luft warfen (ich hatte keine Ahnung, wer das sein sollte). Es war ein Tagtraum gewesen, der stark von den Bildern von Lady Dianas Hochzeit beeinflusst worden war. Und wenn (seltsam, dass es mittlerweile tatsächlich ein »wenn« gab) ich tatsächlich heiratete, würde es ziemlich sicher weniger idyllisch werden, als in meiner Vorstellung. Zunächst einmal würde meine Familie mit Nicks zusammentreffen, und ich konnte mir kaum Menschen vorstellen, die unterschiedlicher waren. Außerdem hatten sich meine Mum und mein Dad seit der Trennung nur ein paarmal im selben Raum befunden, und es war nie unproblematisch gewesen.

»Beeindruckend, nicht wahr?«, meinte Rosamund, die mich offensichtlich beim Bewundern des Duomo beobachtet hatte. Die terracottafarbene Kuppel blieb einfach jedem in Erinnerung. Ich hatte ein wenig in meinem Fremdenführer nachgelesen: Die Bauweise der Decke war damals offenbar revolutionär gewesen. Und einmal war die goldene Kugel an der Spitze nach unten auf den Platz gestürzt und hatte dabei wie durch ein Wunder niemanden getötet.

»Atemberaubend«, stimmte ich ihr zu. »Es muss Hunderte Jahre gedauert haben, ihn zu bauen. Bei all den Details.«

Rosamund nickte und goss uns beiden ein Glas Wasser ein.

»Sind Nick und Sie schon oft miteinander verreist?«, fragte sie.

Es war wohl das normalste Gespräch, das wir seit meiner Ankunft führten. Was paradox war, da ich im Gegensatz zu unserer ersten Begegnung mittlerweile voller Zweifel war, was Nick, aber auch Aidan anbelangte, der zum allerschlimmsten Zeitpunkt wieder in mein Leben getreten war und dennoch eine Leichtigkeit zurückgebracht hatte, deren Existenz ich vergessen hatte.

»Ab und zu«, antwortete ich. »Wie sie wissen, fliegt Nick nicht gern, vor allem keine Langstrecken.«

»Ja, der arme Junge hat Flugangst. Das war schon immer so«, erwiderte Rosamund.

Ich war mir ziemlich sicher, dass Nick mir einmal erzählt hatte, wie sie jeden Winter in einem dieser noblen Skiorte Urlaub gemacht hatten – er war früher also durchaus gezwungen gewesen, in ein Flugzeug zu steigen. Warum ließ er sich jetzt nicht mehr dazu überreden? Ich hatte ihm sogar angeboten, ihn bei einem Kurs gegen Flugangst anzumelden, den die meisten großen Fluglinien anboten, aber er hatte rundheraus abgelehnt.

»Also, wie fühlt es sich an, fünfundvierzig Jahre verheiratet zu sein?«, fragte ich.

Rosamund tupfte sich den Mundwinkel mit einer Serviette sauber. Ich war mir nicht sicher warum, denn wir hatten bis jetzt noch nichts gegessen.

»Ich hatte großes Glück«, sagte sie. »Aber ich wusste schon sehr früh, dass es der Richtige ist. Genau wie Sie, nehme ich an?«

»Mhm.« Ich nickte eifrig und versuchte zu ignorieren, wie sich mein Magen vor Panik zusammenzog.

Natürlich sah ich erneut Aidans verdammtes Gesicht vor mir. Dabei war *er* ganz sicher nicht der Richtige. Denn wenn man »den Einen« traf, lief doch alles glatt, oder? Man ignorierte einander nicht von einem Tag auf den anderen, und man verlobte sich auch nicht mit einem anderen. Es war von Anfang an alles unkompliziert und klar ersichtlich. Es gab kein Drama. Keine großen Höhen und Tiefen, bloß ein angenehmes, konstantes Plätschern, bei dem man sich sicher und geborgen fühlte, wie es mit Nick der Fall war. Außer, dass ich in seiner Gegenwart nicht so sein konnte, wie ich wirklich war, und dass das im Grunde nichts mit Sicherheit zu tun hatte. Und in letzter Zeit hatte es sich auch nicht unbedingt angenehm angefühlt.

»Also, Maddie, wie viele Teenager haben Sie im Laufe Ihres Lebens schon verloren?«, meldete sich Sophia von der anderen Seite des Tisches zu Wort.

Ich sah sie an. Wollte sie jetzt wirklich damit anfangen? Vor versammelter Gesellschaft? Von Nick konnte ich mir jedenfalls keine Hilfe erwarten. Er weigerte sich sogar, mich anzusehen.

»Ich habe mich schon entsch…«

»Das war doch nur ein Scherz!«, trällerte Sophia und lachte über ihren eigenen misslungenen Witz, auch wenn für alle klar erkennbar war, dass sie sich noch immer grün und blau über mich ärgerte.

Rosamund stimmte in das Gelächter mit ein.

»Habe ich was verpasst?«, fragte Peter verwirrt.

»Nein, nein, Peter. Maddie hat Daisy ... bloß einen Moment aus den Augen verloren«, erklärte Rosamund ungewohnt taktvoll.

»Außerdem war es gar nicht Maddies Schuld«, erklärte Daisy so laut, dass das Lachen verstummte und sich die gesamte Aufmerksamkeit auf sie richtete. »Ich bin rumgewandert und habe die Zeit vergessen.«

»Man hätte dir erst gar nicht die *Gelegenheit* geben sollen, herumzuwandern, Daisy«, bemerkte Sophia und warf mir einen vernichtenden Blick zu.

Aber ihre Tochter, die sich offenbar schuldig fühlte (oder beschlossen hatte, dem Abend durch einen handfesten Streit mehr Würze zu verleihen), gab nicht nach. »Schon, aber ich habe Maddie im Grunde genommen angelogen und ihr gesagt, dass ich in London andauernd allein unterwegs wäre und Mum und Dad das in Ordnung fänden. Und ich habe ihr versprochen, Mum anzurufen und ihr Bescheid zu geben. Maddie hat versucht, dich zu erreichen, Dad. Aber du bist nicht ans Telefon gegangen. Wie immer.«

»Wie immer?«, wiederholte Nick.

Daisy zuckte mit den Schultern. »Ich erreiche dich nie, wenn ich dich brauche.«

»Das ist doch albern, Daisy«, erwiderte Sophia mit funkelnden Augen. »Für Daddy stehst du immer an erster Stelle.«

Daisy wirkte nicht gerade überzeugt. Und ich fragte mich, wer für Nick an erster Stelle stand, wenn es nicht Daisy war und ich noch viel weniger? Er selbst, vermutlich. Es war zumindest nicht zu übersehen, dass er die Nummer eins in seiner Familie war. Kaum zu glauben, dass mir das noch nie an ihm aufgefallen war. Ich meine, klar war er großzügig, spendabel und liebevoll, aber wenn ich genauer darüber nachdachte, hätte er nie etwas getan, das ihm widerstrebt hatte, bloß um einem anderen eine Freude zu machen.

Peter fand die ganze Geschichte brüllend komisch. »Das heißt, du hast heute für ein handfestes Drama gesorgt, Daisy-Schatz? Braves Mädchen!«

»Bitte ermuntere sie nicht auch noch, Peter«, zischte Sophia, die offenbar stinksauer war, dass niemand außer Rosamund verstand, worum es hier wirklich ging – nämlich darum, was für eine schreckliche, nutzlose und inkompetente Person ich war.

»Jedenfalls ...«, begann Daisy und steckte die Hand in ihre Tasche. »Habe ich das hier für dich gemacht, Maddie.«

Sie reichte mir ein DIN-A5-großes cremefarbenes Stück Zeichenpapier, auf das jemand etwas in zarten grauen Kohlestrichen gezeichnet hatte. Ich erkannte das Bild sofort. Es war die Piazza della Signoria.

»Daisy, hast *du* das gezeichnet?«, fragte ich gerührt.

Sie nickte und wurde rot. »Mir ist aufgefallen, wie sehr du den Platz magst. Und ich wollte mich einfach ... du weißt schon ... ich wollte mich entschuldigen, dass ich dich in Schwierigkeiten gebracht habe.«

Ich griff über den Tisch und drückte ihre Hand. »Danke, Daisy. Das ist das schönste Geschenk, das ich jemals bekommen habe.«

Während ich die Zeichnung bewunderte, spürte ich sämtliche Augen am Tisch auf mir. Ich fragte mich, was sie wohl dachten. Und wie eine Vierzehnjährige es geschafft hatte, dass ich mich von ihr mehr wahrgenommen fühlte als vom Rest der Truppe zusammen.

Das Abendessen war endlich vorbei, und ich war froh, Sophia und ihre fortlaufenden schnippischen Kommentare hinter mir gelassen zu haben, als Nick und ich uns schließlich auf den Weg zu unserem Zimmer machten. Es hätte mich nicht gewundert, wenn er mir erklärt hätte, dass er noch einen Spaziergang oder sonst etwas machen wolle. Irgendetwas, um bloß nicht mit mir allein zu sein. Seit dem Gespräch nach Daisys Verschwinden war die Stimmung zwischen uns eisig, und auch wenn ich sonst immer alles dafür tat, um die Wogen zu glätten, hatte ich mich dieses Mal zurückgehalten, weshalb es wohl noch ewig so weitergehen würde, denn Nick würde vermutlich nicht nachgeben. Was nicht gut war, weil wir im Grunde kein Wort miteinander sprachen.

Ich presste die Lippen aufeinander und gab mir einen Ruck. »Nick, können wir reden?«, fragte ich, während wir durch den Flur zu unserer Zimmertür gingen.

»Ich bin noch nicht so weit«, erwiderte er steif und abweisend.

»Geht es immer noch um Daisy?«

»Natürlich geht es um Daisy, verdammt noch mal!«, zischte er. »Du wirst bald ihre Stiefmutter sein. Wie sieht es da aus, wenn du nicht einmal ein paar Stunden auf sie aufpassen kannst? Es ist beschämend.«

Ich blieb wie angewurzelt stehen. »Ach, dann schämst du dich jetzt sogar schon für mich? Echt jetzt?«

Nick schnaubte missbilligend. »So hab ich das nicht gemeint ...«

»Natürlich hast du das.«

Ich kochte vor Wut. Ich hatte mich etwa zwanzig Mal entschuldigt, aber er bestrafte mich immer noch dafür, dass ich es nicht geschafft hatte, seine Tochter im Auge zu behalten.

Nick versuchte, die Tür zu öffnen, doch das Schloss piepte

nur unverschämt und blinkte rot anstatt grün. Wobei ich ohnehin nicht mit ihm in dieses Zimmer wollte. Ich war knapp davor, mich umzudrehen und allein loszuziehen. Ein einsamer Spaziergang am Arno klang um einiges besser, als eingesperrt in einem Hotelzimmer zu sitzen und mich über etwas zu streiten, das ich sowieso nicht mehr ändern konnte. Natürlich würde ich Daisy in einer zukünftigen ähnlichen Situation nicht noch einmal aus den Augen lassen. Warum konnte Nick nicht ein wenig Nachsicht zeigen? Daisy hatte mir eingeredet, dass es kein Problem wäre, das hatte sie beim Abendessen selbst zugegeben.

»Eifersucht steht dir übrigens nicht«, sagte Nick.

Ich runzelte ehrlich verwirrt die Stirn. »Auf wen sollte ich eifersüchtig sein?«

»Auf Sophia«, antwortete er. »Die Blicke, die du ihr jedes Mal zuwirfst, wenn sie versucht, sich mit mir zu unterhalten. Daisy wird immer unsere Gemeinsamkeit bleiben, über die wir miteinander sprechen. Es tut mir leid, wenn du dich damit nicht wohlfühlst, aber so ist es nun mal.«

Nick trat ins Zimmer, doch ich zögerte und stellte lediglich einen Fuß in die Tür. Ich wollte nicht hinein. Alles in mir schrie mir zu, von hier zu verschwinden, denn das war nicht der galante, unkomplizierte Nick, den ich kennengelernt hatte, und wenn seine Familie das aus ihm machte, wünschte ich, es wäre früher zu diesem Treffen gekommen, dann hätte ich wenigstens Bescheid gewusst.

»Das kommt von Sophia, nicht wahr?«, fragte ich, immer noch in der Tür verharrend. Im Zimmer hätte mich die Platzangst gepackt. »Sie hat dir das eingeredet.«

Der Aufzug kam mit einem Klingeln in unserem Stockwerk an, und ich warf einen Blick den Flur entlang. Aidan kam auf mich zu. Er trug ein reinweißes Poloshirt und schwarze Jeans, und seine Augen funkelten, als er mich sah. Er schien ehrlich erfreut, und das war etwas, das ich bei Nick schon seit Ewigkeiten nicht mehr gesehen hatte. Ich wollte den Fuß aus der Tür nehmen, sie zufallen lassen und in Aidans Arme sinken. Ich hatte nie vergessen, wie es sich anfühlte, von ihm gehalten zu werden.

Stattdessen atmete ich tief durch und riss meinen Blick von ihm los. Ich trat ins Zimmer, ließ meine Tasche zu Boden fallen und setzte mich ans Fußende des Bettes. Nick war im Bad, die Dusche lief bereits. Ich lauschte nach dem Piepen, als Aidans Tür sich öffnete, und dem Krachen, als sie hinter ihm ins Schloss fiel.

## Kapitel dreiundzwanzig

Rosamund und Peters offizielles Hochzeitstagessen fand am darauffolgenden Nachmittag im Hotelrestaurant statt. Es war ein denkbar ungünstiger Zeitpunkt, denn Nick strafte mich immer noch mit Schweigen, und ich konnte nicht aufhören, an Aidan zu denken. An die vielen Missverständnisse. An das Trauma, das er durchlebt hatte, und daran, wie schlimm es sich auch für mich angefühlt hatte. Wie ich mich selbst für verrückt erklärt hatte, weil ich schon nach vier Wochen eine derartige Verbindung gespürt hatte. Aber er hatte es auch gespürt. Ich hatte es mir nicht nur eingebildet.

Ich versuchte, mich in die Gespräche am Tisch einzuklinken. Es ging um das Übliche: Welcher Wein bestellt werden sollte, warum Rosamund nichts anderes übrig geblieben war, als ihre Putzfrau zu feuern, wie wenig sich Daisy in der Schule anstrengte, obwohl Sophia und Nick ein kleines Vermögen für die Schulgebühren ausgaben.

Plötzlich schlug Peter mit der Gabel so fest gegen sein Glas, dass ich Angst hatte, es würde in seiner Hand in tausend Scherben zerspringen. Und ich war nicht die Einzige, der es auffiel (es konnte einem gar nicht *nicht* auffallen) – das halbe Restaurant blickte interessiert in unsere Richtung.

»Eine Rede!« Nick lachte laut und schallend.

»Ja, na los, Peter! Hurra!«, kreischte Sophia.

Ich fing Daisys Blick auf und war mir nicht sicher, wer sich mehr für den Aufstand schämte. Sie hob die Augenbrauen, und ich wandte mich betreten ab.

»Wie ihr wisst, haben wir uns in dieser herrlichen Stadt zusammengefunden, um den fünfundvierzigsten Hochzeitstag von mir und meiner wunderbaren Frau Rosamund zu feiern. Viereinhalb Jahrzehnte und zwei Kinder später sind wir stärker denn je.«

Alle jubelten. Ich klatschte übertrieben eifrig, wobei sich meine Handflächen gar nicht berührten. Ich wollte nichts zu dem Radau beitragen, den sie veranstalteten.

»Darling, ich habe hier ein kleines Geschenk für dich, um mich bei dir zu bedanken, dass du es all die Jahre mit mir ausgehalten hast.«

»Ach, Peter, das sollst du doch nicht«, sagte Rosamund, obwohl ihr Blick verriet, dass etwas anderes auf keinen Fall infrage gekommen wäre.

Peter holte ein wunderschön verpacktes rechteckiges Päckchen hervor und stellte es vor Rosamund auf den Tisch. Sophia begann sofort zu schwärmen und strich mit ihren langen, blutroten Fingernägeln über das Papier.

»Hast du das eingepackt, Peter?«

»Oh Gott, nein.«

Rosamund entfernte das Papier und genoss es, dass mehrere Augenpaare ausschließlich auf sie gerichtet waren. Sie zog es in die Länge, hielt immer wieder inne, um Peter in die Augen zu sehen, und kämpfte mit dem Klebeband. Wenn sie so weitermachte, wurde das Hauptgericht serviert, bevor sie fertig war. Endlich hatte sie das Papier auf einer Seite so weit geöffnet, dass sie ein grünes Schmuckkästchen mit der Aufschrift *Cartier* herausziehen konnte.

»Ich werd verrückt!«, murmelte ich, dabei hatte ich nicht vorgehabt, es laut auszusprechen.

»Oh, Rosamund. Jetzt mach schon auf«, drängte Sophia, deren Stimme beim Anblick des Cartier-Logos plötzlich rau geworden war.

Rosamund klappte das Kästchen mit dem Daumen auf, und zum Vorschein kam eine wunderschöne, diamantbesetzte Damenuhr mit weißem Lederarmband. Sogar Rosamund schien sprachlos.

»Gut gemacht, Daddy«, erklärte Nick beeindruckt.

»Leg sie an, Rosamund. Leg sie an!«, kreischte Sophia. »Ist sie nicht atemberaubend, Daisy?«

Daisy hob desinteressiert den Blick und bedachte ihre Großmutter mit einem Daumen hoch.

Rosamund legte die Uhr an, die zweifellos toll an ihr aussah. Sie drehte sie in die eine und in die andere Richtung, sodass sie im Licht der Lampen funkelte, und es überraschte mich, dass der Kellner nicht an den Tisch geeilt kam, weil er das Blinken für einen Morsecode gehalten hatte.

»Erinnerst du dich, wie du mir zum fünfunddreißigsten Geburtstag die Cartier-Ohrringe geschenkt hast, Nick?«, fragte Sophia.

Nick lachte vergnügt. »Natürlich. Ich habe immer noch die Kreditkartenabrechnung, um es zu beweisen.«

»Ha, ha, ha!«, erwiderte Sophia.

Ich bemühte mich, Sophia nicht noch einen Grund zu geben, mich als »eifersüchtig« hinzustellen, und sah überallhin, nur nicht zu ihr. Dabei fiel mein Blick auf die Tür. Aidan war gerade gekommen. Ein Kellner führte ihn zu einem Tisch in der Ecke. Er hatte seinen Laptop dabei und stellte ihn auf. Unsere Blicke trafen sich. Ich beobachtete, wie er etwas zu trinken bestellte – ein Bier, das sicher in Italien gebraut wurde.

Während die anderen die Uhr bewunderten und Rosamund den Moment des Ruhmes genoss, wurde mir immer heißer.

Mein Herz raste, und als ich mehrere Male tief einatmete, um mich zu entspannen, fiel mir auf, dass mein Atem flach und fahrig war. Das Restaurant verschwamm vor meinen Augen, und ich wusste, dass ich sofort hier rausmusste. Es fühlte sich an wie der Beginn einer Panikattacke. Dabei hatte ich schon seit einigen Jahren keine mehr gehabt.

Ich schob den Stuhl zurück, der über den Boden schrammte, stand auf und umklammerte die Tischkante, um nicht das Gleichgewicht zu verlieren.

Nick sah besorgt zu mir hoch. »Ist alles in Ordnung?«

Ich nickte. »Ich muss nur kurz an die frische Luft«, platzte ich heraus und griff nach meiner Strickjacke, die über der Stuhllehne hing.

»Aber bleib nicht zu lange weg, ja?«, meinte Nick. »Das Essen wird jeden Moment serviert.«

Ich nickte und traute mich nicht, etwas darauf zu erwidern. Dann machte ich mich auf den Weg zur Tür. Ich sah Aidan nicht absichtlich an, als ich an ihm vorbeikam – aber es ging einfach nicht anders. So war es immer schon gewesen. Als hätte mich ein Magnet in seine Richtung gezogen. Ich riss den Blick los und konzentrierte mich darauf, aus dem Restaurant und hinauf auf die Dachterrasse zu kommen, wo ich mich hoffentlich wieder fühlen würde wie ich selbst.

## Kapitel vierundzwanzig

Ich lehnte mich an die Wand und sah auf den Arno und die Dächer hinaus, bevor ich die Augen schloss. Hoffentlich würde das meine Gedanken beruhigen. Das Atmen fiel mir bereits leichter, die Beklemmung hatte sich gelöst, sobald ich aus dem Restaurant getreten war. Ich bewegte die Finger – sie fühlten sich wieder normal an und nicht, als würden sich Tausende Nadeln in die Haut bohren.

Ich atmete einige Male tief ein und nahm die Luft in mich auf, die sich hier oben frischer anfühlte. Beinahe, als käme sie direkt aus den toskanischen Hügeln. Immer wieder blitzte Nicks Gesicht auf. Der liebenswürdige, lächelnde Nick, nicht die Version, die ich hier in Florenz kennengelernt hatte. Und dann dachte ich plötzlich an Lou und daran, was sie gesagt hatte, nachdem ich ihr Nick vorgestellt hatte. Sie hatte gemeint, er würde nett wirken, dass ich aber nicht annähernd so glücklich aussähe, wie wenn ich früher von Aidan erzählt hatte. Ich hatte nur mit den Schultern gezuckt und das, was zwischen Aidan und mir gewesen war, als toxisch abgetan. Es war nicht real gewesen. Eine kurze Affäre, die sich natürlich immer intensiver anfühlte, bis man schließlich genug Zeit gehabt hatte, auch die schlechten Seiten aneinander zu erkennen. Trotzdem hielt ich viel vom ersten Eindruck. Ich vertraute darauf. Und es machte mir Angst, wenn ich daran zurückdachte, wie ich an jenem Abend in das Restaurant gegangen war und

Nick an dem Tisch gesehen hatte, obwohl ich – so sehr ich es mir anders gewünscht hätte – nur Aidan gewollt hatte.

»Hey.«

Ich wusste, dass er es war, noch bevor ich mich umdrehte. Seine Stimme war unverwechselbar. Ein Londoner Akzent in einer bestimmten Frequenz, die mein Inneres zum Schwingen brachte.

Ich öffnete die Augen, als er neben mich trat.

»Geht es dir gut? Du hast blass ausgesehen, als du vorhin an mir vorbei bist.«

Ich nickte. »Die Angst wurde einen Moment übermächtig. Als bekäme ich keine Luft mehr.«

Aidan wirkte besorgt. »War es eine Panikattacke? Du hast mal erzählt, dass du eine Zeit lang darunter gelitten hättest.«

»Vielleicht. Aber die letzte ist Ewigkeiten her.«

Aidan nickte. »Was hat heute dazu geführt?«

Ich biss mir auf die Lippe. »Die letzten Tage waren … heftig.«

Aidan lehnte sich an die Wand. »Das waren sie.«

Wenn ich noch länger hierbliebe, würde ich etwas sagen oder tun, das ich später bereuen würde, das war mir klar. Etwas an Aidan erweckte in mir den Wunsch, mit der Wahrheit herauszuplatzen, auch wenn die Vernunft mir eindringlich davon abriet.

»Ich muss zurück«, sagte ich. »Heute ist Rosamunds und Peters Hochzeitstag. Es gibt ein großes Essen, und ich …«

»Hast du deine Meinung geändert, was Nick angeht?«, fragte Aidan sanft.

Bevor wir nach Florenz gekommen waren, war ich glücklich gewesen. Wenn auch nicht so, wie mit Aidan, als ich ständig Schmetterlinge im Bauch hatte, jede Minute des Tages mit Gedanken an ihn gefüllt war und mir jeder Augenblick, den ich nicht mit ihm verbrachte, als reinste Folter erschien. So hatte ich für Nick nie empfunden, nicht einmal zu Beginn. Aber es war schön gewesen. Und unkompliziert.

»Er ist gut für mich«, sagte ich.

»Ist er nicht.«

»Na ja, zumindest hat er mich nicht sitzen gelassen, das ist doch schon mal was.«

Aidan seufzte. »Maddie, ich …«

»Wenn man jemanden liebt, sollte man ihm jede Seite von sich zeigen. Man sollte den Wunsch haben, alles mit ihm zu teilen, sogar die schlimmen Dinge. Hättest du mich angerufen und mir erklärt, was passiert ist, hätte ich für dich da sein können. Ich hätte dir zugehört, dir geholfen, einen Weg zu finden, um damit klarzukommen. Aber du hast mich wortlos aus deinem Leben ausgeschlossen, und das war nicht okay.«

Tränen brannten in meinen Augen, aber ich weigerte mich, Aidan zu zeigen, wie nahe mir diese Sache ging. Ich hasste es, wenn andere Leute sahen, dass ich wegen ihnen weinte.

»Ich habe mich geändert«, fuhr Aidan leise fort. »Ich kann lernen, wieder jemanden in mein Leben zu lassen.«

»Warum jetzt?«

»Wegen dir. Weil ich ständig an dich denken muss, seit ich dich neulich Abend wiedergesehen habe. Wobei das nicht ganz stimmt. Eigentlich habe ich nie aufgehört, an dich zu denken.«

»Dafür ist es jetzt etwas zu spät. Ich bin mit einem anderen verlobt!«

»Aber was, wenn es nicht so wäre?«

Aidan griff nach meiner Hand. Ich sah auf unsere wieder ineinander verschränkten Finger hinunter. Es war schmerzhaft, weil wir so viel Zeit verloren hatten, aber es fühlte sich auch richtig an. Es fühlte sich an wie *das einzig Richtige*.

»Was, wenn wir es noch einmal versuchen würden?«, fragte

er. »Ich weiß, ich habe dich schrecklich verletzt und es total vermasselt. Ich hätte es so viel besser machen können. Aber es kann kein Zufall sein, dass wir einander wiedergefunden haben. Es ist, als hätten wir eine zweite Chance bekommen. Hast du dieses Gefühl nicht auch?«

Ich atmete tief ein. Ich musste ehrlich sein. Wenn nicht jetzt, dann nie.

»Ja«, sagte ich.

Aber unten wartete Nick.

»Trotzdem ist es zu spät«, fuhr ich mit einem Blick auf meinen Verlobungsring fort.

»Muss es das sein?«

Ich sollte die Hochzeit absagen? Nick wäre unendlich verletzt – zumindest ging ich davon aus. Im Grunde kannte ich ihn nicht so gut, wie ich sollte. Er hielt so viel von sich zurück, und ich akzeptierte es, weil ich dasselbe tat.

»Ich gehe jetzt besser wieder nach unten«, sagte ich und machte einen Schritt weg von ihm.

»Ich bitte dich nur, darüber nachzudenken«, sagte Aidan. »Nimm dir Zeit, um es dir zu überlegen. Und lass dich von niemandem hetzen, auch nicht von mir.«

Ich nickte. Ich wusste noch, wie geduldig er gewesen war. Vielleicht war es gar nicht die Stabilität, die mir ein Mann wie Nick bot. Vielleicht brauchte ich jemanden, der mir zuhörte und mich für das liebte, was ich war. Für die guten Seiten und die schlechten. Wurde es langsam Zeit, etwas zu wagen? Mutig zu sein und das Risiko einzugehen? Vielleicht würde ich am Ende allein dastehen, aber das war doch sicher besser, als am Ende bei dem falschen Menschen zu landen, oder nicht?

## Kapitel fünfundzwanzig

Ich fühlte mich benommen und gleichzeitig fahrig, als ich mich auf den Rückweg ins Restaurant machte. Wenn ich an Nick dachte, der dort auf mich wartete, drehte sich mir der Magen um. Ich war nach Florenz gekommen, um meine zukünftigen Schwiegereltern kennenzulernen, und würde mit der Erkenntnis abreisen, dass es zwischen Nick und mir vorbei war. Morgen Abend würden wir wieder in London sein, und ich würde mich entscheiden müssen, ob ich die Sache beenden wollte, wovor ich mich natürlich fürchtete. Ich hoffte, dass er es gut verkraften würde. Wenn man bedachte, wie die letzten Tage verlaufen waren, wäre er vielleicht sogar erleichtert. Ich hatte gespürt, wie auch er immer weiter von mir abrückte. Er war noch nicht bereit, es zu akzeptieren, aber ich schon, und so furchteinflößend es auch war, ich wusste, dass ich meinem Herzen folgen und diese eine Sache für mich tun musste, anstatt immer nur das zu tun, was am besten für alle anderen war. Denn so sehr ich es mir auch anders gewünscht hätte, es hatte für mich immer nur Aidan gegeben.

Als ich das Restaurant betrat, war mir sofort klar, dass etwas nicht stimmte. Die Gespräche am Tisch verstummten, und alle sahen mich anklagend an. Rosamunds Blick war eiskalt, sogar noch kälter als üblich, und Nicks Gesicht war rot wie eine Tomate. Ich fing Daisys Blick auf, die daraufhin zusammenzuckte, als wollte sie mich warnen, sofort zu verschwinden.

Was um alles in der Welt war hier los? Hatte jemand mein Gespräch mit Aidan belauscht? Aber das war im Prinzip unmöglich, denn wir waren definitiv allein gewesen und hätten gehört, wenn jemand die Tür auf die Terrasse geöffnet hätte.

Ich ging weiter auf den Tisch zu, doch es geschah noch widerwilliger als noch vor ein paar Sekunden. Alle Blicke blieben auf mich gerichtet, als ich den Stuhl zurückzog und mich setzte. Die Stimmung war angespannt. Ich räusperte mich, als wollte ich mich zu Wort melden, doch es gab nichts zu sagen. Zumindest nicht vor Publikum. Stattdessen nahm ich einen Schluck Wein. Der Hauptgang war mittlerweile serviert, und ich wusste schon jetzt, dass ich den aufwendig garnierten Fisch nicht hinunterwürgen konnte.

»Wo warst du?«, fragte Nick und klang, als müsse er den obersten Hemdknopf öffnen.

»Auf der Dachterrasse«, antwortete ich leichthin. »Ich brauchte frische Luft. Mir war etwas schwindelig.«

»Mit diesem Journalisten, nicht wahr?«, meinte Peter.

Verdammt.

»Wovon reden Sie?«, fragte ich unschuldig.

»Sophia hat uns alles erzählt«, sagte Nick. »Über deine kleinen romantischen Stelldicheins mit ihm. Was zum Teufel ist hier los, Maddie?«

Mit einem Mal stand mir der Schweiß auf der Stirn, und ich tupfte sie mit der Stoffserviette trocken. Diese verfluchte Sophia. Ich hätte mir denken können, dass sie etwas damit zu tun hatte.

»Also?«, wollte Nick wissen.

Ich würde das hier auf keinen Fall vor seiner Familie tun, die nach meinem Blut lechzte. Es war der denkbar schlechteste Ort, um Nick von Aidan zu erzählen. Wie sollte ich ihm – vor seiner Mutter und seiner Ex-Frau – erklären, dass mich nicht auf mysteriöse Weise Zweifel an unserer Beziehung befallen hatten, sobald wir in Italien angekommen waren. Dass es aber andererseits auch nicht nur um Aidan ging.

»Nick«, sagte ich und sah ihn an. Meine ruhige Stimme ließ nicht erahnen, dass ich das Gefühl hatte, bald vor Aufregung ohnmächtig zu werden. »Das ist eine Sache zwischen dir und mir. Wenn du darüber reden willst, dann allein, okay?«

Er zögerte, dann warf er in einer dramatischen Geste die Serviette auf den Tisch.

»Gut«, sagte er und schob seinen Stuhl zurück.

Ich vermied jeden Augenkontakt mit den anderen, als ich ihm aus dem Restaurant folgte.

Nick marschierte zu dem offenen Kamin, vor dem sich bei unserer Ankunft das verliebte Paar über zwei Gläsern Wein miteinander unterhalten hatte. Es war ein seltsam romantischer Ort, um eine Beziehung zu beenden.

»Also, was ist los?«, wollte Nick wissen und ließ sich in einen Lehnstuhl sinken.

Ich setzte mich ihm gegenüber auf die Stuhlkante und holte tief Luft. Es war das erste Mal, dass ich Schluss machte. Ich hatte mehr Erfahrung mit der anderen Seite. Ich war immer diejenige gewesen, die abserviert wurde. Wenn jemand nicht mehr mit mir zusammen sein wollte, wusste ich genau, was zu tun war und was nötig war, um mich (irgendwann) wieder gut zu fühlen. Ich war Zurückweisungen gewöhnt, doch nun war ich diejenige, die jemanden zurückwies, und das war neu und furchteinflößend.

»Ich liebe dich wirklich, Nick«, begann ich. »Sehr. Aber nicht auf die Art, wie ich jemanden lieben sollte, mit dem ich den Rest meines Lebens verbringen werde. Und wenn ich ehrlich bin – mir selbst und auch dir gegenüber –, war ich mir nie zu hundert Prozent sicher.«

Mein Gott, es war so schwer, das zuzugeben, und ich wünschte, es wäre mir früher klar geworden.

Nick seufzte schwer. »Hat es etwas mit diesem Journalisten zu tun? Hat Sophia recht?«

Ich konnte mir vorstellen, dass Sophia ganz in ihrem Element gewesen war, als sie ihm von ihren Vermutungen erzählt hatte.

»In gewisser Hinsicht«, antwortete ich. »Es ist so, dass ich ihn kenne. Aidan und ich sind zusammen gewesen, bevor ich dich kennengelernt habe. Das Ende kam … plötzlich. Ich hätte mich erst gar nicht auf Tinder registrieren sollen, obwohl ich eigentlich noch an einem anderen hing. Und im Nachhinein war es keine gute Idee, mich mit dir zu verabreden. Ich war nicht auf der Suche nach etwas Ernstem. Ganz und gar nicht.«

»Dann sollte ich ein Trostpflaster sein? Willst du das damit sagen?«, fragte er traurig.

Ich räusperte mich. Es gab keine nette Art, es ihm zu erklären. Keine sanften, blumigen Worte, die etwas an der Wahrheit geändert hätten.

»Ich mochte dich wirklich. Ehrlich«, sagte ich und blieb so stark, wie ich konnte. »Und als du mir in Paris den Antrag gemacht hast, war ich völlig von den Socken. Aber andererseits wollte ich es lieber langsamer angehen und hatte keine Ahnung, wie ich es dir sagen sollte. Ich hätte damals den Mut haben sollen, dir von meinen Zweifeln zu erzählen.«

Nick sank tiefer in seinen Stuhl. Er wirkte am Boden zerstört, und das war allein meine Schuld.

Ich holte tief Luft. Es war bereits gesagt. Ich musste stark bleiben. Ich griff nach seiner Hand.

»Ich habe jede Minute genossen, die wir zusammen verbracht haben. Aber Aidan war immer irgendwo in meinen Gedanken. Ich konnte ihn nie wirklich vergessen. Und es tut mir unendlich leid, dass ich es dir nicht schon früher gesagt habe.«

Mein Herz klopfte, und ich war mir sicher, dass Nick es hörte.

»Dann wusstest du also, dass er hier in Florenz sein würde?«, fragte Nick.

Ich schüttelte den Kopf. »Ich habe ihn seit Jahren nicht mehr gesehen und auch nicht mit ihm gesprochen.«

Nick sah mich an.

»Es tut mir leid, Nick. Ich dachte, ich könnte das alles mit dir durchziehen. Ich wollte es – mehr als alles andere.«

»Und du bist dir sicher? Du willst nicht warten, bis wir wieder in London sind? Dir Zeit geben, um darüber nachzudenken?«

Ich drückte seine Hand. »Ich kann mir ein Leben an deiner Seite einfach nicht mehr vorstellen.«

Er nickte. »Wenn es wirklich das ist, was du willst«, sagte er, »dann werde ich dich nicht aufhalten.«

Ich lächelte, so gut es unter diesen Umständen ging. Mein Gesicht glühte in der Hitze des Feuers, das neben uns loderte, aber auch, weil es vermutlich der schlimmste Moment meines Lebens war. Ich hasste es, Leute zu enttäuschen, und ich hatte Nick nicht nur fallen gelassen, ich hatte ihn aus gewaltiger Höhe nach unten gestoßen. Der arme Kerl hatte keine Ahnung gehabt, was passieren würde, als er mir das Zugticket nach Florenz gekauft hatte. Aber das hatte ich auch nicht.

»Ich wünsche dir, dass du glücklich wirst«, sagte ich und schluckte schwer.

Er wollte sicher nicht sehen, wie ich in Tränen ausbrach, und ich empfand plötzlich einen Funken Mitgefühl für alle, die in der Vergangenheit mit mir Schluss gemacht hatten. Es war echt hart.

Nick streckte die Hand aus und strich mir eine Haarsträhne hinters Ohr. »Ich dir auch, Mads. Ich dir auch.«

# Kapitel sechsundzwanzig

Während ich darauf wartete, dass der Concierge mit seinem Schwager telefonierte, der im Stadtteil Oltrarno eine kleine Pension besaß, in der es vielleicht ein Zimmer, das ich mir leisten konnte, für eine Nacht gab, bekam ich eine Nachricht aufs Handy. Es gab nur eine Handvoll Leute, die als Absender infrage kamen, und einige wären mir lieber gewesen als andere, doch ärgerlicherweise war es Tim.

*Wie kommst du mit dem Filmmaterial voran?*

Ich tippte eine Antwort, ohne lange darüber nachzudenken.

*Tim, es tut mir leid, aber ich finde es nicht fair, mich während meines Jahresurlaubs um Filmmaterial zu bitten, ohne mir ein zusätzliches Honorar dafür anzubieten. Ich nehme mir eine Auszeit von der Arbeit und möchte daher auch nicht an die Arbeit denken. Ich kenne Florenz mittlerweile allerdings ziemlich gut, wenn du mich also noch einmal für einen Beitrag herschicken willst, bin ich gerne dabei. Wir sehen uns am Montag. Maddie*

Ich schickte die Nachricht ab und bereute es eine Sekunde lang, bevor ich mit den Schultern zuckte und Lou anrief.

»Was ist los?«, fragte sie. »Sind deine Schwiegereltern immer noch ein wandelnder Albtraum?«

Ich zögerte einen Moment, weil es das erste Mal war, dass ich es laut aussprach, und mir die Worte beinahe im Hals stecken blieben.

»Ich habe mich von Nick getrennt.«

Lou war ausnahmsweise sprachlos.

»Hallo? Bist du noch da?«

»Klar, bin ich noch da. Ich musste diese bedeutungsvolle Nachricht erst sacken lassen. Was um alles in der Welt ist passiert?«

Der Concierge streckte einen Daumen in die Höhe, und ich erwiderte die Geste.

»Wo soll ich anfangen? Aidan und ich haben geredet. Er hat mich auch nie vergessen, und ich glaube, er könnte *der Eine* sein. Wahrscheinlich versuchen wir es noch mal miteinander.«

»Wie bitte?«, rief Lou.

»Ach ja, und ich habe Tim gesagt, dass er zur Hölle fahren soll. In höflichen Worten natürlich.«

Der Pianist begann sein Programm wie jeden Abend um diese Zeit. Vermutlich noch mehr Vivaldi.

»Oh, Mads. Das klingt hart. Bist du okay?«

»Ich weiß nicht so recht. Aber es wird irgendwann wieder so sein.«

»Was machst du, wenn du zurück in London bist? Willst du ein paar Tage bei uns bleiben?«, fragte Lou.

Mein Gott, darüber hatte ich noch gar nicht nachgedacht. Ich konnte ja schlecht weiter bei Nick wohnen.

»Ginge das denn?«, fragte ich dankbar.

»Na klar. Spielt da jemand Klavier?«

»Ja.«

»Wann kommst du zurück?«

»Mein Flug geht morgen früh. Ich schlafe heute Nacht in einer Pension.«

»Klingt nach *Zimmer mit Aussicht*.«

»Ja, nicht wahr?«

Lou seufzte. »Ich weiß, du fühlst dich schrecklich, aber

vielleicht hast du gerade noch den Absprung geschafft, bevor du den größten Fehler deines Lebens gemacht hättest. Ich bin jedenfalls stolz auf dich, dass du auf dich und auf deine eigenen Bedürfnisse hörst.«

Ich presste die Lippen zusammen und überlegte, ob ich etwas sagen sollte.

»Du hast Nick nie gemocht, oder?«, fragte ich so beiläufig wie möglich.

Es spielte zwar keine Rolle mehr, aber ich wollte es wissen. Ich hatte es immer vermutet, aber Lou nie darauf angesprochen, weil ich nicht bereit für die Wahrheit gewesen war. Sie konnte solche Dinge sehr gut einschätzen, und wenn sie mir einen Grund geliefert hätte, warum Nick und ich nicht die Richtigen füreinander waren, hätte ich es wohl nicht ignorieren können. Und ich wollte ihn unbedingt heiraten. Zumindest hatte ich mir große Mühe gegeben, es zu wollen.

»Es ist nicht so, dass ich ihn nicht gemocht habe«, antwortete Lou sanft. »Ich war mir nur nicht sicher, ob er das Beste aus dir herausholte. Ihr hattet nicht genug Gemeinsamkeiten. Da war nie diese Verbindung zwischen euch.«

Damit kam ich klar.

»Das einzig Gute ist, dass ich seine verdammte Familie nie mehr wiedersehen muss. Daisy war der einzige Lichtblick. Sie ist sogar echt nett. Ich werde sie vermissen.«

Mein Telefon piepte. Eine Nachricht von Tim.

»Tim hat gerade geschrieben. Ich traue mich gar nicht, es zu lesen.«

»Vergiss Tim. Ich war neulich mit meiner Freundin Katrina beim Essen. Sie dreht eine neue Reiseshow für Channel 4. Ich habe ihr von dir erzählt, und sie meinte, du sollst ihr deinen Lebenslauf schicken, falls du Interesse hast. Nachdem du gerade deine Stärke neu entdeckst!«

Ich beobachtete die Gäste, die ins Hotel traten oder sich auf den Weg nach draußen machten. Einige zogen mit müden Gesichtern ihre Koffer hinter sich her, andere hatten sich zum Abendessen schick gemacht.

»Bist du noch da, Mads?«

»Ja.«

»Also, wirst du es versuchen? Bewirbst du dich für den Job?«

»Ehrlich gesagt, habe ich – auch wenn es eine ziemlich radikale Veränderung ist – darüber nachgedacht, mich selbstständig zu machen. Nicht sofort, ich muss noch ein bisschen Geld sparen. Aber ich habe da eine Idee, Lou, und ich finde sie toll. Ich erzähle dir alles, wenn wir uns sehen.«

Lou kreischte so laut, dass ich einen Moment lang das Telefon vom Ohr nehmen musste.

»Tut mir leid, aber das ist alles zu viel für mich«, rief sie ehrlich schockiert. »Was ist mit der alten Maddie passiert? Tun sie in Florenz irgendwas ins Wasser?«

Ich beendete das Gespräch und holte mir die Adresse der Pension vom Concierge.

»Ach, und könnte ich bitte die Rechnung für Zimmer 315 begleichen?«, fragte ich und holte meine Karte heraus.

Er tippte etwas in seinen Computer.

»Es ist bereits alles bezahlt, Madame.«

Ich runzelte die Stirn. »Ich dachte, die Familie würde erst bei der Abreise bezahlen? Kann ich zumindest die Hälfte übernehmen?«

»Die Rechnung ist vollständig beglichen, es gibt keinen offenen Betrag, Madame.«

»Okay«, murmelte ich. Es ärgerte mich, dass sie mir zuvorgekommen waren. Andererseits musste ich meine Kreditkarte nicht für ein Hotelzimmer ausreizen, das – wie ich mittlerweile wusste – auch nicht schöner war als in anderen Hotels, die die Hälfte kosteten.

Ich wollte gerade gehen, als mir klar wurde, dass ich noch meinen Verlobungsring trug. Ich starrte einen Moment darauf und streckte die Hand aus, um ihn aus der Ferne zu betrachten.

»Könnten Sie bitte einen Augenblick auf meine Sachen aufpassen?«, fragte ich den Concierge.

Er war bereits wieder am Telefon, nickte aber zustimmend.

Ich ging ins Restaurant und zog auf dem Weg dorthin den Ring vom Finger. Ich würde ihn Nick zurückgeben, und wenn ich mich dazu in der Lage fühlte, würde ich mich auch von den anderen verabschieden. Es war schade, dass es so enden musste, aber für solche Gedanken war es mittlerweile wohl zu spät.

Rosamund sah mich als Erste.

»Keine Sorge, ich bleibe nicht lange«, sagte ich und sah ihnen nacheinander in die Augen. Wenigstens Daisy schenkte mir ein Lächeln. »Ich dachte bloß, ich gebe dir den hier zurück, Nick.«

Ich streckte ihm den Ring entgegen und drückte ihn ihm in die Hand.

Sophia stieß ein lautes Lachen aus. »Ist die Dreistigkeit dieser Person noch zu fassen?«

»Mum!«, zischte Daisy. »Hör auf, Maddie so grauenhaft zu behandeln. Sie ist total nett. Und ich für meinen Teil finde es schade, dass sie nun doch nicht zur Familie gehören wird.«

Schon seltsam, dass sie die Einzige war, zu der ich eine Art Verbindung spürte, auch wenn der Anfang ziemlich holprig gewesen war.

»Danke, Daisy. Ich werde das Bild, das du mir geschenkt hast, in Ehren halten.«

Dann wandte ich mich an Rosamund.

»Ich hoffe, Sie genießen den Rest Ihres Aufenthalts, und ich habe Ihre Feierlichkeiten nicht zu sehr durcheinandergebracht.«

Sie warf mir einen stählernen Blick zu, und ich sprach eilig weiter, bevor sie über mich herziehen konnte.

»Nick, ich melde mich, wenn wir wieder zurück in London sind.«

Er räusperte sich. »Gut.«

»Auf Wiedersehen, Daisy«, sagte ich. »Ich wünsche dir viel Glück für alles.«

»Ich dir auch«, erwiderte sie.

Und dann wandte ich mich ab und ließ sie hinter mir, wobei mir auffiel, dass sich meine Schultern mit jedem Schritt weiter von meinen Ohren entfernten und sich mein Kiefer löste. Ich war sie los, und es fühlte sich toll an. Ganz egal, ob es mit Aidan klappen würde oder nicht, ich hatte das Richtige getan. Nicks Familie hatte zwar versucht, mir das Gefühl zu geben, nicht gut genug für ihn zu sein, aber es hatte den gegenteiligen Effekt gehabt.

Als ich schließlich aus dem Hotel trat und dem Türsteher im Vorbeigehen einen Zwanzig-Euro-Schein zusteckte, fühlte ich mich stärker und hoffnungsvoller als je zuvor in meinem Leben.

## Kapitel siebenundzwanzig

Ich stand auf der Via Tornabuoni und warf einen letzten sehnsüchtigen Blick auf die Gucci-Boutique, dann las ich die Wegbeschreibung, die der Concierge auf einem Memo des Hotels notiert hatte. Die Pension lag auf der anderen Seite des Flusses in Oltrarno. Er hatte gesagt, dass es zu Fuß an die zehn Minuten dauern würde. Ich steckte den Zettel in meine Tasche, holte mein Handy heraus, öffnete die Kontakte und suchte Aidans (wieder aktivierte) Nummer. Mein Daumen schwebte über dem grünen Hörer. Ich wollte unbedingt mit ihm reden, aber ich hatte mir selbst das Versprechen gegeben, mich erst bei ihm zu melden, wenn ich zurück in London war. Ich brauchte Zeit, um alles zu verarbeiten und mir Gedanken über die Zukunft zu machen. Ich musste mir dieses Mal hundertprozentig sicher sein, dass es das war, was ich wollte.

Ich setzte mich in Richtung Arno in Bewegung. Es war einfacher, auf der Straße zu gehen, wo mehr Platz war, auch wenn der Koffer über das Kopfsteinpflaster holperte.

»Brauchst du vielleicht Hilfe?«, fragte eine Stimme, die ich nur zu gut kannte.

Ich versuchte, möglichst unbeeindruckt zu bleiben, und warf Aidan nur einen Seitenblick zu, als er neben mich trat und mit mir zusammen die Straße entlangging. Er trug ein kariertes Baumwollhemd, das am Kragen offenstand, und seine Augen funkelten genauso hoffnungsvoll wie immer.

Ich hatte mich richtig entschieden, das wusste ich mit Sicherheit.

»Ich bin ziemlich überzeugt, dass ich es allein schaffe«, erwiderte ich grinsend.

»Dann lass mich wenigstens neben dir gehen. Bloß für den Fall. Ich sage es nur ungern, aber dein Koffer hat schon bessere Tage gesehen.« Er verzog das Gesicht bei dem lauten, klappernden Geräusch, das die Räder von sich gaben. »Wo willst du hin?«

»Pensione Valentina.«

»Sehr romantisch«, sagte er.

Ich wagte nicht, ihn anzusehen. Ich wusste, was er dachte. Ich bemühte mich nach Kräften, nicht auch daran zu denken.

Wir gingen nach links und anschließend nach rechts, bis wir uns in einem wunderschönen Bogengang unter einem der ehemaligen Palazzi wiederfanden, die es hier in Florenz an jeder Ecke gab. Die Blumenhändler schlossen ihre Stände für die Nacht, und es duftete nach Wildblumen und Olivenbäumen. Die Laternen über uns tauchten uns in ein warmes, buttergelbes Licht.

»Ich habe die Verlobung gelöst«, platzte ich heraus und marschierte eilig ein paar Schritte voran. Ich hatte plötzlich Angst, dass er seine Meinung geändert hatte. Was, wenn er sich auf der Dachterrasse zu etwas hatte hinreißen lassen, so wie ich damals auf dem Eiffelturm?

»Maddie, können wir bitte eine Sekunde anhalten?«, rief er mir nach.

Ich blieb stehen und zögerte einen Moment, bevor ich mich umdrehte. Was auch immer er zu sagen hatte, ich musste ihm in die Augen sehen. Ich war schon einmal über ihn hinweggekommen und würde es vermutlich noch einmal schaffen, falls es zum Schlimmsten kommen sollte.

»Du hast mit Nick Schluss gemacht?«, fragte er, als könnte er es nicht glauben.

Ich nickte.

»Das hätte ich nicht erwartet«, sagte er.

»Er auch nicht«, erwiderte ich.

Aidan kam näher, bis kaum noch Platz zwischen uns war. Er streckte die Hand aus und ließ die Finger von meiner Schulter hinunter bis zu meinem Handgelenk gleiten.

»Geht es dir gut?«

»Ich glaube schon«, sagte ich, sank an seine Schulter und erlaubte mir die Erinnerung daran, wie es sich angefühlt hatte, ihn zu berühren. Ich nahm seinen Geruch in mich auf.

»Und was bedeutet das für uns?«, fragte Aidan leise, während sein Atem über meinen Nacken strich.

Ich achtete nicht auf die Einheimischen, die mit riesigen Blumensträußen an uns vorbeigingen, und auch nicht auf die Touristen, die Fotos von dem herrlichen Bogengang schossen. Ich folgte ausnahmsweise meinem Instinkt, nahm seinen Kopf in beide Hände, stellte mich auf die Zehenspitzen und drückte ihm eine Sekunde lang einen sanften Kuss auf die Lippen. Er legte seine Hand auf meinen unteren Rücken, zog mich an sich und küsste mich ebenfalls. Zuerst auf die Stirn, dann auf die Nasenspitze und schließlich auf die Lippen. Es war ein leidenschaftlicher Kuss ohne jede Zurückhaltung, als müssten wir all die Jahre aufholen, die wir getrennt gewesen waren. Ich wollte, dass er niemals endete.

»Passiert das gerade wirklich?«, fragte er, als er sich schließlich von mir löste, und sah mich voller Ehrfurcht an.

Ich nickte und lachte atemlos. Ich konnte es ebenfalls kaum glauben. »Ja, ich denke, das tut es.«

# Epilog

Aidan war wie ich am Stadtrand von London aufgewachsen, in einer unauffälligen Straße, die von etwas heruntergekommenen Doppelhäusern gesäumt wurde, die mich an das Haus erinnerten, in dem wir vor der Trennung meiner Eltern gelebt hatten.

»In den Sommerferien bin ich stundenlang mit dem Rad die Straße rauf- und runtergefahren«, sagte Aidan, legte mir leicht den Arm um die Schulter und zog mich an sich, um mir einen Kuss auf den Scheitel zu drücken.

»Ich wette, du warst unterwegs wie ein Irrer«, erwiderte ich und genoss das Knirschen der goldenen Blätter unter meinen Stiefeln.

Ich liebte diese Zeit im Jahr, die Tage vor Halloween und der Bonfire Night, wenn es windig und kalt wurde, die Luft immer ein wenig nach Rauch roch und die Leute bei einem Glas Rotwein in einem kuscheligen Pub saßen (was Aidan und ich wirklich OFT taten).

»Ich würde gern behaupten, dass ich immer sehr vorsichtig war ...«, sagte Aidan und lachte in sich hinein. »Aber ich glaube, meine Mum war jedes Mal erleichtert, wenn ich in einem Stück nach Hause kam.«

Ich legte ihm den Arm um die Hüften, sodass kein Zentimeter Platz zwischen uns blieb.

»Wie läuft es mittlerweile zwischen dir und deinen Eltern?«, fragte ich, ließ die Finger unter seinen Pullover gleiten und strich über die kalte Haut über dem Hosenbund.

»Besser«, sagte er. »Ich verstehe langsam, warum sie es mir nicht gesagt haben. Wir haben über alles geredet, und auch wenn ich nicht ihrer Meinung bin, wollten sie nur das Beste für mich.«

Ich nickte. »Sie haben sich die Entscheidung sicher nicht leicht gemacht, oder? Ich wette, sie haben sich jahrelang darüber die Köpfe zerbrochen.«

»Ja, das haben sie auch gesagt.«

»Was ist mit der Sehkraft deiner Mum?«

Er zuckte mit den Schultern. »Keine Verschlechterung in letzter Zeit. Wir können nur abwarten.«

Wir traten vor ein Haus, das fröhlicher wirkte als die anderen. Heller und einladender, mit pinken Gardinen und einem gepflegten Vorgarten samt Bank, Vogelhäuschen und einem altersschwachen Ford Fiesta in der Einfahrt.

»Wir sind da«, sagte Aidan.

Ich zögerte.

»Dir ist schon klar, dass ich zum zweiten Mal in weniger als sechs Monaten *die Eltern* kennenlerne?«

Aidan nickte. »Nervös?«

»Ein bisschen.«

»Du weißt, dass meine Mutter absolut nichts mit Rosamund gemeinsam hat, oder?«

Ich verzog den Mund. »Versprochen?«

Aidan blieb stehen, nahm mein Gesicht in die Hände und sah mich an. »Habe ich dir schon mal gesagt, wie glücklich ich bin, dass du wieder ein Teil meines Lebens bist?«, fragte er.

»Ähm, ja. Ein oder zwei Mal vielleicht«, neckte ich ihn.

»Und habe ich erwähnt, dass ich dich liebe? So sehr, dass

ich beinahe den Verstand verliere?«, fuhr er fort und strich mit den Daumen über meine Wangenknochen.

Ich tat, als müsste ich genau überlegen. »Kann sein, dass du mal etwas in der Art erwähnt hast ...«

In diesem Moment schwang die Tür auf, und eine Frau mit einer Schürze, auf der eine Karte von Mallorca zu sehen war, und rosafarbenen Hausschuhen strahlte uns entgegen. Sie breitete die Arme aus. »Sie müssen Maddie sein«, rief sie.

Ich lachte und öffnete ebenfalls die Arme. Die Umarmung war warm und einladend, und ich fühlte mich sofort sicher und angenommen, was der Reaktion entsprach, die ich mir immer gewünscht hatte.

»Und ich bekomme keine?«, fragte Nick und schubste mich scherzend zur Seite, um seine Mum ebenfalls zu umarmen.

»Jetzt kommt erst mal rein, dann lernt Maddie Ken kennen, und wir können essen. Aidan hat mir erzählt, dass Sie am liebsten Spaghetti Carbonara essen, also habe ich welche gekocht. Ich hoffe, er hat sich nicht geirrt?«, fragte sie und warf mir einen nervösen Blick zu, als könnte ich ablehnend den Kopf schütteln. Als wäre das hier nicht eines der nettesten Dinge, die mir je passiert waren.

»Spaghetti Carbonara sind perfekt«, sagte ich und folgte ihr ins Haus, während ich Aidan über die Schulter hinweg ein Lächeln zuwarf.

# Dank

Danke an alle, die an der Entstehung dieses Buches beteiligt waren – es war traumhaft, es zu schreiben, weil ich erstens die Charaktere liebte (vor allem Rosamund und Sophia waren die reinste Freude!), und weil ich zweitens zur Recherche nach Florenz reisen musste, das ich hiermit zu der möglicherweise perfekten Stadt in der Welt küre.

Wie immer gilt mein Dank dem gesamten Team von Orion Fiction, das die Geschichte von Anfang an unterstützt und mir geholfen hat, sie in die heutige Form zu gießen. Besonderer Dank geht an meine wunderbare Lektorin Rhea Kurien und an Charlotte Mursell, Sanah Ahmed, Francesca Banks und Lucy Cameron. Genauso bin ich wie immer unglaublich dankbar für die Unterstützung meiner brillanten Agentin Hannah Ferguson und des gesamten bemerkenswerten Teams von Hardman & Swainson.

Großer Dank gilt meiner Freundin Alexandra Mackenzie, die mir gemeinsam mit Margaret und Johanna die unvermutete Schönheit des Loch Lomond nähergebracht hat. Danke an Alexandra, die mir während der Recherche in Florenz als perfekte und sehr geduldige Begleiterin zur Seite stand. Ich habe dafür zum ersten Mal seit der Pandemie das Land verlassen, was es zu einer ganz besonderen Reise machte. Und ich habe mich derart in die Stadt verliebt, dass ich sogar meinen Rückflug verpasst habe! Danke an das wundervolle Hotel

Milu in der Via Tornabuoni, das in jeder Hinsicht perfekt war, auch deshalb, weil es schräg gegenüber der Gucci-Boutique lag (selbst wenn mein Budget nur für ein paar Strümpfe reichte!). Die Angestellten haben eine Vielzahl an herrlichen Ausflügen für uns geplant – wobei ein besonderer Dank Katy, Rose und Anne gilt, die die Weinverkostung im Chianti-Gebiet zum Highlight unserer Reise machten.

Außerdem danke ich natürlich meiner wunderbaren Familie und meinen Freunden, die mich immer unterstützen und sich für mich freuen. Danke an Mum, Matthew, Robbie, Alyson, Janet und Louise. Danke an meine AutorenkollegInnen, die mir unschätzbare Unterstützung zuteilwerden ließen, allen voran die Debut20s, die Debut21s, die Screenwriting Crew und The Troubadours! Danke an meinen lieben Gabriel, der sich nie beschwert, wenn ich noch einmal den Laptop heraushole! Und an meinen Dad, der sicher sehr stolz auf mich wäre.